HOLLOWPOX

할로우폭스

HOLLOWPOX : The Hunt for Morrigan Crow

HOLLOWPOX
할로우폭스

모리건 크로우와 네버무어의 새로운 위협 ①

제시카 타운센드 장편소설
박해원 옮김

디오네

조 로렌스와 원조 카바레 오리원 밀러 부인에게
사랑을 담아 이 책을 바친다.

들여다볼수록 놀라운
우주의 확장

갑작스러운 펜데믹 사태는 사회적 갈등을 폭발시켰다. 질병으로 인한 불안감은 당국에 대한 불만으로 표출되고, 바이러스 확산의 책임을 사회적 약자와 소수자에게 전가하는 목소리가 등장한다. 전염병을 빌미로 편견과 차별을 공공연히 드러내는 이들까지 나타난다. 해결의 기미가 보이지 않는 질병은 도시의 셧다운을 불러오고, 경제 행위를 지속해야 하는 이들과 바이러스 확산을 차단해야 하는 이들 사이에서 병의 기원도 치료법도 미궁 속에 있고 근본적인 대책도 요원하기만 한 혼란이 증폭한다. 위기를 정치적으로 이용하는 세력은 불안과 동요를 조장하고 진짜와 가짜를 확인할 수 없는 모호한 정보와 혐오의 메시지를 교묘하게 흘린다. 증오와 갈등은 전염병보다 더 무섭게 번져 사회는 안전을 장담할 수 없는 일촉즉발의 상태로 치닫는다.

코로나 사태가 전 세계에 불어 닥친 2020년 이후 우리의 현실을 그대로 읊어 내린 듯한 이 상황은 네버무어 세 번째 이야기 『할로우폭스』가 펼쳐지는 무대다. 이 작품을 완성한 시기가 코로나 이전이었으니, 전염병을 소재로 현실 세계를 바라보고 사회를 이해하는 제시카 타운센드의 통찰력에 감탄이 절로 나온다.

아주 오랜만에 다시 만난 모리건은 호텔 듀칼리온의 침실에서 919역으로 나가는 검은 문 앞에 서 있었다. 고요한 승강장에 들어서며 저 멀리 용처럼 우르릉거리는 홈트레인 소리에 조용히 미소 짓는 모리건 크로우는 이제 저주받은 미래가 두렵기만 한 불행한 소녀가 아니었다.

죽을 때까지 신의를 지키기로 맹세한 919기 동기들 사이에서 모리건의 존재도 더는 불편해 보이지 않았다. 이제 모리건은 안전한 협회의 울타리 안에서 훌륭한 선생님으로부터 제대로 수업을 받으며 원더스미스로서 능력을 갈고닦을 일만 남은 듯했다. 그리고 솔직한 심정을 말하자면 "모리건이 제대로 된 원더스미스가 되기만 해 봐. 나쁜 놈들 다 죽었어!"라는, 힘겹게 여기까지 온 모리건의 앞날이 이제 조금은 순탄하기를 바라는 마음으로 첫 장을 들추었다. 하지만 919역에서 홈트레인을 타고 협회로 향하는 순간부터 열차가 질주하듯 얼개가 짜이기 시작하고 수수께끼와 해답의 실마리가 차곡차곡 쌓이며, 방심하는 순간 머리가 얼얼해지는 흥미진진한 전개가 이어졌다. 판타지 소설의 클리셰 속에서 혼자 예측했던 스토리는 보기 좋게 비껴갔고, 이야기는 뜻밖의 결말로 방향을 틀었다. 모리건의 여정은 끝날 때까지 끝난 것이 아니었다.

아무리 허황한 이야기라도 좋은 서사는 촘촘한 개연성에 단단히 발을 딛고 나름의 질서 안에 모든 인물과 사건이 배치된다. 아무리 복잡해도 서로 충돌하는 요소가 없고, 깊이 들여다보면 볼수록 점점 더 원대한 또 하나의 세계가 펼쳐지며 전체 우주가 점점 더 확장되는 공간이다. "서사란 우주가 탄생하는 사건"이라고 움베르토 에코는 말했다. 네버무어의 우주도 그렇게 점점 넓어진다. 첫 번째 이야기와 두 번째 이야기에서 스쳐 지나갔던 배경은 중요한 공간이 되고, 흘려들었던 이름들은 짙은 존재감을 뽐낸다. 막연하고 모호했던 시공간적 무대들이 또렷하게 실체를 드러내 보인다. 고블도서관이 대표적인 예인데, 어디서도 본 적 없는 그 상상력에 박수가 절로 나올 정도다. 안개 속같기만 하던 프라우드풋 하우스도 점점 더 구체적으로 확장되고, 우리가 미처 몰랐던 협회의 이면도 한 겹 들여다볼 수 있다. 919기 동기들도 더 입체적으로 활약하고, 에즈라 스콜이 아닌 원더스미스들의 모습도 조금 더 생생해진다.

　이러한 우주의 확장, 놀라운 상상력, 짜임새 있는 구성에서만 흥미진진한 요소를 찾을 수 있는 것은 아니다. 아직 긴 시간이 흐른 것은 아니지만 1편과는 확연히 달라진 모리건의 성장은 빼놓을 수 없는 중요한 이야기 동력이다. 태어나면서부터 외로움과 불행이 그림자처럼 따라다녔던 모리건은, 네버무어에 와서야 진정한 가족과 친구를 찾고 그곳을 고향처럼 사랑하게 된다. 바로 그 도시를 엄청난 위기에서 구하고 지켜 내기 위해 원더스미스의 힘이 절실히 필요해졌고, 이제 자신의 생사뿐 아니라 도시 전체의 앞날을 짊어져야 할 모리건은 그 운명을 원더스미스로서의 의무감이 아닌 사랑하는 가족과 친구를 지키고자 하는 진심으로 받아들인다.

　한 치 앞도 내다볼 수 없는 상황 속에서 모리건은 꿋꿋하게 사건의 중심을 향해 걸어 들어간다. 그리고 모리건이 한 걸음 나아갈 때마다 그 자리에는 쉽게 대답하기 힘든 묵직한 질문들이 있다. 책을 읽고 난 뒤에도 곱씹을 질문이 있다는 건 분명 좋은 책이 지닌 미덕이다.

　『할로우폭스』에서 맞닥뜨린 질문들에 답하여 모리건이 어떻게 성장할지, 다음 이야기가 더욱 기다려지는 이유다.

2021년 10월,
박혜원

9

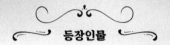

모리건 크로우 Morrigan Crow

작은 키에 새까만 머리카락과 비뚤어진 코를 가진 소녀로, 공화국에서 태어나 저주받은 아이로 살아오다가 지난 연대의 마지막 날인 이브타이드에 네버무어로 넘어왔다. 원드러스협회의 919기 회원이 되어 네버무어에서 영원히 거주할 수 있는 자격을 갖게 되는 동시에 자신이 원더스미스라는 것을 알게 된다. 우여곡절을 겪으며 네버무어에서의 첫해를 보내고, 평생의 형제자매가 될 진정한 친구들을 얻었다.

주피터 노스 Jupiter North

큰 키에 화려한 복장을 즐기는 생강색 머리의 남자로, 흔히 '주피터 노스 대장'이라고 불린다. 호텔 듀칼리온의 주인이며, 많은 이들의 관심을 받는 유쾌하고 특별한 분위기로 가득한 사람이다. 공화국에 진짜 가족을 두고 온 모리건의 실질적인 보호자이며 가족이다. 위트니스의 능력이 있어 모든 사람과 사물을 꿰뚫어 볼 수 있다.

[원드러스협회 919기 동기들] ···

호손 스위프트 Hawthorne Swift

모리건이 네버무어에 와서 사귄 최초의 친구로 쾌활하고 엉뚱하다. 걸음마를 떼면서부터 용을 탔으며, 용타기 기술을 비기로 가지고 있다.

케이든스 블랙번 Cadence Blackburn

검은 머리를 길게 땋은 여자아이로, 사람에게 최면을 걸어 조종할 수 있다. 그 부작용으로 대부분의 사람이 케이든스의 존재를 기억하지 못하는데, 형제자매가 되기로 맹세한 동기들이 케이든스를 기억하기 시작했다. 호손과 더불어 모리건의 가장 친한 친구다.

램버스 아마라Lambeth Amara

작고 연약해 보이는 여자아이로, 가까운 미래를 예지할 수 있다. 공화국의 공주였지만, 비기를 사용하는 법을 배우기 위해 네버무어로 넘어왔다. 공화국에서 자유로 오는 건 불법이기 때문에 자신의 존재를 숨기고 있다가 뒤늦게 동기들에게 사실을 밝히고 함께 어울리기 시작한다.

타데 매클라우드Thaddea Macleod

건장하고 각진 어깨, 큰 키, 헝클어진 빨간 머리, 발그레한 얼굴을 한 여자아이로, 증명 평가전에서 성인 트롤과 싸워 이겼을 만큼 뛰어난 능력의 파이터다. 의욕이 넘치고 지는 걸 싫어한다. 자신의 능력을 발휘할 수 있는 일이라면 어떤 것이든 발 벗고 나선다.

아나 칼로Anah Kahlo

통통하고 예쁘게 생긴 금발 곱슬머리의 여자아이로, 힐러의 능력을 가지고 있다. 동기들이 짓궂은 농담을 하면 혼자 안절부절못하며 동참하지 않을 정도로 고지식하다.

아칸 테이트Archan Tate

소매치기 능력을 비기로 가지고 있다. 하지만 외모는 더없이 귀엽고 순수한 천사처럼 생긴 남자아이다. 동기들을 잘 챙긴다.

마히르 이브라힘Mahir Ibrahim

다양한 언어를 구사할 수 있는 비기를 가지고 있다. 심지어 용의 언어까지도 듣고 말할 수 있다.

프랜시스 피츠윌리엄Francis Fitzwilliam

천상의 기분을 느끼게 해 주는 음식을 만들 수 있다. 고모인 헤스터를 후원자로 두고 있는데, 극성스러운 성격의 고모를 무서워한다.

마리나 치어리 Marina Cheery

919기 홈트레인을 운행하는 차장으로, 굉장히 밝고 상냥하다. 919기 아이들이 머무는 홈트레인을 정성 들여 꾸며 놓았다. 언제나 진심을 다해 아이들을 대한다.

홀리데이 우 Holliday Wu

원드러스협회의 공공 주의분산 부서를 이끈다. 언제나 높은 구두와 맞춤 정장을 완벽하게 차려입고 있다. 협회가 비밀리에 주요한 일을 처리하려고 할 때, 일반 대중의 시선을 다른 곳으로 돌리는 일을 계획하고 실행에 옮긴다.

둘시네아 디어본 Dulcinea Dearborn

일반예술학교의 주임 교사로, 금발에 가까운 머리를 높이 올려 묶고 단정한 옷차림을 유지하는 깐깐한 성격의 소유자다. 창백한 피부와 얼음처럼 연한 파란색 눈동자, 그리고 칼날처럼 매서운 광대뼈가 차갑고 딱딱한 인상을 준다.

마리스 머가트로이드 Maris Murgatroyd

마력예술학교의 주임 교사로, 기괴한 외모와 그보다 더 기괴한 성격을 가지고 있다. 활기 없이 탁한 눈빛과 백발의 머리를 하고 있다. 깐깐한 디어본도 머가트로이드와 비교하면 부드럽게 느껴질 정도다.

루크 로젠펠드 Rook Rosenfeld

원드러스예술학교의 주임 교사로, 길고 풍성한 검은빛 머리카락과 각진 턱을 가지고 있다. 머가트로이드보다 어리고 디어본보다 평범하며, 두 사람보다 키가 크다. 목소리가 낮고 차분하며, 백여 년 만에 나타난 원더스미스인 모리건을 호기심 어린 표정으로 맞이한다.

코널 올리어리Conall O'Leary

〈죽은 자들과 대화하는 법〉 수업을 가르치고 있으며, 지하 9층 학술 모임의 일원이다. 잘 깎아 만든 지팡이를 들고 다니며, 눈처럼 하얀 머리를 단정하게 빗어 옆으로 가르마를 낸 노신사다. 원더스미스에게 호의적이며, 모리건의 유령의 시간 수업을 돕는다.

소피아Sofia

원드러스협회 897기 회원인 여우원으로, 작고 상냥하다. 코널과 마찬가지로 지하 9층 학술 모임의 일원이며, 코널과 함께 모리건의 유령의 시간 수업을 돕는다. 지하 9층에서 모리건과 많은 시간을 함께하며 친구가 된다.

로시니 싱Roshni Singh

역대 최연소 고블도서관 사서이며, 치어리 씨의 여자친구이기도 하다. 사서로 일하게 된 첫 주에 치어리 씨와 919기 아이들이 고블도서관을 방문해 안내를 해 준다. 윤기 흐르는 검은 단발머리를 하고 있으며, 사서가 되기 전에는 책파수꾼으로 일했다.

최고원로위원

원드러스협회에서는 매번 연대가 끝날 때마다 협회를 다스릴 세 명의 원로 위원을 선발한다. 이를 최고원로위원회라고 하며, 이번 연대에는 그레고리아 퀸, 헬릭스 웡, 앨리어스 사가가 새로운 최고원로위원이 됐다.

[호텔 듀칼리온 사람들] ···

피네스트라Fenestra

듀칼리온의 시설관리 책임자이자 성묘인 암컷 고양이로 까다롭고 도도하지만 맡은 일에는 매우 진지하다. 주피터가 없을 때는 모리건과 잭의 보호자 노릇을 한다. 과거 격투기 선수였던 만큼 뛰어난 싸움 실력을 가지고 있으며, 사건이 생기면 주저 없이 뛰어든다.

잭Jack

모리건보다 조금 큰 소년으로 주피터의 조카이다. 기숙학교에 다니고 있어 방학이나 주말을 이용해 듀칼리온에 온다. 주피터와 마찬가지로 위트니스의 능력을 가지고 있다. 주피터의 도움으로 능력을 사용하는 방법을 배우고 있지만, 아직 능력을 완벽하게 통제하지 못해 평소에는 한쪽 눈을 안대로 가린다. 모리건을 은근히 걱정하며 챙긴다.

챈더 칼리 여사Dame Chanda Kali

소프라노이자 원드러스협회의 회원. 노래로 동물을 불러 모으는 능력을 가지고 있다. 듀칼리온에 머물고 있으며, 모리건에게 다정하다.

케저리 번스Kedgeree Burns

듀칼리온의 총괄 관리자. 백발에 노령이지만 항상 단정한 차림새를 유지하며 능숙하게 업무를 처리한다.

프랭크Frank

옥상 행사 총괄책임자이자 파티 기획자인 흡혈난쟁이. 나른하고 괴팍한 성격이지만 흥미로운 일에 관심이 많다. 할로우폭스 사태로 듀칼리온의 파티가 금지되자 불만이 가득하다.

마사Martha

듀칼리온의 객실관리 직원. 상냥하고 친절하며 모리건의 식사와 기타 여러 가지를 돌봐준다.

찰리Charlie

듀칼리온의 수송 관리자이자 운전기사로, 마사와 사귀는 사이다.

[기타 인물들] ··

에즈라 스콜 Ezra Squall

공화국에서 유일하게 원더를 생산해서 공급하는 스콜인터스트리스의 경영자이다. 하지만 실체는 사악한 존재라고 알려진 원더스미스로, 네버무어에서 추방당해 공화국에 머물고 있다. 고사메르 노선을 이용해 네버무어에 나타난다. 네버무어로 온전하게 다시 돌아오기를 바라고 있으며, 모리건을 제자로 삼고 싶어 한다.

주벨라 드 플림제 Juvela De Flimsé

자유주 패션계의 거장으로 불리는 표범원으로, 챈더 여사의 친구다. 모리건이 처음으로 목격한 할로우폭스에 감염된 워니멀이기도 하다.

로랑 생 제임스 Laurent St James

많은 땅을 가지고 있는 네버무어 상류층 인사이며, 네버무어를 걱정하는 시민들당을 만든 사람이다. 할로우폭스를 계기로 워니멀에 대한 혐오를 드러내며, 네버무어 사회를 갈등에 빠뜨리는 기폭제 역할을 한다.

기스카르 실버백 Guiscard Silverback

워니멀 권리 활동가이자 상원 의원인 고릴라원이다. 로랑 생 제임스와 대척점에 있는 인물이기도 하다. 평화로운 방법으로 워니멀의 권리를 지키기 위해 노력한다.

기드온 스티드 Gideon Steed

네버무어의 수상으로, 위기 상황에서도 자신의 정치적 안위를 먼저 생각하는 편이다.

모드 로리 Maud Lowry

원터시 공화국의 대통령으로, 분장하지 않았을 때는 누군가의 엄마처럼 평범해 보인다. 쾌활하며 인간적인 매력이 있다.

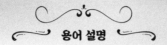

네버무어

윈터시 공화국 사람들은 모르는, 숨겨진 다섯 번째 주인 자유주의 1포켓을 말한다. 모리건은 열한 살 생일에 주피터와 함께 공화국을 떠나면서 처음으로 그 존재를 알게 되었다. 주피터에 따르면 "모든 이름 없는 영토 가운데 가장 좋은 곳"이라고 한다. 모리건이 가장 사랑하는 도시이기도 하다.

원더

헤아릴 수 없는 방식으로 세상에 힘을 불어넣는 신비로운 마법의 에너지원이다. 철도를 움직이고 전력을 가동하여 각종 사업을 진행할 수 있게 한다. 원더를 이용해서 운용되는 것을 원드러스 장비라고 한다. 위트니스처럼 원더를 볼 수 있는 이들의 눈에는 반짝이는 빛으로 보인다.

원더스미스

원더를 자유자재로 다룰 수 있는 능력을 가진 자를 원더스미스라고 한다. 원더스미스로 타고난 사람에게는 원더가 스스로 모여든다. 더 나아가 원더스미스로의 재능을 자각하고 수련하면 필요할 때마다 원더를 소집할 수 있다. 원더스미스는 원더를 이용해 모든 걸 창조해 낼 수 있으며, 또한 파괴할 수도 있다. 태초의 원더스미스 아홉 명에서 시작되어 꾸준히 명맥을 이어 왔으나, 에즈라 스콜로 인해 지금은 사라진 존재가 되었다.

원드러스협회

네버무어에서 가장 재능 있는 사람들이 모인 기관으로, 회원이 되면 W 배지와 함께 다양한 의무와 특권이 주어진다. 매년 이전 해에 열한 번째 생일을 맞은 아이들을 대상으로 신입 회원을 선발한다. 선발된 신입 회원들을 교육하는 학교와 같은 역할을 하기도 한다. 네버무어에서 벌어지는 다양한 위기를 관리하며 은밀하게 도시를 수호하고 있다.

비기

원드러스협회 회원들이 가지고 있는 신비한 재능을 말한다. 협회의 일원이 되기 위해서는 반드시 자신만의 비기가 있어야 한다.

일반예술학교

원드러스협회의 회원이 되면 각자 가지고 있는 비기의 특성에 따라 일반예술학교와 마력예술학교 중 한 곳으로 분류되어 교육을 받는다. 일반예술학교 학생은 회색 셔츠를 입는다. 네버무어에서 가장 유명한 예술가, 정치인, 공학 기술자, 곡예사 등이 일반예술학교 출신의 원드러스협회 회원이다.

마력예술학교

마력예술학교 학생은 흰색 셔츠를 입는다. 회원 수로는 일반예술학교에 미치지 못하지만 단순하게 힘으로 겨룬다면 마력예술학교가 두 배는 셀 거라고도 한다. 마법과 초자연현상, 비밀리에 전해지는 지식 분야 등을 공부한다. 919기 회원 중에는 케이든스와 램버스가 먼저 마력예술학교에 배정되었으며, 원더스미스로 밝혀진 모리건 또한 추가적으로 마력예술학교에 배정된다. 주피터 또한 마력예술학교 출신이다.

원드러스예술학교

일반예술학교와 마력예술학교만 있는 줄 알았던 협회에 원드러스예술학교가 존재하고 있었다. 원더스미스만을 학생으로 받고 있어 에즈라 스콜 세대를 마지막으로 운영을 멈췄다. 원드러스예술학교가 있는 줄도 모르는 이들이 대부분이다. 출입 금지 구역으로 알려진 프라우드풋 하우스 지하 9층에 위치하고 있다. 상징 색은 검은색이다.

프라우드풋 하우스

붉은 벽돌의 원드러스협회 본관을 말한다. 담쟁이덩굴에 뒤덮인 5층짜리 건물이다. 오직 원드러스협회 회원만 안으로 들어갈 수 있으며, 식당과 기숙사를 비롯해 각종 교실과 실습실 등이 가득하다. 보이는 것은 5층 높이가 전부지만, 지하로 9층 규모의 공간이 더 있다.

지하 9층 학술 모임

원더스미스가 사라지고 원더러스예술학교가 제 역할을 못하게 되면서 괴짜들이 지하 9층을 차지했다. 원더스미스의 역사를 보존하기 위해 지하 9층에 모여 연구하는 학생과 연구자들의 모임이다. 원더스미스를 두려워하는 보통의 사람들과 달리, 원더스미스에게 열렬한 관심을 가지고 있다.

유령의 시간

역사에서 뽑아 둔 짧은 시간 구역으로, 과거에 있었던 일을 똑같은 장소에서 눈으로 직접 확인하면서 관찰할 수 있다. 하지만 유령의 시간을 불러와서 모아 두는 건 매우 어렵고 엄청난 기술이 필요하다. 같은 이름의 책 『유령의 시간』에는 이렇게 모아 둔 과거의 특정한 시간들이 기록되어 있다.

워니멀

동물의 특징을 가지고 있지만 분별력과 자각이 있고 지능을 갖춘 존재를 말한다. 언어를 구사하고 창의력을 발휘하며 예술적 표현을 이해하는 등 복잡한 작업을 처리하는 능력이 인간과 같다. 곰의 특징을 가지고 있으면 곰원, 치타의 특징을 가지고 있으면 치타원 등으로 불린다. 인간의 형체와 가까울수록 비쥬류, 동물의 모습에 가까울수록 주류 워니멀로 분류된다.

우니멀

워니멀과 달리 지적 능력이 없는 일반적인 동물을 우니멀이라고 한다. 흔히 생각하는 가축이나, 애완동물이 우니멀에 속한다. 네버무어에서 워니멀과 우니멀을 동일시하는 것은 굉장히 실례되는 일이다.

레일포드

레일에 매달린 커다란 황동 구체 모양의 이동 수단이다. 복잡한 프라우드풋 하우스 안을 움직일 때 이용하며, 외부의 지정된 원더철역으로도 이동 가능하다.

홈트레인

원드러스협회 회원의 이동 수단이자 쉼터이자 기지로, 일반적인 열차에서 객차 한 칸을 떼어 놓은 것 같은 모양새를 하고 있다. 기수마다 자신들만의 홈트레인과 자신들만의 승강장이 있다. 919기 아이들은 919역에 모여 홈트레인을 타고 프라우드풋 하우스역으로 갔다가, 일과를 마치면 다시 홈트레인을 타고 919역에 도착해 각자의 집과 이어져 있는 문으로 들어간다. 919역에는 각자의 집으로 향하는 문 아홉 개가 있다.

브롤리 레일

네버무어를 순환하는 철도로 둥근 강철 고리가 달린 케이블로 이루어졌다. 브롤리 레일을 이용하기 위해서는 힘껏 뛰어올라 케이블에 달린 강철 고리에 우산을 걸고 대롱대롱 매달려 가야 한다. 그 우산을 브롤리라고 한다.

고사메르 노선

영토 탐험 과정에서 발견된 것으로 알려져 있으며, 고사메르 노선을 이용하면 어디든 갈 수 있다. 기발한 이동 수단이지만, 고사메르 노선이 실재한다는 걸 모르는 이들도 많다.

할로우폭스

워니멀을 중심으로 퍼지고 있는 새로운 질병을 말한다. 할로우폭스 바이러스에 감염되면 정상적인 뇌 기능이 정지되고 감정의 기복이 커지면서 거친 행동을 한다. 바이러스가 최고조에 달했을 때는 통제할 수 없을 정도로 폭력적으로 변한다. 어떻게 전파되는지 아직 밝혀지지 않았다.

고블도서관

단순한 도서관이 아니라 하나의 영토 같은 곳이다. 우연히 생긴 네버무어의 복제품으로, 네버무어와 완전히 똑같은 모습을 한 평행 세계라고 볼 수 있다. 다만 사람 대신 책으로 가득 차 있다. 책을 보관하기 용이하도록 바람도 불지 않고 해도 쨍하게 들지 않으며 항시 서늘한 기온이 유지된다. 오래된 책에서 뭐가 나올지 몰라 의외로 위험한 곳이기도 하다.

책파수꾼

고블도서관에서 책을 지키는 이들을 말한다. 책벌레를 포함해 책에서 나온 위험한 생명체들을 제압하면서 책을 지키는 것이 주 업무다. 고블도서관에서 일어나는 비상사태에 대응할 수 있도록 훈련되어 있으며, 파리채와 거품통 등 다양한 장비를 지니고 다닌다.

푸념하는 숲

소리 내어 넋두리하는 나무들이 모여 있는 숲이다. 말하는 것을 받아 주기 시작하면 입을 다물 생각을 하지 않고 계속해서 떠들기 때문에 모른 척하고 지나가야 한다.

불꽃나무

원드러스협회 진입로에 두 줄로 늘어선 나무들로, 몇 연대 동안 꽃을 피우지 않아 멸종됐다고 여겨진다. 백여 년 전에는 불꽃을 피웠다고 알려져 있지만, 지금은 타고 남은 재처럼 새까만 모습으로 서 있다.

호텔 듀칼리온

주피터가 소유하고 있는 호텔로, 스스로 방의 모양과 내부 장식 등을 바꾸는 신비로운 곳이다. 모리건이 머무는 집이기도 하다.

스텔스

원드러스협회 수사국을 뜻한다. 쉽게 말하면 비밀경찰이다. 말 그대로 비밀스럽게 활동하는 경우가 많아 마주치기 어렵다. 살인 사건이나 원드러스협회와 관련된 사건 등이 발생했을 때 움직인다. 반면, 일반적인 네버무어경찰국을 부르는 속칭은 스팅크다.

윈터시 공화국

그레이트울프에이커, 프로스퍼, 사우스라이트, 파이스트상 등 네 개의 주로 이루어진 공화국으로 모리건이 네버무어에 오기 전까지 살았던 곳이다.

차례

• 1권 •

1장

919기

2년, 겨울

불이 환하게 켜진 옷장 안의 반지르르한 검은 문 위로 자그마한 금빛 원에 불빛이 아른거렸다. 원의 중심에는 작고 빛나는 *W*가 있었다.

들어와, 문자가 은은하게 빛을 발할 때마다 그렇게 말하는 것 같았다. *어서!*

모리건 크로우는 빳빳한 흰 셔츠의 소매 단추를 채운 뒤 검은 외투를 걸치고 금색 *W* 핀을 조심스레 옷깃에 달았다. 마침내 손끝으로 희미하게 빛이 어른거리는 원을 누르자, 자물쇠에 열쇠를 넣고 돌린 듯 문이 활짝 열리며 텅 빈 기차역이 나타났다.

이 조용한 순간은 모리건이 하루 중 가장 좋아하는 시간이었다. 모리건은 아침마다 거의 제일 먼저 919역에 도착했다. 잠시 눈을 감고 귀를 기울이면 저 멀리 터널 안에서 원더철이 우르릉거리는 소리가 들렸다. 마치 기계로 만든 용이 잠에서 깨어나는 소리 같았다. 네버무어의 수백만 시민을 복잡하게 얽히고설킨 선로로 실어 나를 준비를 하는.

모리건은 미소를 지으며 심호흡했다.

가을 학기의 마지막 날.

이번 학기도 잘 해냈다.

나머지 여덟 개의 문이 열리고 다른 동기들이 도착하면서 고요한 평화가 깨지기 시작했다. 승강장 맨 위쪽 미하르 이브라힘의 빨간 문부터 맨 아래쪽 아나 칼로의 작고 수수한 아치 모양 나무문까지 휙휙 열리더니 작은 기차역은 곧 재잘거리는 소리로 가득 찼다.

모리건의 가장 친한 친구인 호손 스위프트는 평소 아침과 다름없었다. 용을 탈 때 필요한 장비를 두 팔 가득 안았고, 회색 셔츠의 단추는 엉뚱한 구멍에 들어가 있었으며, 빗지 않은 갈색 곱슬머리는 삐죽삐죽 삐져나왔다. 파란 눈은 무슨 장난을

칠 꿍꿍이가 있는지, 혹은 이미 장난을 쳐서인지(어느 쪽이든 모리건은 알고 싶지 않았다) 반짝반짝 빛났다. 언제나 흠잡을 데 없이 예의 바르고 차림새도 단정한 아칸 테이트가 호손이 아슬아슬하게 들고 있던 장비 절반을 말없이 받아 주고는 단추를 잘못 끼운 셔츠를 향해 고갯짓했다.

케이든스 블랙번은 오늘 가장 마지막으로 나타났다. 케이든스가 숱 많은 검은 머리를 채찍처럼 휘날리면서 가무잡잡한 긴 팔다리를 있는 힘껏 휘젓고 구르며 뛰어들자, 불과 몇 초 뒤에 살짝 두들겨 맞은 듯한 단칸 열차가 통통 하얀 증기를 뻐끔거리며 시야에 들어왔다. 옆면에는 익숙한 *W* 자와 숫자 919가 그려져 있고 문밖으로 몸을 반쯤 내민 919기 차장, 치어리 씨가 보였다.

이 홈트레인은 원드러스협회 919기의 전용 이동 수단이자 집 같은 곳이었다. 빈백 의자와 멍울멍울 뭉친 낡은 소파, 무더기로 깔린 쿠션들, 겨울이면 꺼질 날 없던 목탄 난로와 언제나 비스킷이 가득한 북극곰 모양의 도자기 단지. 이곳은 모리건이 세상에서 제일 좋아하는 곳이자 가장 편안한 공간 중 하나였다.

"안녀엉!" 치어리 씨가 큰 소리로 외치며, 입이 귀에 걸릴 듯 웃는 얼굴로 종이 몇 장을 손에 쥔 채 흔들어 보였다. "즐거운 학기 마지막 날입니다, 학생 여러분!"

919기 공식 "차장"인 치어리 씨가 하는 역할은 흥미로웠다.

열차를 운행하는 한편, 생활지도 상담 역할도 했다. 치어리 씨는 네버무어 최정예 집단인 동시에 까다로운 조직에 들어온 학생들이 처음 5년을 순조롭게 보낼 수 있도록 도와주었다. 원드러스협회는 비범한 재능을 지닌 비범한 사람들로 구성되어 있지만, 대부분 각자의 비범한 일에 열중하느라 협회에 갓 들어온 신입생들을 신경 쓸 여력이 없었다. 차장이 없다면 919기는 황야에 버려져 길을 잃고 말았을 것이다.

모리건에게 치어리 씨는 그 이름과 꼭 어울리는 유일한 사람이었다. 치어리 씨는 순수한 햇살이었다. 시원한 리넨이고, 해질 녘 새의 노래이며, 완벽하게 구운 토스트였다. 무지갯빛 찬란한 옷과 흠잡을 데 없는 자세, 짙은 갈색 피부와 엄청난 미소, 그리고 은테를 두른 구름처럼 검은 곱슬머리를 따라 빛이 반짝일 때면 모리건은 천사가 떠올랐다. 물론 그렇게 낯간지러운 말을 입 밖으로 꺼낼 생각은 절대 없었다.

919기에 지정된 어른으로서 치어리 씨는 좀 더 점잖게 굴어야 했지만, 아이들은 있는 그대로의 치어리 씨를 좋아했다.

"마지막 날! 마지막 날! 마지막 날이라고!" 치어리 씨는 열차문이 다 열리기도 전에 걷어차듯이 다리를 내밀며 기념하듯 연호했다.

아나가 조마조마한 목소리로 소리쳤다. "차장님, **위험**해요!"

치어리 씨는 겁먹은 척 익살스러운 표정을 지으며 열차에서 떨어지는 것처럼 팔을 휘적거리다가, 열차가 갑작스레 멈추자 승강장 위에 진짜 내동댕이쳐졌다.

"난 괜찮아!" 치어리 씨가 벌떡 일어나더니 고개 숙여 인사했다.

다른 아이들은 웃으며 박수를 보냈지만, 아나는 아이들 쪽으로 고개를 돌려 한 명씩 노려보았다. 얼굴은 붉어지고 금발 곱슬머리는 당글당글 흔들렸다. "그래, 참도 *재밌다*. 선로에 떨어져 다리가 부러지면 누군가가 피를 멎게 해 줘야겠지만 말이야. 너희는 다리에 부목 대는 법도 *모를걸*."

"그래서 네가 있는 거잖아, 아나." 아칸이 아나를 보며 하얀 볼에 보조개가 패도록 미소를 짓고는, 몸을 숙여 자유로운 손으로 흩어진 종이를 줍는 치어리 씨를 도왔다.

"그럼요, *칼로 박사님*." 건장한 체격의 타데 매클라우드가 옆에서 아나의 옆구리를 쿡 찌르며 거들자, 아나는 쓰러질 듯 휘청거렸다. (타데의 기준으로는 살짝 찌른 것이지만, 타데는 자기 힘이 상당히 세다는 사실을 가끔 깜박했다.)

아나는 얼굴을 찡그리며 바로 섰지만, 타데가 붙인 "박사님"이란 호칭에 기분이 누그러진 것 같았다.

"차장님, 이게…" 아칸이 종이 하나를 뚫어지게 바라보며 혼란스러운 듯 미간을 찡그렸다. "새 시간표인가요?"

치어리 씨가 919기 아이들에게 기차에 타라는 손짓을 보내며 대답했다. "고맙다, 아칸. 그것 좀 같이 나눠 주겠니? 모두 어서 타지 않으면 지각할 거야. 프랜시스, 주전자 좀 올려 줘. 램, 비스킷 단지를 아이들에게 돌리렴."

시간표를 건네받은 호손은 어리둥절한 얼굴로 치어리 씨를 쳐다봤다. 오늘은 학기 마지막 날이었고, 시간표는 보통 일주일에 한 번씩 나왔다. "월요일에 주셨잖아요. 차장님, 기억 안 나세요?"

호손은 빈백 의자에 털썩 파묻혀 앉았고, 모리건은 케이든스와 램버스가 앉은 소파 가운데에 자리 잡고 자신의 시간표를 꼼꼼히 살폈다. 아무리 봐도 주초에 받았던 시간표와 똑같았다. 화요일 연수반 〈좀비 언어〉와 수요일 고급반 〈행성 운동 관찰〉에 이어 지하 5층 첩보동에서 받는 〈정보원 만들기와 부리기〉(모리건이 지금까지 받은 주간 수업 중에 제일 마음에 드는 과목이었는데, 해 보니 첩보 활동에 꽤 소질이 있기도 했다)도 그대로였다.

"기억하다마다, 호손." 치어리 씨가 한쪽 눈썹을 치켜올리며 웃었다. "내 비록 스물한 살이나 먹은 고령자지만 이 노쇠한 뇌도 아직은 나흘이나 된 옛날 옛적의 일을 기억할 수 있단다. 시간표가 새로 나왔어. 오늘 어디가 달라졌는지 살펴보렴."

모리건은 금요일 시간표를 살피다 달라진 부분을 발견하고 물었다. "C와 D*C&D*가 뭐예요?"

"나도 그거 있어." 호손이 말했다. "C와 D, 지하 2층. 오늘 마지막 교시네.”

마히르가 손을 들었다. “나도!”

수군거리며 시간표를 비교해 보니 전원이 같은 수업을 받게 되어 있었다. 시간표는 원래 대부분 달랐다. 학생들 각자의 독특한 재능을 개발하고 약점은 보강할 수 있도록 치어리 씨가 개개인에 맞추어 짠 것이었고, 919기가 단체로 한 수업을 들은 건 두 달 전이 마지막이었다.

“차장님, C와 D가 무슨 뜻인가요?” 다갈색 눈을 동그랗게 뜬 프랜시스 피츠윌리엄이 약간 걱정스러운 목소리로 물었다. “이거 헤스터 고모도 알아요? 시간표 바뀌는 건 고모 허락을 받아야 한다고 그러셨거든요.”

모리건이 눈살을 찌푸리며 호손을 바라보자 호손도 오만상을 찡그린 얼굴로 모리건을 보았다. 프랜시스의 집안은 양가 모두 몇 대째 원드러스협회 회원으로 활동했다. 저명한 피츠윌리엄 가문과 존경받는 아킨펜와 가문이 그들이었다. 그중 프랜시스의 후원자, 즉 협회 회원으로서 프랜시스를 제자로 지목하고 프랜시스의 교육에 발언권을 지닌 인물이 바로 고모인 헤스터 피츠윌리엄이었다. 헤스터는 매우 엄격했고, 모리건이 볼 때는 약간 암소 같았다.

프랜시스가 계속해서 말했다. “고모가 내 후각 기관에 위험할지 모를 일은 안 시킨다고 하셨거든요.”

"네 후진 기관?" 타데가 물었다.

"내 코 말이야." 프랜시스가 분명히 말했다. "뭐야, 웃지 마. 요리사한테 후각은 제일 큰 자산이라고." 프랜시스는 주근깨가 연하게 앉은 밝은 갈색 코끝을 신경질적으로 눌렀다.

"너의 복코는 걱정하지 않아도 돼, 프랜시스." 치어리 씨가 한쪽 입꼬리를 올리며 알 수 없는 미소를 지었다. "하지만 알려 줄 수는 없단다."

궁금증을 이기지 못한 아홉 명의 얼굴이 일제히 치어리 씨를 향했다.

호손은 똑바로 앉았다. "혹시… 산에 올라가서Climbing, 어… 뭔가 하는 거Doing something예요?"

"아니, 그래도 괜찮은 추측이었어."

"위장Camouflage과 변장Disguise!" 타데가 긴 빨간 머리를 비비 꼬아 상투처럼 말고 회색 소매를 걷어붙이며 당장이라도 시작하고 싶다는 듯이 말했다. "우리도 전투 회피 기술을 배우는 거죠? 드디어."

마히르가 말했다. "의상Costume과 연극Drama?"

"아! 고양이Cats와 개Dogs!" 아나가 손뼉을 치며 쿠션에서 몸을 팔딱거렸다. "개랑 고양이랑 노는 건가요?"

"생각은 좋았지만 그거하고는 거리가 멀어, 아나." 치어리 씨가 아나의 말에 웃음을 터뜨렸다가, 두 손을 들어 아이들을 조용히 시켰다. "이제 그만들 하렴. 내 입은 열리지 않을 거야. 금고처럼 말이야."

아나는 실망해서 어깨를 축 늘어뜨린 채 비스킷 단지를 마히르에게 넘겼다.

마히르는 "*레프셀라흐Lef'selah*"라고 인사했다. *고맙다는* 뜻의 자할란Jahalan 말이었는데, 마히르가 본토박이처럼 유창하게 구사할 수 있는 38개 언어 가운데 하나였다. 최근 마히르는 919기 동기들에게 자신이 가장 좋아하는 언어에서 '중요한 부분'이라 여기는 표현을 가르쳐 주고 있었다. 주로 길을 묻고 *부탁하거나 인사하는* 법, 그리고 무례하거나 모욕을 주는 말들이었다. (모리건이 느끼기에 다른 표현보다 무례한 표현을 더 많이 가르쳐 주는 것 같았는데, 아마도 호손이 그렇게 해 달라고 부탁해서인 듯하다.)

"*히쉬 파 라흘림Hish fa rahlim*." 아나가 시무룩하게 대답하며 비스킷을 깨물었다.

마히르는 충격과 즐거움이 뒤섞인 얼굴로 아나를 바라봤고, 모리건은 입이 떡 벌어졌다.

"왜 그래?" 아나가 커스터드 크림을 가득 문 입으로 물었다.

"그건 '괜찮아'라는 뜻이 아니야. 네가 그런 뜻으로 대답하려고 한 거라면 말이야." 마히르는 웃음을 누르려고 했지만 끝내 참지 못했다.

"아, 내가 언어에 약하다는 거 알면서. 내가 말한 건 무슨 뜻 인데?" 아나가 뾰로통하게 살짝 씩씩거리며 물었다.

마히르와 호손과 타데는 신이 나서 한목소리로 그 말의 저속 한 뜻을 크게 외쳤다. 아나는 얼굴이 빨갛게 물들었고 치어리 씨도 낯빛이 변할 정도로 매우 놀랐다. 나머지 아이들은 원드 러스협회에 가는 길 내내 깔깔대며 웃었다.

프라우드풋역에 도착한 아이들은 아쉬운 마음으로 아늑하고 따뜻한 홈트레인에서 내렸다. 919기는 바람을 피하려 서로 옹 기종기 모여 서서 치어리 씨에게 잘 다녀오겠다고 손을 흔들고 푸념하는 숲에 가려진 수상쩍은 은신처로 달려갔다.

원협, 그러니까 백 에이커쯤 되는 원드러스협회의 교정이며 네버무어의 중심부인 이곳은 담 밖의 도시보다 일찍 겨울로 곤 두박질쳤다. 벌써 몇 주째 계속된 강추위에 흐르던 콧물까지 꽁꽁 얼어붙을 지경이었다. 신비로운 "원협 날씨"란 네버무어 에 이슬비가 내리는 날 협회 교정에는 비와 진눈깨비가 쏟아지 는 그런 현상이었다.

사실, 바깥 날씨가 어떻든 원협 내부는 언제나 조금 *더* 그랬 다. 네버무어에 가벼운 뇌우가 쏟아지면 원협의 하늘은 시커멓

게 변해 번개가 번쩍번쩍 날뛰었다. 그런 날 교정을 걷는다는
건 피뢰침이 되기를 자처하는 일이었다.

오늘은 뼛속까지 한기가 느껴졌지만 여린 겨울 햇살이 내리
비치는 데다, 곧 마지막 수업을 마치고 원협을 떠나 2주 동안
축제 기분을 낼 수 있다는 사실을 생각하면 추위는 견딜 만했
다. 모리건은 기다리기 힘들었다. 크리스마스에 이제는 집이
된 호텔 듀칼리온보다 좋은 곳은 없었다. 모리건은 겨우내 에
그노그(* eggnog, 맥주나 포도주 등에 달걀과 우유를 섞어 만든 칵테일 음료 –
옮긴이) 칵테일과 구운 거위 고기, 향을 가미한 럼볼 초콜릿을 그
리워했다.

919기 아이들은 프라우드풋 하우스까지 먼 길을 걸어 올라
가며 추위를 잊기 위해 C와 D가 무엇일지 엉뚱한 추측을 하는
데 점점 더 몰두했다.

"아아, 창조Creation와 파괴Destruction 아닐까? 어쩌면 우리를 **전
지전능한 신**으로 만들려는 건지도 몰라." 자기 생각에 얼굴이
환해진 호손이 말했다.

"아니면 구호Chanting와 율동Dancing일 수도 있고." 램이 말했다.

"혹시 감자튀김Chips과 소스Dip 아닐까?" 프랜시스가 말했다.

사심 가득한 프랜시스의 뜬금없는 얘기에 모두 할 말을 잃었
다. 그러나 웃음소리가 자지러지는 와중에도 모리건은 누군가
윈더스미스에게 야유하는 소리를 놓치지 않았다. 숲길에서 그

들을 앞질러 가는 상급생들이었다.

이제 익숙해지긴 했어도 모리건은 아직 그런 소리를 들으면 이따금 움츠러들었다. 모리건의 비밀이 원드러스협회 전체에 공개된 지 거의 두 달이 지났다. 때때로 용기가 필요할 때 모리건은 크로우가 *원더스미스인지 모르나, 정확히 오늘부터 우리의 원더스미스입니다*라던 퀸 장로의 말을 떠올렸다.

원협 사람들 대부분은 그런 "위험인물"을 들이게 된 것에 열광까지는 아니더라도, 다정하고 상식적인 태도로 최고원로위원회의 말에 따라 모리건을 협회 구성원으로 인정했다. 여전히 기회가 닿을 때마다 모리건을 달가워하지 않는 티를 노골적으로 내는 사람들도 있었지만, 그런 건 별로 문제가 되지 않았다. 모리건은 수군거림과 눈총을 무시하는 데 점점 능숙해졌고, 동기들이 자신을 받아들였다는 사실에 큰 위안을 얻었다. 지난 한 해, 919기는 신의를 극단적인 방식으로 검증받았다. 한때 모리건은 자신이 언제나 이방인으로 머무르리라 생각했지만, 지금은 제자리를 찾았다고 느꼈다.

케이든스도 그 수군거림을 들었다. 조금도 주저 없이 "혀를 깨물어라"라고 명령하자, 잠시 후 고통스럽게 *"아악!"* 하며 명령에 복종한 가해자의 숨죽인 비명이 들렸다. 케이든스가 히죽히죽 웃으며 모리건을 곁눈질하자, 모리건도 고마운 마음으로 마주 웃었다. 조금쯤은 기쁜 느낌이 드는 게 사실이었다. 최면술사를 친구로 두니 좋은 점이 있었다.

"나 봤어, 케이든스." 아나가 두 사람 옆으로 다가와 조용히 말했다. "다른 학생들한테 비기를 사용하면 안 되잖아."

케이든스가 앓는 소리를 내면서 눈을 굴렸다. "너도 재미없는 울보처럼 끊임없이 다른 사람들한테 이래라저래라 보채면 안 돼. 하지만 그러잖아."

아나가 케이든스를 노려보았다. "또 그러면 너희 주임 선생님한테 말할 거야."

아나가 쿵쿵거리며 앞으로 가 버리자, 케이든스가 소리 낮춰 모리건에게 말했다. "저 애는 내가 누구인지 기억 못 할 때가 더 좋았어."

———— ◆ ————

아나가 정말로 마력예술학교의 무시무시한 주임 교사에게 말할 *작정이라면* 고생깨나 하겠다고 모리건은 생각했다. 모리건도 몇 주 전부터 머가트로이드에게 말을 걸어 보려고 애썼지만 불가능했다. 프라우드풋 하우스에서 머가트로이드를 볼 때마다 사람들 속으로 사라지거나 갑자기 일반예술학교 주임 교사인 끔찍한 디어본으로 바뀌곤 했다. 최근 이런 일이 꽤 잦았는데, 모리건은 머가트로이드가 일부러 자신을 피하는 건지…

아니면 디어본이 간섭하는 건지 궁금해지기 시작했다.

6주 전까지만 해도 모리건은 회색 소매인 호손, 아나, 마히르, 아칸, 프랜시스, 타데와 같이 일반예술학교 학생이었다. 둘시네아 디어본이 주임 교사를 맡은 일반예술학교는 원드러스협회 교육에서 두 개의 큰 줄기 중 하나였다. 일반예술학교는 세 개의 분과, 즉 지하 3층의 실용 분과와 지하 4층의 인문 분과 그리고 지하 5층의 체능 분과로 구성됐다.

마력예술학교는 학생 수가 훨씬 적었지만, 마찬가지로 지하의 세 개 층을 전용으로 썼다. 붉은 벽돌로 쌓은 프라우드풋 하우스 5층 건물 아래 가장 깊숙한 지하 공간은 오로지 마력 학교 학생들만 입장할 수 있었다.

마력 학교는 질서 정연한 일반 학교 세 개 층과는 달리 길 찾기가 무척 어려웠다. 마력 학교는 세 개 분과로 나뉘지 않았다. 셀 수 없이 많은 마법 집회소와 작업실, 동호회실, 연구소, 극비에 부쳐진 소협회들, 그리고 절대 *절대* 극비에 부쳐진 여러 비밀 업무 담당 길드들이 있었는데, 그중 어느 공간도 자기 존재 혹은 서로의 존재를 인정하지 않는 것 같았다. 마력 학교에는 문이 잠긴 방이 무수히 많고 답할 수 없는 질문도 엄청나게 많았지만, 지난 6주 동안 모리건은 시간표가 가리키는 교실을 손쉽게 찾아가는 법을 배웠다. 예컨대 전날에는 없었던 신비로운 안개가 낀 복도를 이젠 따라가지 않았다. 그랬다가는 예외

없이 수업에 지각했다.

머가트로이드가 일반 학교에 속해 있던 모리건을 마력 학교로 빼돌렸다는 사실을 알고 디어본은 *몹시 화를 냈다.* 물론 모리건에게 어떤 애정이 있어서 화를 낸 건 아니었다. 실은 정반대였다. 디어본은 모리건이 원드러스협회에 들어온 것 자체를 동의할 수 없었다. 그리고 모리건이 최소한의 것 이상을 배운다는 사실을 참을 수 없었다. 얼음장 같은 그 은발의 주임 교사라면 멀리서나마 자신의 학업을 방해하고도 남으리라고 모리건은 생각했다.

"너 그거 피해망상이야." 그날 오후 모리건이 그런 얘길 꺼내자 케이든스는 이렇게 말했다. 두 사람은 마지막 수업에 같이 가기 위해 지하 7층 복도 한쪽에서 램버스를 기다리는 중이었다. "그나저나 왜 머가트로이드하고 얘기하고 *싶은 거야?* 난 얘기하자고 할까 봐 최대한 피해 다니는데."

대부분의 사람은 보기만 해도 불안해지는 머가트로이드를 가능한 한 피해 다녔고, 그럴 만한 이유도 있었다. 그래도 모리건은 디어본보다 머가트로이드가 더 좋았다.

모리건이 한숨을 쉬며 시간표를 내밀고는 아침에 들어간 수업을 가리켰다. "이것 좀 봐. 〈미래 *들여다보기*〉. 〈*익숙한 것 찾아가기*〉. 어제는 〈*죽은 자들과 대화하는 법*〉이었거든."

"그 수업 너무 좋다고 했었잖아! 넌 으스스한 거 좋아하니까."

"그랬지. 난 *그런 게 좋아.* 단지 왜 머가트로이드가 나를 자꾸 이런 이상한 과목에 집어넣는지 모르겠어. 내가 그걸 배워야 한다고 자기도 말했으면서." 모리건은 잠시 말을 멈추고, 누가 엿듣지 않나 주변을 훑어보았다. 그리고 목소리를 살짝 낮춘 다음 이어서 말했다. "*참혹 예술 말이야.*"

케이든스의 얼굴에 불편한 기색이 스쳐 지나갔다. 케이든스도 참혹 예술에 대해서는 모리건만큼 알았다. 그러니까, 별로 아는 게 없다는 뜻이었다.

모리건은 참혹 예술이 이른바 '뛰어난 원더스미스'의 도구라는 걸 알았다. 원더스미스가 *된다*는 게 어떤 의미인지 조금이라도 이해하려면 도구를 사용하는 법을 배워야 했다. 모리건은 그 도구의 조각을 아주 조금 손에 넣게 되었고, 혼자 연습해 보고 있었다. 하지만 전체 영토에서 오직 한 사람만이 참혹 예술을 제대로 쓸 줄 알았다. 그리고 그토록 중요한 도구를 그 *사람*과 함께 나누고 있다는 건 참으로 기분 불편한 일이었다.

모리건은 계속해서 말했다. "내 말은… 난 천리안이 아니라는 거야! 난 예지자도 아니고, 마법사도, 마녀도, 뭣도 아니라고……."

"그래, 알아. 넌 힘센 원더스미스야. 눈물 닦아, 친구." 케이든스가 조용히 대답했다. 케이든스는 〈초월 명상〉 수업을 마친 램버스가 평소처럼 멍하게 걸어오는 것을 보고 시선을 끌기 위해 손을 흔들었다.

일반예술학교만큼 학생이 많지는 않지만 마력예술학교도 교직원, 졸업생, 교수와 연구원들을 비롯해 국립마법위원회와 초자연현상연맹, 네버무어마녀연맹에서 온 방문자들로 복도가 대개 분주했다. 오늘은 학기가 끝나는 것을 축하하는 선후배들로 북적거렸다. 대부분은 마력 학교 밖에서 엄격히 금지된 행동이었다. 환각 전공생들은 원협 안 어디서든 기술을 연습할 수 있었다. 머가트로이드의 말을 빌리면 환각은 "지루할 정도로 위험한 구석이 없는 속임수"였기 때문이다. (모리건은 환각 전공생들에게 이런 자유를 주는 것은 낭비라고 생각했다. 그 자유를 이용해 다른 사람들 비위나 상하게 하려고 복도에 개똥이나 촐싹거리는 쥐 환영을 만들었기 때문이다. 사람들을 놀라게 하는 걸 좋아하는 호손조차도 그 학생들의 노력에 아무런 감흥 없이 "상상력이 극도로 빈곤하다"고 선언했다.)

하지만 하급생이 마력 학교 밖에서 마법이나 주술을 연습하다 걸리면 꼭 후회하곤 했다. 머가트로이드가 가장 좋아하는 벌은 겨울 외투 팔 자르기와 눈썹 밀기, 프라우드풋역 위의 보행교 옆에 발목을 묶어 매달아 놓기 같은 것이었다.

하지만 마력 학교 복도에서라면 어떤 제약도 없었다.

이날 오후, 한 학기의 끝을 기념하는 이 기괴한 종업식에서 마법사 학생 한 무리가 라벨이 붙지 않은 묘약병이 든 상자를 마법동에서 훔쳐 나와 이것저것 흔들어 섞은 다음 서로 마시라고 부추겼다. 그리고 그 결과 때문에 재미있어서, 또는 고통스러워서 울부짖었다. 어떤 여학생은 족히 1분은 뜨거운 증기를 내뿜느라 목을 데었고, 한 남학생은 눈알의 모세혈관이 모두 터져 버렸다. 처음으로 눈에 띈 무생물과 열렬한 사랑에 빠진 학생도 있었는데, 주변 시선을 아랑곳하지 않고 구애한 대상은 소화기였다.

"램, 빨리 좀 오지 않을래?" 케이든스가 몇 미터 뒤에서 꾸물거리는 친구를 보고는 앓는 소리를 했다.

"멈춰." 램버스가 한 손을 들며 말했다. 모리건과 케이든스는 즉시 걸음을 멈추었다. 두 개의 긴 복도가 교차하는 지점 바로 앞이었다.

램버스는 뛰어난 단기 예지자였다… 그러니까 미래를, 바로 몇 분 앞 미래를 내다볼 수 있었다. 919기 동기들은 램버스의 경고에 주의를 기울이면 엄지발가락을 찧는다든지 차를 엎는다든지 하는 작은 재난을 피할 수 있다는 걸 알았다. 때로는 목숨도 구할 수 있다는 걸 모리건은 지난 할로우마스 밤에 배웠다. 그때 모리건은 램버스가 뱉은 아리송한 예언을 해독해 불법으로 열린 섬뜩한 시장(* 전편에 등장한 일종의 암시장으로, 다양한 불법 장물을 매매하고 특히 뛰어난 비기를 지닌 사람들을 납치하여 그 비기를 경매에 부침 – 옮긴이)을 폐쇄했다. 그리고 케이든스와 램버스가 경매에서 최고가를 부른 입찰자에게 넘어가는 일을 간신히 막아 냈다.

모리건이 암호 같은 예언을 풀어내지 못했다면 틀림없이 누군가 큰돈을 지불하고 케이든스의 비기를 도둑질해 갔을 것이다. 램버스의 운명은 훨씬 더 나빠졌을지 모른다. 그들의 친구 *램버스 아마라*는 사실 라 왕실의 람야 베타리 아마티 라 공주로 파이스트상주의 실크랜즈에서 왔기 때문이다. 램은 윈터시공화국에서 자유주로 몰래 넘어와 원드러스협회에 들어오기 위한 평가전에 참여했다. 여기까지는 모리건과 같지만, 모리건과 달리 램은 가족이 계획에 동참했다. 제1당인 윈터시당에 대한 반역죄가 발각되는 날에는 처형을 당할 수도 있었다. 공화국에서는 누구라도 자유주의 존재를 *아는 것* 자체가 금지되어 있었다.

919기 동기들은 램버스의 비밀을 지키기로 맹세했다. 물론 램버스의 후원자와 치어리 씨와 원로들처럼 그 사실을 아는 다른 사람들이 있긴 했다. 붕괴하는 섬뜩한 시장을 피해 밤의 어둠 속으로 허둥지둥 달아난 몇몇 가련한 인간들도 알았다. 하지만 919기는 비밀을 동기들 사이에 파묻고 절대 발설하지 않으면 램버스를 해치려는 사람들로부터 보호할 수 있을 것만 같았다.

케이든스가 조급하게 한숨을 푹 내쉬며 시계를 들여다보았다. "램, 우리 지금—"

"잠깐만."

촥! *위이이잉*······.

모리건과 케이든스는 겁에 질린 채 복도 저 아래쪽에서 마법 분과 남학생 하나가 마구 섞은 묘약병을 지나가던 상급생의 온몸에 뿌리는 모습을 지켜보았다. 상급생인 여학생은 검은 액체를 뒤집어썼는데, 타르처럼 흘러내리는 그 액체는 여학생의 피부에 닿자··· 벌로 변했다. 화가 나서 윙윙거리는 벌 떼가 마치 여학생에게 꽃가루라도 묻어 있는 것처럼 달려들었다. 여학생은 비명을 지르면서 복도를 달리며 벌을 떼어 내려 애썼다. 마법 분과의 남학생들이 반은 웃음이 터지고 나머지 반은 겁에 질린 모습으로 그 뒤를 쫓아가며 도와주려 했다.

마침내 램버스가 손을 내렸다.

"어서 가자." 한가로운 걸음으로 모리건과 케이든스를 지나쳐 가는 램버스는 누가 봐도 *그것 봐* 하는 표정이었다.

———◆———

모리건은 지금까지 지하 2층에서 수업을 받은 적이 없었다. 물론 그곳에 식당과 조리실과 사무국이 있기 때문에 거의 매일 거르지 않고 들르긴 했다. 모리건과 케이든스, 램이 도착했을 때 919의 다른 동기들은 벌써 지정된 교실 앞에서 기다리고 있었다.

"범죄Crime와 도넛Donuts." 호손이 고개를 돌려 다른 아이들을 바라보더니, 한 팔을 뻗어 교실로 들어가지 못하게 문을 막으며 말했다. "마지막으로 생각한 거야. 또 누구 없어? 마지막 기회라고."

"아, 그냥 문 열어." 타데가 않는 소리를 흘리며 호손을 밀치고 지나갔다.

다른 교실보다 4분의 1 정도 작은 방은 텅 비어 있었다. 또 매우 어두웠다. 모리건이 벽을 더듬는 사이 다른 아이들은 안으로 들어갔다.

"불 켜는 스위치가 어디 있지?" 모리건이 물었다.

"아야! 내 발 밟았잖아, 프랜시스, 이 헐렁이야."

"미안, 보이질 않아서—"

쾅. 아이들 뒤에서 문이 휙 닫히자 모두 조용해졌다.

"선생님은 어디 계신 거야?" 아나가 약간 떨리는 목소리로 속삭였다.

"쉿." 램이 조용히 말했다. "벽을 봐. 이제 시작할 거야."

2장

치밀하게 조작된 하루의 사건들

어둠 속에서 몇 초간 정적이 지나간 뒤 벽이 환해지고 생생하게 움직이는 이미지가 나타났다. 모리건은 눈을 깜박이며 갑작스럽게 나타난 빛을 들여다보았다.

아이들 앞에 영사된 화면은 모리건이 또렷이 기억하는 어느 밤이었다.

아홉 명의 아이들이 원드러스협회 밖에 한 줄로 서 있었다. 생화로 만든 커다랗고 정교한 태피스트리가 문 위를 덮었고,

구불구불한 초록 덩굴로 이런 글자가 그려져 있었다.

919기 아이들은 놀라서 말문이 막힌 채로 서서 1년 전 자신들의 모습을 지켜보며, 이건 또 무슨 이상한 수업인지 의아해했다. 아무튼 대부분은 그랬다.

"내 머리카락이 정말 저렇게 복슬복슬해 보였어?" 호손이 모리건의 귀에 대고 조그맣게 물었다.

"그래."

호손은 고개를 끄덕였다. "멋진데."

"우리가 뭘 해야 하지?" 영상 속 타데가 물었다. 영상 속 모리건이 타데를 슬쩍 곁눈질했다. 과거의 자신은 기억보다 더 작았고 더 겁을 먹은 듯이 보였다.

그때 영상 속에서 어떤 일이 일어났다. 모리건은 팔에 소름이 돋았다. 기억에 없는 일이었다.

케이든스가 다가와 손목을 잡더니 물었다. "뭐야… *저게?*"

뭔지 알았다 해도 그 순간 모리건은 대답할 수 없었을 것이다.

아무것도 모르는 아홉 명의 919기 아이들은 봄 전야의 자정에 원협 밖에 서 있었다. 기대와 흥분에 휩싸인 채 네버무어 최고의 특권 조직에 들어가 새로운 삶이 시작되기를 숨죽이고 기다렸다.

그리고 그동안 아이들 뒤에는, 어둠 속에서 살금살금 기어 나오는 수십 마리의… 모리건은 그것이 무엇인지 알지 못했다. 괴물일 거라고 짐작만 할 뿐이었다.

검은 비늘에 덮인 생명체들은 살집이 크고 다리가 많았는데, 우니멀 같지는 않았지만 사람도 아니었다. 힘센 앞발로 몸을 당겨 땅 위를 기었고 근육질의 긴 꼬리를 질질 끌었다. 묘하게 사람을 닮은 얼굴은 넓적하고 살이 없었다. 눈은 몸을 덮은 비늘처럼 까맣고 딱정벌레처럼 반짝였다.

모리건은 난생처음 보는 모습이었다. 실험 중에 잘못된 것 같았다. 뱀이 인간에 가깝게 변했거나… 그 반대이거나. 영상으로 보는 것만으로도 도망가고 싶은, 본능적이면서 원초적인 충동이 일었다. 하지만 모리건은 그 자리에 얼어붙어 있었다.

"장난치는 건가?" 아나가 가늘게 떨리는 목소리로 물었다. "끔찍한 장난 같은 거 아냐? 별로 *재미없잖아.*"

아나는 돌아서서 문을 향해 달려갔지만, 문은 잠겨 있었다.

"이런 거 **재미**없단 말이야!" 아나가 다시 소리쳤다.

나머지 919기 동기들은 본능적으로 서로에게 바짝 붙어 서서 뱀처럼 생긴 생명체가 영상 속 자신들에게 미끄러지듯 다가오는 모습을 지켜보며 점점 더 조여 오는 공포를 느꼈다. 그날 밤을 직접 겪지 않았다면, 그 시간이 어떻게 지나갔는지 몰랐다면, 모리건은 자신과 친구들이 괴물들에게 공격당해 잡아먹히는 장면이 나오리라고 믿어 의심치 않았을 것이다.

물론 그런 일은 일어나지 않았다. 살금살금 기어 오던 생명체가 아이들에게 닿기 직전, 더 많은 형체가 어둠 속에서 튀어나왔다. 인간의 모습을 한 그들은 검은 원협 망토를 걸친 마법사들이었다. 마법사들은 불붙은 나뭇가지를 휘두르고 연기가 나는 이상한 부적을 흔들면서 괴물을 어두운 그림자 속으로 조용히 몰아넣었다.

그럴 수가 없는데, *어처구니없게도* 과거의 919기는 이런 사실을 전혀 눈치채지 못했다. 아이들은 기회와 모험의 비밀 세계로 들어가는 문이 삐걱거리며 열리는 것만 뚫어지게 바라보았다.

단 한 사람, 램버스만 그 무리에 섞이지 않았다는 걸 모리건은 눈치챘다. 모리건은 영상 속 램버스를 유심히 지켜보았다. 램버스는 맨 끝에 서서 공포 때문에 휘둥그레진 눈으로 뒤의 어둠을 응시하고 있었다.

"아무 말도 안 했잖아" 모리건이 램을 돌아보며 조용히 말했다. 화면에서 투사된 빛이 램버스의 얼굴을 밝게 비추었다. "왜 우리한테 *말하지* 않았어?"

램버스의 턱이 조금 떨렸다. "난… 그냥… 안 하는 게 더 나을 것 같았어."

아홉 아이는 원협 교정으로 신나게 걸어 들어갔고, 램버스 말고는 아무도 뒤편의 위험을 의식하지 않았다.

모리건은 안도의 숨을 내쉬며, 어둑어둑한 교실 안에서 호손과 케이든스를 바라봤다. 두 사람도 혼란스러운 얼굴로 모리건을 마주 보았다. 마침내 문이 닫히고 괴물이 더는 보이지 않게 되자, 교실 안에 사라졌던 공기가 되돌아온 느낌이었다. 그때 확성기를 통해서 말하는 것 같은 목소리가 영상 속에서 흘러나왔다. 모두 깜짝 놀랐다.

"여러분이 왜 여기에 왔는지 궁금한 것 같군요."

모리건이 잘 아는 날카로운 음색이었다. 퀸 원로의 목소리였다.

그레고리아 퀸은 최고원로위원회의 멤버로 원드러스협회에서 가장 존경받는 세 사람 중 한 명이었다. 최고원로위원회는 한 연대가 시작될 때마다 원협 회원 전원이 함께 선출하며, 선출된 원로들은 다음 연대가 올 때까지 원협을 이끌었다. 모리

건은 퀸 원로가 왜 이 영광스러운 자리에 뽑혔는지 알 것 같았
다. 퀸 원로는 작고 연약하고 나이도 아주 많았지만, 만만히 볼
사람이 아니었다. 퀸 원로와 함께 최고원로위원에 오른 헬릭스
윙 원로와 앨리어스 사가 원로도 인상 깊은 편이긴 했다. (아주
그렇지는 않지만.)

　"오랜 세월 동안", 퀸 원로의 목소리가 메아리처럼 울렸다.
"원드러스협회에는 하나의 임무가 있었습니다. 통일된 하나의
비밀스러운 목표, 두 가지로 각각 달리 표현하지만 똑같이 중
요한 과업이지요. 우리는 이 목표를, 더 원대한 용어가 없어서
이렇게 부릅니다. 억제Containment와 주의분산Distraction이라고."

　"그럼… 감자튀김과 소스는 아닌 거네." 호손이 작은 목소리
로 속삭였고, 모리건은 어처구니없이 터져 나오는 웃음을 간신
히 손으로 틀어막았다.

　"쉿", 케이든스가 팔꿈치로 모리건의 옆구리를 쿡 쳤다.
"*봐.*"

　퀸 원로는 영상 속에서 이야기를 이어 나갔다. 퀸 원로가 말
하는 입회식 날 밤은 아이들이 겪었던 것과 전혀 *달랐다.* 같은
날 같은 밤이었는데도.

　모리건은 프라우드풋 하우스 진입로를 걸어갈 때 약간 긴장
하긴 했지만 두렵지는 않았다. 망토를 입은 원드러스협회 회원
들이 촛불을 든 채 진입로에 줄지어 선 죽은 불꽃나무 위에 걸

터앉아 있었는데, 그 모습을 보며 묘하게 위로를 받았던 기억도 났다. 그때 모리건은 어려운 과정은 모두 끝났다고 생각했다. 평가전을 통과하고 협회에 들어왔으니, 이제부터는 모든게 좀 더 수월할 거라고.

물론 틀린 생각이었다. 하지만 이제야 모리건은 그게 얼마나 틀린 생각이었는지 정확하게 알게 되었다.

아홉 명의 신입생 뒤로, 나무에서 뛰어내린 형체들은 원드러스협회 회원이 아니었다. 심지어… 사람도 아니었다. 그저 흉내를 아주 잘 내고 있을 뿐이었다.

"세상에, 도대체 우리가 뭘 보고 있는 거지?" 아칸이 숨죽여 말했다.

모호하게 인간의 모습을 복제한 듯한 형체는 원래 모습으로 변해 갔다. 거대한 독수리 같은 생명체는 구부정하니 귀신에 썬 것처럼 보였고, 노란 눈에 큼직한 갈고리 모양 발톱을 가지고 있었다.

모리건은 자신과 동기들이 그렇게까지 알아차리지 못하는게 믿기지 않았다.

"뛰어, 제발." 아칸이 영상 속 919기 아이들에게 무의미한 말을 속삭였다. 모리건은 그 충동을 이해했다. 자신도 과거의 모리건을 잡고 흔들어 억지로라도 위험을 알아채게 하고 싶었다.

그것들이 그저 그림자 속에서 스르르 나타나 나무 위에 앉아 있기만 한 게 아니었기 때문이다. 더 많은 일이 있었다. 훨씬 더 많은 일이.

모리건은, 아니 아홉 명의 아이들 모두 입회식의 화려한 볼거리가 자신들의 성공을 축하하기 위한 것이라고 믿었다.

축하가 아니었다는 걸, 모리건은 이제야 깨달았다. 축하하는 게 아니라 주의를 분산시키는 것이었다. 정밀하게 연출된 주의 분산에서 설계한 대로, 아이들은 정확히 보아야 할 곳으로 시선을 돌렸고 주변에서 일어나는 다른 모든 것을 놓쳤다.

반짝반짝 영롱한 무지개 아치길은 아이들의 시선을 빼앗아 프라우드풋 하우스의 모든 창문에서 *피가 흐르기 시작했다*는 사실을 알지 못하게 했다. 무서운 이야기의 한 장면처럼, 걸쭉하게 배어 나오는 붉은 피가 건물 벽면의 벽돌을 타고 주르륵 흘러내렸다.

나팔을 불던 코끼리는 대리석 계단을 내려다보지 못하도록 눈길을 끌었다. 계단 바닥에서는 원협 회원 한 무리가 통솔하는 1,000마리의 거미 군단이 919기 아이들의 신발 위를 미끄러지듯 건너가고 있었다.

누구도 그 무엇 하나 눈치채지 못했다.

용의 불로 하늘에 수놓은 아홉 이름을 경외감에 젖어 올려다보느라 놓쳤던 광경은 그중에서도 특히 더 기이했다. 푸념하는 숲 가장자리에서 한 소대는 될 법한 나무들이 땅에서 뿌리를 뽑아 올려 행진하고 있었다. 느리게, 아주 천천히, 프라우드 풋 하우스를 향하는 그 모습이 마치 고대의 저주받은 나무 부대 같았다.

섬뜩한 광경이었지만⋯ 놀라웠다. 모리건은 공포를 느끼면서도 깜짝 놀랄 수밖에 없었다. 자신과 동기들 모두 어쩌면 저렇게 해야 할 일을 정확히 하고 있을까? 그렇게 해야 한다는 *생각은 요만큼도 없이*. 아이들은 안내하는 대로 보고, 안내하는 대로 돌아섰다. 정확한 순간에 정확히 필요한 시간만큼 움직였다. 마치 한 번도 연습한 적 없는 발레를 완벽하게 공연하는 모습을 보는 것 같았다.

"누구인지 몰라도 이런 짓을 벌이다니 비뚤어진 사람일 거야." 마히르가 말했다.

모리건이 고개를 저었다. "아니, 누가 꾸민 일인지 몰라도 저 사람은 천재야."

"여러분은 다섯 번째이자 마지막 평가전을 통과했습니다. 모든 시험 중에 가장 중요한 신의를 검증하는 과정이었지요. 그리고 원드러스협회 회원으로 두 번째 해의 시작을 앞두고 있습니다." 각자 후원자를 따라 대리석 계단을 올라가는 아홉 학생의 영상 속에서 다시 퀸 원로의 목소리가 크게 울렸다. "신뢰받을 자격이 있다는 걸 증명하는 과정에서, 여러분은 우리 내부의 더 깊은 지식과 더 큰 책임감으로 가는 문을 열었습니다."

모리건은 얼굴을 찡그렸다. 아이들은 불과 6주 전에 다섯 번째 평가전을 통과했고, 그건 떨떠름한 기억이었다. 919기가 서로에게 신의를 지키는지 평가한 시험은 협박의 형태로 이루어졌다. 아이들은 모두 충격적인 요구 사항을 이행하라는 쪽지를 받았다. 익명의 협박범은 요구에 따르지 않으면 모리건이 원더스미스라는 사실을 협회 전체에 폭로하겠다고 했다. 그건 원로들이 919기에게 반드시 지켜야 한다고 했던 비밀로, 신뢰를 깨뜨릴 경우 원협에서 평생 제명될 수 있었다. 이 일로 모리건은 1년 내내 아주 힘든 시간을 보냈다. 그런데 알고 보니 그 자체가 평가전이었고… 그 상황을 꾸민 당사자가 바로 원로들이었다.

지금 생각해도 이가 갈릴 만큼 끔찍한 일은, 평가전을 통과하기 위해 모리건은 자신이 원더스미스라는 사실을 제 입으로 밝혀야 했다는 것이다. 그리하여 이제는 협회 회원 모두 진실을 알게 되었다.

뭐, 모리건은 씁쓸하게 생각했다. *어쨌든 통과했으니까.*

영상 속에서 919기 아이들이 후원자와 함께 프라우드풋 하우스로 들어가고, 문이 닫혔다. 영상이 중단됐다. 아이들은 다시 어둠에 파묻혔다.

퀸 원로의 고압적인 목소리가 방을 가득 채우며 이어졌다.

"여러분이 우선해야 할 가장 중요한 새로운 책임은 우리가 사랑하는 도시의 진실을 목도하고, 그 안에서 여러분의 올바른 위치를 확인하는 것입니다."

모리건은 목 뒤쪽이 따끔거리는 것을 느꼈다. *됐어요. 난 네버무어에 관한 진실을 보고 싶지 않아요. 오늘은 싫어요*라고 말하고 싶은 충동이 일었다.

"원드러스협회에서 여러분의 미래를 이해하기 위해서는, 반드시 우리의 과거를 알아야 합니다." 퀸 원로가 계속해서 말했다. "협회를 설립한 목적은 매우 특별했습니다. 백 년 전까지만 해도, 우리의 사명은 아홉 인물의 일을 지원하는 것이었습니다. 누구보다 고귀하고 지고한 아홉 인물에게는 그들만의 사명이 있었습니다. 우리 영토 시민들의 삶을 위해 봉사하고, 그 삶을 보호하며 개선하는 것이었지요."

"그들은 원더스미스였습니다. 아홉 명에게는 다른 사람들을 넘어서는 재능이 있었습니다. 우리는 원드러스의 신들이 그들을 직접 선택했다고 믿었습니다. 우리 영토를 보살폈다고 전해지는 바로 그 고대의 신들이 말이지요. 원더스미스는 축복받은 힘을 지니는 대신, 평생을 바쳐 자신의 기술을 연마하고 그 힘을 오로지 남을 위해 봉사하는 데 사용하곤 했습니다. 그리고 생을 다했을 때 태초의 원드러스 아홉 영혼은 다른 사람의 몸으로 다시 태어났다고 하지요. 그들은 다시 태어나서도 원드러스협회의 지도와 지원을 받아 영토를 위해 봉사했습니다. 그렇게 돌고 돌아 한 세대가 다른 세대로 교체되어도 우리는 그들이 누구인지 절대 잊지 않았습니다. 아홉 신의 인간 대리인이 그들의 일을 하러 이곳에 오는 것이지요."

그게 사실일까, 모리건? 진짜 원더스미스 아홉 명 중 하나의 최신판이, 모리건 크로우의 몸으로 환생했다고? 복제의 복제의 복제로? 지어낸 말처럼 들렸다. 신화책에서나 볼 수 있는 환상적인 에피소드 같았다.

퀸 원로는 이어서 말했다. "하지만 결국 협회는 임무에 실패했습니다."

불편한 마음이 모리건을 스쳐 갔다. 캄캄한 어둠 속에서도 여덟 쌍의 눈동자가 자신을 향하는 게 느껴졌다.

"아홉 명의 원더스미스는 숭배와 헌신의 대상이 되었고, 그들을 *광신하는* 사람들까지 생겨났습니다. 우리가 그렇게 만든 것이지요. 그들 스스로 신이라 믿고 보통 사람보다 우월한 존재로 여기게끔, 그래서 그중 일부가 타락하고 경솔해지도록 말이지요. 그렇게 그들은 권력에 굶주린, 위험한 존재가 되었습니다. 많은 사람이 악이라 말하게 되었습니다."

"마침내 그중 한 명이 자신의 시대가 왔다고 판단했습니다. 그는 비밀리에 괴물 부대를 만들기 위해 노력했습니다. 직접 만든 사악한 창조물들로 군대를 일으킨 다음, 동료 원더스미스들을 휘둘러 왕권에 반하는 성전을 벌이려고 하였지요."

"물론 그는 패하였습니다. 범죄로 인해 추방당했고, 우리가 마지막 원더스미스라고 알고 있는 그 사람이 되었습니다. 에즈라 스콜은 우리 도시를 정복하여 노예로 만들려고 했습니다. 우리는 잊지 않았고, 앞으로도 잊지 않을 겁니다."

모리건은 속이 메스꺼웠다. 귀를 틀어막거나 교실에서 뛰쳐나가고 싶었지만, 더 알고 싶은 충동을 뿌리칠 수 없었다.

"현재 원드러스협회의 목적은 네버무어를, 더 크게는 자유주를 과거 원더스미스가 만든 타락하고 위험한 창조물로부터 보호하는 것입니다. 여전히 창궐하는 혼돈으로부터 말이지요. 우리 스스로 이 도시에 들어오도록 허락한 혼돈은, 우리가 제때 행동하지 못하고 나약하게 군 탓입니다."

"우리는 지난날의 잘못을 바로잡아야 합니다." 퀸 원로의 형체 없는 목소리가 쩌렁쩌렁 울렸다. "오래된 상처를 봉합해야 합니다. 비록 흉터가 남더라도 말이지요."

"꽉 잡아." 램이 말했다.

"뭐라고?" 아나가 불안한 목소리로 물었다. "얘가 뭐라는 거야?"

하지만 모리건과 케이든스는 이미 벽에 몸을 바짝 붙이고 서 있었다. 작은 교실 안에는 달리 붙잡을 게 없었기 때문이다. 호손은 두 사람이 하는 대로 했고 마히르와 아칸, 타데도 재빨리 따라 했다.

공기가 밀려오는 것 같은 소리가 나더니, 기계가 삐걱거리는 소리에 이어 쿵 하며 갑자기 땅이 아래로 떨어지는 느낌이 들었다. 아나와 프랜시스는 램의 충고를 얼른 알아듣지 못한 탓에 바닥으로 넘어졌다가 허둥지둥 일어나 교실 가장자리로 기어갔다.

교실이 움직이고 있었다. 교실은 어둠 속에서 무서운 속도로 추락했다.

"무슨 *일이야*?" 아나가 울부짖었다.

"조용히 해." 모리건이 쏘아붙였다. 소란 속에서도 퀸 원로는 여전히 차분한 목소리로 말하고 있었고, 모리건은 그 말을 한마디도 놓치고 싶지 않았다.

떨어지던 교실은 돌연 멈추더니 터널을 달리는 열차처럼 앞으로 나아갔다. 그 바람에 아이들은 뒷벽에 부딪혔다.

교실이 앞으로 내달리는 동안에도 퀸 원로의 목소리는 계속 흘러나왔다. "여러 연대에 걸쳐 우리는 지칠 줄 모르는, 빈틈없는 노력으로 네버무어의 무시무시한 개체 몇몇을 통제 아래 둘 수 있었습니다. 이 과정에서 우리는 마법과 주술, 엄청난 완력을 같이 사용했습니다. 어떤 경우에는 외교와 협상이라는 옛날 방식을 이용하기도 했습니다. 우리는 비밀리에 이 일을 합니다. 우리 시민들을 먹잇감으로 삼을지 모를 혼란스럽고 치명적인 세력들로부터 도시를 보호하기 위해서입니다."

펑. 교실이 또다시 급작스레 멈췄다가 방향을 바꾸는 바람에 아이들은 오른쪽 벽으로 내동댕이쳐졌다.

"나 토할 것 같아", 호손이 신음하듯 말했다.

"그러기만 **해 봐**!" 케이든스가 호손을 향해 소리쳤다.

교실 안의 소동을 의식하지 못한 퀸 원로의 목소리가 계속 이어졌다. "여러분이 방금 목격한 몇 가지 위협은 원드러스협회가 엄격하게 규제하고 있습니다. 예를 들어, 변신술로 새 흉내를 내며 나무 위에 앉아 있던 불Vool의 모습을 보았을 겁니다. 한때 포악했던 불 개체들은 네버무어 시민의 삶에 광범위한 위협을 주었습니다. 50년이 넘는 시간이 걸렸지만, 이제 이들의 개체 수와 행동은 모두 관리가 가능합니다. 불의 사례는 아마 우리가 거둔 가장 큰 성공일 겁니다."

"여러분이 본 몇몇 흉물은 우리의 통제 속에 있다고 말할 수 없지만, 몇 시대 동안 신중한 외교적 노력을 기울인 결과 우리의 대의와 동맹을 맺었습니다. 협회는 그들을 네버무어와 자유주를 수호하는 선한 힘으로 받아들이고 있습니다. 예를 들어, 푸념하는 숲의 나무들은 여러분의 입회식에 초대했던 손님입니다. 우리의 신입 회원을 위한 중요한 훈련 도구로서 기꺼이 참여하고 싶어 했습니다."

"그리고 마지막으로, 영상에서 본 일부 괴물들은 그 행동을 예측하기 위해 이용한 것입니다. 여러분이 원협 문밖에서 보았던 생명체는 슬링굴Slinghoul이라고 합니다. 우린 슬링굴과는 협상하지 않습니다. 슬링굴에게는 외교가 먹히지 않지요. 다행히 슬링굴은 예측할 수 있어 관리와 회피가 모두 가능합니다. 우리는 최선을 다하고 있습니다.”

“여러분의 입회식 밤은 교육 및 정보 제공을 위해 신중하게 조작된 자리였습니다. 협회가 이루고자 하는 바를 이해하는 데 도움이 되었기를 바랍니다.”

이 긴 연설이 이어지는 동안 교실은 한 번, 두 번, 세 번 더 계속해서 방향을 바꾸었고 다시 왼쪽으로, 위로, 또 왼쪽으로, 오른쪽으로, 그리고 또다시 아래로 홱홱 움직였다. 점점 더 빨라지는 속도로 몇 킬로미터는 이동한 기분이었다. 그러다가 마침내 교실은 속도를 늦추었고 완전히 멈춰 섰다. 불이 다시 켜졌다.

모리건은 눈을 떴다. 919기 아이들은 바닥에 앉아 벽에 등을 기댄 채 숨을 고르려고 애썼다. 아무도 말을 하지 않았다.

문이 열리며 퀸 원로가 교실로 들어왔다. 퀸 원로는 아이들이 바닥에 앉아 있는 것을 보고 살짝 놀란 듯했다.

“이런.” 퀸 원로가 천장에 달린 안전 고리를 가리켰다. 그런 게 있다는 걸 아무도 알아채지 못했다. 퀸 원로는 손가락으로 고리 거는 모습을 흉내 내며 물었다. “아무도 브롤리를 가져오지 않은 거니?”

모리건은 다시 눈을 감으며, 점심으로 먹은 음식이 올라오지 않도록 조용히 의지력을 발휘했다.

— ◆ —

흠씬 두들겨 맞은 기분에 완전히 당황한 919기 아이들은 퀸 원로를 따라 작은 교실에서 나와 불빛이 환한 긴 복도를 내려 갔다. 넓고 웅장한 복도는 전임 장로들의 초상화와 가스로 불을 밝힌 촛대로 장식되어 있어, 호텔 듀칼리온을 연상케 했다.

"억제와 주의분산은 작은 구멍 천 개를 열 개의 손가락만으로 막으려는 시도와 같아." 퀸 원로는 모리건이 생각했던 것보다 훨씬 빠르게 발을 끌며 앞으로 나아갔다. "끝도 없고 생색도 나지 않는 데다 지저분하고 위험하며 거듭 되풀이되는 일이지만, 특권으로 여기고 수행해야 할 책무지. 그리고 이제 그 특권은 너희의 것이기도 하단다."

퀸 원로는 이쪽저쪽으로 고개를 돌리며, 허둥지둥 뒤따라오는 학생들을 힐끔 쳐다보았다.

"너희가 궁금해하는 게 뭔지 안단다. 학생들은 매년 같은 걸 궁금해하지. 이게 나한테 어떤 의미일까, 나도 모르는 사이 군대에 징집돼서 어둠의 세력과 싸워야 하는 걸까, 평생을 그날 밤 보았던 생명체와 싸우며 살아야 하는 걸까, 그렇지?"

　모리건은 그런 의문을 품은 적이 없지만, 지금은 궁금했다.

　"글쎄, 어쩌면 그럴 테지. 그게 너희가 원하는 거라면. 너희가 잘하는 거라면 말이다. 그렇지 않다면 아마 다시는 이런 끔찍한 장면을 볼 필요가 없을 거야. 너희의 운명은, 원드러스협회에서 너희가 평생 해야 할 역할은, 세상에 빛을 가져다주는 것일 게야. 음악이든 미술이든 정치든 골파와 감자로 아주 맛있는 수프를 만드는 것이든, 어떤 형태로든 어둠과 균형을 유지하는 일이지. 어둠으로부터 사람들의 시선을 분산시키고, 네 버무어가 어둠에 잡아먹히지 않도록 지키는 일 말이다."

　퀸 원로는 복도 끝에서 걸음을 멈추고, 문 앞에서 919기를 향해 돌아섰다. 퀸 원로는 대부분의 아이보다 몇 센티미터는 더 작았지만, 모리건은 거인이 빤히 내려다보는 듯한 기분이 들었다.

　"너희 각자가 원드러스협회에서 어떤 중요한 역할을 맡게 될지 나는 모른다." 퀸 원로는 낮은 음성으로 말했다. "그건 너희 하기 나름이란다."

　퀸 원로가 문을 열었다.

　"집회소에 온 걸 환영한다."

3장

집회소

마치 트롤경기장에 들어가는 것 같았다. 하지만 실내는 더 어둡고 더 작았다. 좌석은 경기장처럼 배치되어 있었지만, 그 자리에는 피 튀기는 싸움으로 상대방을 쓰러뜨리라고 아우성치며 응원하는 난폭한 무뢰한들 대신 예의 바른 원드러스협회 회원들이 빼곡히 앉아 있었다.

"이번 주 집회는 벌써 시작되었군." 퀸 원로가 중얼거리며, 아이들을 원형 경기장 뒤쪽의 빈 좌석으로 안내했다. "보다시

피 저학년 기수는 보통 중앙에 더 가까이 앉지만, 너희는 이번이 첫 참석이니 여기 뒷자리에 앉아서 참관해도 좋아."

퀸 원로는 아이들을 남겨 두고 사가 원로가 마련해 놓은 방 중앙의 자리를 향해 통로를 따라 내려갔다. 웡 원로는 연단에 서서 개회를 선언하고 있었다.

협회의 나이 든 회원 몇몇이 고개를 돌려 호기심 어린 눈으로 919기를 유심히 바라보았다. 기분 탓일 수도 있지만, 모리건은 다른 누구보다 자신에게 시선이 오래 머문다는 생각이 들었다.

어깨가 무겁게 느껴졌다. 퀸 원로의 연설이 아직도 머릿속에 맴돌았고, 갑자기 모리건은 자신의 위치를 더 깊이 이해했다.

모리건이 원더스미스라는 사실을 밝힌 순간부터 왜 상급 회원들에게서 그토록 조용한 적대감을 느껴야 했는지 분명해졌다. 네버무어 시민들은 원더스미스를 단순히 위험하게 여기는 게 아니었다. 협회는 원더스미스가 *얼마나* 위험한지 정확히 알았다. 정확히 얼마나 혼란스럽고 지저분한지, 정확히 어떻게 오래전부터 눈에 띄지 않고 도시에 치유되지 않은 상처와 흉터를 남겼는지 알고 있었다. 아직도 그 지저분한 흔적을 치우고 있기 때문이다.

그래도, 모리건은 바른 자세로 앉으며 침울한 기분을 떨쳐 내듯 혼자 되뇌었다. 내가 *그런 게 아니야*. 난 뱀 같은 괴물도

독수리 인간도 만들지 않았어.

모리건은 에즈라 스콜과 그동안의 모든 원더스미스를 하나로 엮어 생각하는 게 분했다. 모리건은 이제 크로우 저택의 보조거실에 숨어서 엉망이 된 잼과 엉덩이 골절상에 관한 사과 편지를 쓰는 저주받은 아이가 아니었다. 다른 누구 못지않게 이 자리에 있을 권리가 있는 사람이었다.

모리건은 턱을 들고 웡 원로를 빤히 주시하면서 뒤를 힐끔거리는 음험한 눈길을 모두 무시했다.

"…그리고 특이지형반에서 대표로 오신 분은 오늘도 871기 아드리아나 솔터입니다." 웡 원로가 말했다. "솔터 부인, 특이지형반에서 시간을 뺄 수 있는 사람은 부인밖에 없나요? 왜 다른 사람이 여기 오는 걸 볼 수가 없지요? 마일즈에게 말해요. 다음번에는 기다리고 있겠다고. 우니멀학과 자연주의 부서에서 오신 발레리 브램블 박사입니다……."

소개는 한동안 계속되었다. 모리건은 언급된 조직을 모두 기억하기가 힘들었다. 웡 원로가 이름을 부르자 특이공학 및 공공기반시설 자문위원회Unusual Engineering & Infrastructure Advisory Board와 건축이상현상연합Architectural Anomalies Association, 그리고 고블도서관에서 대표로 온 사람들이 모두 자리에서 일어나 손을 흔들며 짧은 박수에 감사를 표했다.

"…탐험가연맹에서" 웡 원로의 말에 모리건의 귀가 번쩍 뜨였다. "895기 주피터 노스 대장이 참석했군요."

주피터 아저씨가 왔다니! 모리건은 주피터가 자신과 상관없는 일로 원협을 방문하는 걸 본 적이 없었다. 모리건은 눈에 확 띄는 밝은 생강색 머리카락에 환하게 웃는 얼굴이 반쯤은 수염에 뒤덮인 남자를 찾기 위해 몸을 쭉 펴고 똑바로 앉아 자신보다 키 큰 사람들의 뒤통수를 훑어보았다. 주피터는 평소처럼 극적인 감각을 발휘한 차림이었다. 맵시 있는 조끼와 풍선껌 같은 분홍색 바지를 입고, 하늘색 셔츠의 소매를 팔꿈치까지 걷어붙였으며, 금속성의 파란색이 반짝반짝한 브로그화를 신은 모습이었다.

그가 *싸구려 좌석*에서 돋보일 줄 안다고 생각하며, 모리건은 그날 오후 처음으로 미소를 지었다.

자리에서 일어난 주피터는 다른 사람들보다 훨씬 더 열광적인 박수갈채를 받았다(휘파람 소리도 두어 차례 들렸다). 감사를 표하려 뒤돌아선 주피터는 둥근 방 안을 훑어보았다. 모리건은 그가 자신을 찾는다는 걸 알았다. 사람들로 가득한 방에서 관심이 쏠리는 건 당황스러운 일이었지만, 호손은 전혀 아랑곳하지 않았다.

"주피터 아저씨! 우리 여기 있어요!" 호손이 두 팔을 머리 위로 번쩍 들고 흔들며 소리쳤다.

모리건은 의자에서 쭉 미끄러지듯 몸을 낮췄다. 어깨를 어찌나 잔뜩 웅크렸는지 겨드랑이가 귀걸이처럼 귀에 걸릴 지경이었다. 다행히 호손의 목소리는 시끌벅적한 박수 소리에 파묻혔다. 모리건은 재빨리 손을 뻗어 호손의 셔츠 뒷덜미를 잡고 끌어 앉혔다.

"…그리고 마지막으로, 괴수 분과 대표로 참석한 899기 개빈 스콰이어스입니다. 자, 스콰이어스 씨, 바로 시작해도 되겠지요?"

"고맙습니다, 윙 원로님." 개빈 스콰이어스가 벌떡 일어나 장비가 담긴 작은 손수레를 밀며 중앙 무대로 나왔다. 말랐지만 강단 있고 활기찬 남자였는데, 울퉁불퉁한 흉터투성이였다. 개빈은 추운 날씨에도 민소매 상의와 짧은 바지를 입고 있었다. 모리건은 흉터가 꽤 자랑스러운가 보다 생각했다. "좋아요, 여러분. 모두 아시다시피 우린 한 해의 매우 특별한 시간을 맞이하고 있지요……."

회원들 사이에서 그게 무슨 말인지 아는 듯한 신음이 흘러나왔고, 누군가는 "아, **안 돼**"라고 말했다.

개빈은 재미있다는 듯 눈을 반짝이며 약삭빠르게 씩 웃었다. "아, 돼요. **되고말고요**, 친구들. 연중 가장 *경이로운* 시기가 빠르게 다가오고 있어요. 우리가 모두 고대하는 그 특별한 날을, 여러분은 알고 있고, 또한 아주 좋아하죠……."

그가 말을 멈추고 장비를 만지작거리자 잠시 뒤 움직이는 거대한 3차원 입체 영상이 널찍한 공간 위로 영사되었다. 모리건이 살면서 본 것 중 가장 못생긴 생명체였다. 몸이 움츠러들었다. 모리건만 그런 건 아니었다.

"…그래요. 짧지만 마법 같은, **네버무어 하수구 비늘괴물** NEVERMOOR SCALY SEWER BEAST의 번식기가 왔습니다!"

모리건은 네버무어 하수구 비늘괴물에 대해 들어 보긴 했지만, 실제로 본 적은 없었다. 솔직히 그런 게 진짜 있을 거라고 믿지도 않았다. 희뿌연 빨간 눈을 투명한 눈꺼풀로 덮은 영상 속 생명체는 누르스름하고 구불구불한, 이상한 모습이었다. 불룩한 배는 바닥으로 축 쳐졌고 도마뱀처럼 생긴 여섯 개의 다리 끝에는 길고 날카로운 발톱이 있었다. 비늘은 거칠고 고르지 않았다. 군데군데 비늘이 아예 없는 곳도 있었는데, 그곳으로 분홍빛 속살이 그대로 드러났다. 강해 보이는 긴 꼬리는 위협적으로 까닥까닥 움직였다. 턱을 쩍 벌리고 있어 입속을 가득 채운 날카롭게 구부러진 이빨들과 갈퀴처럼 갈라진 검푸른 혀까지 눈에 띄었다.

"좋습니다, 좋아요." 개빈이 조용히 하라는 듯 두 손을 들고 말을 이었다. "여러분, 방법을 알잖아요. 하수구 비늘괴물의 번식기가 되면 하수도에 독니를 지닌 징그럽고 작은 아기 짐승 수백 마리가 우글우글하게 되죠. 우리가 개체 수를 조절하지 않으면 네버무어는 엄마와 아빠가 된 거대 괴수로 뒤덮이고 말

거예요." 그는 영상을 가리켰다. "고작 몇 달 뒤면 말이죠. 이 귀하신 몸들은 빨리 자라니까요."

"아무도 좋아하지 않는 일이라는 걸 나도 압니다. 매년 하수도 축제 때마다 많은 사람이 부상을 입고, 콧구멍에 밴 냄새가 빠지려면 며칠이 걸리니까요. 하지만 누군가는 그 아기 괴수들에게 덫을 놓고, 이름표를 붙이고, 도시 밖으로 이주시키는 걸 도와줘야 합니다. 괴수 분과 인원이 열여섯 명이니까, 내 생각엔 열두 명만 도움을 주면 될 것 같아요. 그만큼 지원자가 없으면, 이 자리에 계신 몇 분에게 봉사를 부탁해야겠죠. 그러니 손을 들어 주세요. 네버무어의 하수도가 비늘로 뒤덮이는 재앙을 너무너무 막고 싶으신 분 계실까요?"

몇몇 상급생이 마지못해 손을 들었다. 나이 든 회원도 몇 명 있었다. 하지만 타데는 마치 엔진을 가동하기라도 한 것처럼 번쩍 손을 들었다. 919기 동기들은 경악하며 타데를 바라보았다.

"타데, *진심*이야? 정말 하수구에 기어들어 저… *저걸* 잡겠다는 건 아니지?" 아나가 믿기지 않는다는 듯 귓속말로 물었다.

"너야말로 *진심*이야? 내가 네버무어 하수구 비늘괴물하고 싸울 기회를 놓칠 것 같아?" 타데가 똑같이 귓속말로 대답하고는, 개빈이 보지 못할까 봐 자리에서 일어서다시피 몸을 들썩거렸다.

"좋아요. 용감한 지원자가 여덟 명이로군요. 정말 고마워요." 개빈이 말했다. "그리고 미티 헤이워드, 수지 리 월터스, 필리스 라이트이어도 함께 가기로 하죠. 그래, 작년에도 했다는 거 알아. 그래서 다시 부탁하는 거잖아. 또 뽑히고 싶지 않았다면 처음부터 그렇게 일을 잘하지 말았어야지." 필리스가 개빈에게 무례한 손짓을 하자 웃음소리가 퍼졌지만, 개빈은 무시했다. "아! 저 뒤에 지원자가 한 명 더 있었군요. 이름이 뭐죠, 어린 친구?"

타데가 자리에서 벌떡 일어났다. "타데 후퇴를 모르는 클랜 매클라우드Thaddea No-Retreat of Clan Macleod요."

모리건은 호손과 케이든스를 차례로 바라보고 나서 키득거리지 않기 위해 애썼다. *타데 무슨 매클라우드라고?*

타데는 쟁쟁히 울리는 목소리로 이어 말했다. "자랑스러운 자유주 3포켓의 하일랜드에서 태어나 그곳에서 자랐고, 하트이터가의 메리와 멜로우가의 말콤의 딸이자 데스브링어가의 데어드레이의 손녀이며, 에일린 네버서렌더의 증손녀이고, 테치가의 에일사의 증증손녀이고, 베티 원킥의 **증**증증손녀이고, 또—"

"자, 타데 후퇴를 모르는 클랜 매클라우드." 개빈이 한 손을 들어 말을 끊으며 활짝 웃었다. "팔다리를 걸고 며칠 동안 배설물 냄새 맡는 일을 그렇게 하고 싶다면, 내가 뭐라고 자네를 말리겠나? 환영이야."

상급 기수들 사이에서 조금 놀란 듯한 박수갈채가 쏟아졌고 타데는 자리에 앉았다. 인원이 다 채워져 더는 지원자가 필요 없다는 안도감이 좌중에 감돌았다.

"정말 별종이야." 케이든스가 건성으로 박수를 치며 중얼거렸다.

"*밤중에 하수구*에 들어가 *괴물*을 사냥하는 별종이지." 테다는 마치 세상에서 가장 좋은 대접을 받은 사람처럼 의기양양하게 지적했다. 케이든스가 모리건을 바라보았다. 두 사람은 어리둥절해하며 고개를 절레절레 저었다.

개빈은 하수구 비늘괴물팀에게 다음 날 만나서 전략을 논의하겠다고 설명한 다음, 공공 주의분산 부서Public Distraction Department의 홀리데이 우에게 자리를 넘겼다.

모리건은 지금껏 "끝내주게 멋지다"라는 표현을 쓸 일도 그런 마음이 생긴 적도 없었지만, 홀리데이 우에게는 다른 말이 생각나지 않았다. 홀리데이 우는 모리건이 본 사람 중 가장 높고 가장 반짝거리는 구두를 신고, 불타는 듯 새빨간 립스틱을 바르고, 가지색 스리피스 맞춤 정장을 입고 있었다. 윤나는 검은 머리를 포니테일로 높게 묶고 아래쪽은 싹 밀어 버렸으며, 왼쪽 귀에는 둘레를 따라 두툼한 다이아몬드 여러 개가 한 줄로 주르륵 장식되어 있었다. 홀리데이 우는 주피터보다도 옷을 잘 입었다. 그 여자는 *끝내줬다.*

"맞아요. 특이공학팀이 네버무어의 하수도 시설 전체를 폐쇄하고 원더철 운행까지 멈춘 사이 괴수 분과가 이 역겨운 것들을 사냥할 거예요." 홀리데이 우가 단도직입적으로 말했다. "개빈은 두세 시간 안에 작업을 끝낼 수 있다고 장담하더군요. 작업은 해 질 무렵에 시작할 거예요. 그때가 네버무어 못생긴 하수구 어쩌구가 가장 많이 활동할 시간이라 찾기 쉽기 때문이죠."

"염두에 두어야 할 점은, 자치구 간에 광범위한 주의분산이 필요하다는 거예요. 평일 저녁 교통 피크에 세 시간 동안 사람들을 도시에 묶어 놔야 하죠. 그 시간에는 열차를 이용할 수 없고, 화장실 물을 내려도 안 되니까요. 간단한 문제는 아니죠. 그렇다고 집단 공황을 일으켜서도 안 돼요." 홀리데이는 영사기로 네버무어 지도를 띄웠다. 빨간색으로 커다랗게 X 표시가 된 곳이 몇 군데 있었다. "또한 이 열세 개 지역에 사람들의 접근을 막아야 해요. 괴수 분과에서 확인한 바에 따르면 고위험 지역으로, 네버무어 소름 끼치고 토 나오는 그거의 번식 과열이 일어나는 곳이죠. 가능한 많은 사람을 이 지역에서 대피시켜야 해요. 여기 거주하는 사람들까지 포함해서요. 자, 늘 그랬지만—"

"왜요?" 모리건은 자신도 모르게 큰 소리로 물었다. 실내가 조용해지면서 모두 고개를 돌려 모리건을 보았다.

"뭐가 왜지?" 홀리데이가 이맛살을 찌푸리며 당혹스러운 표정으로 되물었다.

모리건은 얼굴이 화끈거렸다. 퀸 원로가 919기 아이들에게
연설한 이후부터 계속 모리건의 뒷골에 스며 있던 질문이었다.
하지만 정말로 입 밖에 내어 물어볼 마음은 없었다. 잽싸게 주
피터를 바라보니, 그는 모리건을 보며 조용히 웃고 있었다. 그
리고 용기 내라는 듯 고개를 가볍게 끄덕였다. 모리건은 목을
가다듬고 똑바로 앉았다.

"왜… 사람들을 분산시켜야 해요?"

앞줄에서 킬킬거리며 웃는 사람도 몇 명 있었지만, 대부분은
당혹한 얼굴이었다. 하지만 홀리데이는 의심스럽다는 듯이 눈
을 가늘게 떴다.

"웃기려고 그러는 거니?"

"아니요!" 모리건이 재빨리 대답했다. "나는 그냥… 왜 사람
들이 네버무어에 대한 진실을 알면 안 되나요? 여기 사는 사람
들이잖아요. 그럼 상황이 좀 더… 쉬워지지 않을까요? 더 안전
할지도 모르고요. 모두가 알게 되면, 사람들도 차분히 기다릴
수 있고… 내 생각으론… 방해도 하지 않을 것 같은데요."

낮게 깔리는 웃음소리에 모리건은 말꼬리를 흐렸다. 기성 회
원 다수는 고개를 설레설레 저었다.

하지만 모리건이 커다란 맹금류가 방으로 날아들어 자신을
멀리멀리 물어 가기를 바라고 있을 때, 황소원인 사가 원로가

나와 노려보자 좌중은 금세 조용해졌다. 무시무시한 눈초리였다. 게다가 어마어마하게 큰 뿔과 넓고 텁수룩한 가슴, 발굽을 구르려는 위협적인 모습까지 더해져 압도당하는 느낌이었다.

"불합리한 질문이 아닙니다." 사가 원로가 굵게 으르렁거리는 목소리로 말했다. "사람들에게 말하는 경우가 *있지요*. 적어도 몇몇 사람들에게. 알 필요가 있는 사람들에게 말입니다. 우리의 내부 법 집행 기관은 정기적으로, 예컨대 네버무어경찰국과 자유주 일곱 포켓 전역의 당국 등과 연락을 취하고 있습니다. 때로는 수상실과 정보를 공유하기도 하는데, 수상실에서는 적합하다고 여기는 대로 대중에게 전달하곤 합니다. 하지만 그건 보통 최후의 수단이지요."

모리건은 침을 꿀꺽 삼키고 다시 묻지 않을 수 없었다. "왜요?"

"크로우 양, 사람들에게 위험에 처했다고 말하는 건 종종 또다른, 때로는 더 큰 위험을 낳기 때문입니다. 사람들은 겁먹었을 때 위험해집니다. 그 점을 명심하기 바랍니다."

사가 원로는 방 안의 모든 사람을 향해 마지막 몇 마디를 하고 그 말에 못 박듯 특유의 흔들림 없는 시선을 던진 다음 홀리데이 우에게 자리를 넘겼다. 홀리데이 우는 아무 일 없었다는 듯이 말을 이었다.

"늘 그랬지만 반발이 예상되긴 *합니다*. 그걸 피할 수는 없어요. 우리가 *피할 수 있는 건*, 사람들이 방해하고 다치고 일을 망치는 상황이지요." 팔짱을 낀 홀리데이는 머리를 흔들어 어깨 뒤로 넘겼다. "의견 있으신 분?"

"작년 번식기 때처럼 하면 어떻습니까?" 상급생 한 명이 크게 소리쳤다. "야간 불꽃놀이를 하니 다들 아래는 안 보고 위만 쳐다보던데요."

홀리데이는 빠르게 고개를 한 번 홱 저었다. "하수구 짐승들이 겁을 먹고 더 깊이 숨었죠. 솔직히 말해서 우리가 했던 일 가운데 제일 멍청한 짓이었어요. 너무 시끄럽고, 비용도 많이 들고." 홀리데이의 표정은 차분했지만, 입을 살짝 앙다물었다. "다른 의견은?"

행진을 하자거나, 시 전체를 정전시키자는 의견도 나왔다. 선별적인 회오리바람을 일으키자는 사람도 있었지만, 홀리데이는 하나같이 맹비난을 퍼부었다.

"자자, 여러분. 지금까지 나온 의견은 전부 지난 4년 동안 했던 것들이에요. *획기적인 걸* 시도해 보자고요."

"2포켓에 선전 포고를 할 수 있습니다!"

홀리데이는 그 제안을 한 사람을 날카롭게 바라봤다. 모리건은 요만큼도 놀라지 않았다. 그 사람은 케이든스의 후원자인 역겨운 바즈 찰턴이었다.

"멍청이." 케이든스가 옆에서 소곤댔다.

"그런 다음에는요?" 홀리데이가 바즈 찰턴에게 무뚝뚝한 목소리로 물었다.

바즈 찰턴은 어깨를 으쓱였다. "그런 다음… 취소하면 어때요?"

홀리데이가 어이없다는 듯 눈을 굴리고는 다시 청중을 훑어보았다. "더 심한 집단 공황을 부추기지 않을 만한 다른 의견은 없나요?"

다들 기운이 빠졌는지 집회소에는 조용한 중얼거림만 오갔다. 마침내 주피터가 손을 들자, 중얼거리던 소리가 뚝 그쳤다. 모리건이 느끼기에는 주피터 노스 대장의 말을 듣기 위해 방전체가 앞으로 기우는 것 같았다.

"골더스의 밤Golders Night은 어때요?"

"골더스의 밤이라." 홀리데이는 주피터의 말을 따라 하더니, 주의 깊게 생각에 잠기는 얼굴이 되었다. 홀리데이가 손가락으로 입을 톡톡 치며 말했다. "생각나네요… 언제였더라, 12년 전이 마지막이었나요?"

"14년 전일 걸요." 주피터가 말했다. "시인 연대 17년 봄이었으니까. 원더철 열차 한 대가 감각체가 돼서 다른 열차들을 인질로 잡았었지요. 그때도 정말 확실한 주의분산이 필요했어요."

모리건과 호손과 케이든스가 서로를 마주 보았다. 당혹감, 경악, 분노, 체념이 혼합된 모습이 확연하게 드러났다. 아주 특수한 경우에나 나올 법한 표정이었다. 이를테면 기차가 살아 움직이다 못해 다른 열차를 인질로 잡을 수 있다는 사실을 이제 막 알게 되었을 때, 그리고 어떤 이유에서인지 이런 종류의 일에 간섭하기로 한 사람들로 가득한 조직에 나도 모르게 가입되어 있을 때, 게다가 그 일에 정말이지 관여하고 싶지 않지만 다른 사람들도 다 하니까 어차피 참여하게 되리라는 걸 알았을 때 지을 법한, 그런 표정이었다.

"재무부가 자주 하게 두지는 않을 겁니다. 이유야 명백하죠." 주피터가 덧붙였다. "하지만 효과는 확실합니다. 85퍼센트에서 90퍼센트의 참여율을 보장하니까."

모리건은 "명백한 이유"라는 게 무엇인지 궁금했다. *골더스의 밤*은 대체 뭐고?

"불참자 15퍼센트라, 감당 못할 건 없겠네요." 홀리데이가 손을 흔들며 말했다. "좋아요, 골더스의 밤. 할 만하겠어요. 작업해 봅시다."

그 뒤로 한 시간여 동안 회의가 진행됐다. 자유분방한 분위기 속에서 속사포처럼 빠르게 전략 계획을 의논하는 자리가 이어졌다. 나이를 불문하고 일반예술학교와 마력예술학교에 속한 모든 회원이 제안하고, 비판하고, 지원을 약속하며 함께 참여했다. 모리건은 드디어 진짜 원드러스협회가 활동하는 현장을 보는 것 같았다.

그 결과 하수구 비늘괴물 작전으로부터 네버무어 시민의 주의를 분산시킬, 실패할 염려 없는 철저한 계획이 완성됐다. 심지어 타데를 제외한 919기도 작은 역할을 맡았는데… 모리건은 약간 걱정이 됐다.

가끔 협회와 관련된 *모든 것이* 시험처럼 느껴졌다. 평가전처럼 말이다. 마지막 평가전을 통과했다고 생각한 순간, 다른 평가전이 또 튀어나왔다.

정직할 것, 현명할 것, 용기를 낼 것, 신의를 지킬 것.

이번엔 이거였다.

쓸모 있을 것.

주피터는 벌써 2년 전에 모리건에게 이 부분을 경고했다. 원드러스협회가 무엇을 줄 수 있는지 처음으로 설명해 줄 때였다. 존경, 모험, 명성! 게다가 원더철의 지정석까지! 그걸 *배지특권*이라 한다고, 주피터는 말했었다.

하지만 협회는 그 특권을 누릴 자격이 있다는 걸 증명하라고 요구했다. 한 번에 그치지 않고, 가입을 위한 평가전으로 끝내지 않고, *평생에 걸쳐 계속 몇 번이고 거듭해서.*

그때 모리건은 그 얘기를 크게 신경 쓰지 않았다. 하지만 주피터는 *경고했었다.*

　모리건은 회의가 끝난 뒤 주피터와 이야기를 나누고 싶었지만, 그는 홀리데이 우와 사가 원로 등과 심각한 논의 중인 듯했다. 모리건은 잠시 뭉그적거리다가 곧 919기 동기들과 함께 집회소를 빠져나가는 인파에 휘말렸고, 더는 손쓸 수가 없었다.

　프라우드풋 하우스는 축하 분위기였다. 하급생들은 크리스마스 방학 계획을 세우느라 들뜬 목소리로 쾌활하게 재잘댔지만, 모리건과 친구들은 한참 동안 아무 말이 없었다. 누군가 그들 한가운데 수류탄이라도 던진 것 같았다. 아이들은 원드러스 협회가 자신들이 아는 것보다 더 많은 일을 하고 있을 거라고 막연히 생각했다. 원로들도 그런 암시를 흘렸다. 하지만 아무도 원더스미스가 거의 모든 문제의 근원이며 집중 작업 대상이라고 말하지 않았다. 주피터는 분명 그런 적이 없었다. 모리건은 그 문제에 관해 주피터와 대화를 할 필요가 있었다.

　모리건은 자신이 먼저 이야기를 꺼내야 한다는 걸 알고 있었다. 하지만 프라우드풋 하우스 문을 열고 추운 건물 밖으로 나오자, 기다리고 있던 게 분명한 위 기수의 학생 무리와 마주쳤다.

　917기 남학생 한 명이 모리건의 마음을 들여다본 듯 말했다. "이제 왜 다들 원더스미스를 증오하는지 알겠지. 우린 항상 너희가 싸고 간 똥을 치우고 있거든."

　"위험한 애라고 내가 그랬잖아!" 황록색 머리를 한 낯익은 여학생이 싸움을 걸듯 모리건을 험악하게 노려보며, 다리 옆으로 강철 표창을 태연스레 두드렸다.

엘로이즈 레드처치는 모리건이 세상에서 가장 싫어하는 사람 중 한 명이었다(그 세상에는 바즈 찰턴과 둘시네아 디어본도 있었으니 보통 싫다는 얘기가 아니었다). 엘로이즈는 친구들을 시켜 모리건을 나무에 매달고 머리에 표창을 던진 적이 있었다. 그 때문에 모리건은 엘로이즈가 심지어 1등으로 싫은 것 같다고도 생각했다.

"아마 그래서 원로들이 네 비기를 그렇게 오랫동안 쉬쉬했나 봐." 남학생이 말했다. "우리가 너한테 에즈라 스콜이 저지른 범죄의 책임을 물을까 걱정돼서."

엘로이즈가 심술궂게 웃었다. "묻긴 해야 할 것 같은데."

모리건은 손끝이 따끔거리는 걸 느꼈다. 원더를 불러서 엘로이즈를 겁먹게 할 만한 뭔가를 보여 주고 싶다는 충동이 강하게 들었지만, 아이러니하게도 원더로 뭘 하게 될지 모리건 자신도 확신하지 못했다.

위험해, 모리건은 생각했다. *정말 위험해.*

모리건은 뭔가를 말하려고 입을 열었지만, 케이든스가 선수를 쳤다.

"맞아, 얘는 위험한 애야." 그렇게 말한 최면술사 친구는 의도적으로 한 걸음을 내딛었다. "나도 그렇고. 한번 해볼래?"

모리건이 그냥 놀랐다면. 엘로이즈와 상급생들은 놀라서 펄쩍 뛸 정도였다. 그 자리에 케이든스가 있는 줄도 몰랐던 것이 틀림없었다(여담이지만, 그게 최면술사가 그토록 위험하게 여겨지는 이유 중 하나였다).

"나도야." 타데가 두 손을 엉덩이에 얹은 채 앞으로 나섰다. 깜짝 놀란 모리건은 웃음소리가 꾸르륵대며 새 나오지 않도록 참아야 했다. "나는 무술을 여섯 종류나 알고, 대형 망치도 요요처럼 휘두를 수 있어. 보여 줄까?"

"맞아. 그리고 난 용을 알아." 호손이 말했다. "많이."

모리건은 그 말에 진짜로 낄낄거리지 않을 수 없었다. 여덟 명의 동기들이 주위에 모여들자 갑자기 훈훈한 기운이 모리건의 마음 가득 번졌다. 입회식에서 외쳤던 원드러스협회의 맹세가 귓가에 맴돌았다. *형제자매여, 평생의 신의로.*

"난 집에 독버섯이 있어." 프랜시스가 불길하게 덧붙였다.

"나는, 나는 **메스**로 네 간을 도려낼 수 있어!"

마지막의 긴장된 목소리는 생각지도 않았던 아이의 입에서 나왔다.

"아나!" 모리건이 깜짝 놀라서 외쳤다.

"뭐… 할 수 있다고." 아나의 목소리는 미세하게 떨렸지만, 주장을 굽히지는 않았다. "살균이 확실히 된 곳에서라면, 그리고 전신 마취 상태에 있을 때만."

919기 아이들이 웃음을 터뜨렸다. 타데는 아나의 등을 철썩 때렸고 마히르는 "브라바!"를 외쳤다. 그렇게 긴장감 감돌던 대치 상황이 정리됐다. 919기는 한 몸처럼 상급생들을 지나쳐 떠났고, 뒤에 남겨진 공격자들은 충격으로 어안이 벙벙한 채 대리석 계단에 서 있었다.

모리건은 교정을 지나 푸념하는 숲을 향해 씩씩하게 걸으며 아나에게 씩 웃어 보였다. "네 비기를 다른 학생들한테 사용하면 안 되잖아."

"아, 쉿." 아나는 약간 떨면서 대꾸했다.

하지만 자신에게 적잖이 만족한 듯했다.

* * *

집에 도착한 지 얼마 지나지 않아, 누군가 모리건의 침실 문을 두드렸다.

문을 열면 그 자리에 누가 서 있을지 금방 알 수 있었다. 잠시 모리건은 문밖에 서 있는 사람에게 가라고 소리칠까 생각했다. 나에게 정말 중요한 정보를 숨기고 말해 주지 않을 거면 오지 말라고 말이다.

하지만 복도에서 살짝 조바심이 느껴지는 목소리로 부르는 걸 듣고 마음을 바꿨다. "모그? 모그, 방에 있니? 케이크 가지고 왔어."

아니나 다를까, 문이 활짝 열리자 생강색 턱수염이 수북하고 파란 눈이 양처럼 순한 얼굴이 70퍼센트쯤은 움찔한 미소를 짓고 있는 모습이 드러났다. 주피터는 *어마어마하게* 큰 직사각 모양 케이크를 힘겹게 들고 있었는데, 케이크를 감싼 연노랑 버터크림 위에 밝은 분홍색 아이싱으로 쓴 글이 적혀 있었다. 하고 싶은 말을 다 적느라 구두점과 눈의 편안함은 포기한 것 같았다.

> C와 D에 대해 말하지 않은 건 미안
> 하지만 항상 모든 걸 다 말할 순 없어
> 그게 최선은 아니지만 때로는 내가
> 지켜야 할 다른 사람들과 다른 약속들도
> 있단다 하지만 약속할게 너를 위험에
> 빠뜨릴 수 있는 거짓말은 절대 안 해
> 내 비밀을 네게 모두 말하는 게 최우선이
> 될 수는 없지만 너를 보호할 거라는
> 약속은 언제나 그대로야. 잘 지내
> 주피터
> P.S. 축 학기 마지막 날

모리건은 소리 없이 입술만 움직여서 내용을 전부 읽고, 한 번 더 읽었다. 주피터는 거대한 케이크를 받치고 있느라 팔을 부들부들 떨었지만, 모리건은 들어와서 케이크를 내려놓으라고 권하지 않았고 주피터도 부탁하지 않았다.

"잘 지내라고요?" 마침내 모리건이 말했다.

"'사랑을 듬뿍 담아'라고 쓸까 하다가, 네가 난감해할 것 같아서."

"흠, 무슨 맛이에요?"

"레몬버터 라즈베리 리플 레이어 케이크인데 머랭 조각하고 라즈베리 크림이 들어 있어." 주피터가 기대감을 내비치며 말했다. "네가 제일 좋아하는 거지."

모리건이 가장 좋아하는 것이었다.

모리건은 고개를 한 번 까딱하고는 옆으로 비켜서서 주피터에게 길을 터 주었다. "괜찮네요. 접시도 가져왔길 바라요."

4장

위험할 정도로 흥이 나서

"오오오오, *장난감이 가득한 자루를 메고 마법의 썰매에 올라 고삐를 착 당기니 순록은 자랑차게 하늘로 날아올랐고 요정들은 성 니콜라우스 옆에 앉았네 활공하는—*"

"이 노래는 정확히 몇 절까지 있는 거야?" 잭이 중얼거렸다.

모리건은 손가락으로 셈을 했다. "그러니까… 16절, 지금까지는."

"뭐? 아니야. 20절은 됐어. 어제 고장 난 썰매를 보수하는 내

용을 얼마나 한참 불렀는데, 생각해 봐."

"―하지만 굴뚝은 좁고 *니콜라우스는 넓었어요. 요정들이 노력해도 어쩔 수 없었어요*―"

"응, 그걸 다 센 거라니까." 모리건이 말했다. "지금은 어때 보여?"

잭, 그러니까 존 아르주나 코라파티는 조심스럽게 안대를 들어 올렸다. 안대는 잭이 평범한 사람으로서 세상을 바라볼 때와 위트니스로서 세상을 볼 때를 가르는 하나의 장벽이었다. 위트니스가 바라보는 세상은 감춰진 실과 연결 조직이 가득하고, 온갖 비밀과 위험과 역사가 완전히 발가벗겨진 채 드러났으며, 감동적이었고, 때로는 소름 끼치도록 혼란스러운 색깔이었다. 주피터에게서 물려받은, 좋다고만은 할 수 없는 재능이었다.

"아주… 반짝반짝 빛나." 잭이 약간 움찔하더니 안대를 제자리로 내렸다. "위험해 보일 정도로 흥이 나 있어."

모리건은 나선형 계단의 난간에 팔꿈치를 기대고 로비를 내려다보았다. 그곳은 모리건과 잭이 호텔 듀칼리온에서 사람들을 구경할 때 제일 좋아하는 장소였다.

하지만 오늘 두 사람은 주로 주피터를 관찰하고 있었다. 한편으로는 재미있었기 때문이었고, 또 한편으로는 주피터의 안전을 걱정하는 순수한 마음 때문이었다. 주피터는 반짝이 장식과 캐럴과 에그노그 칵테일에 푹 빠져 있었고, 잭은 삼촌이 크리스마스 기분에 붕붕 떠다니다… 심장이라도 터질까 봐 걱정이었다.

모리건은 고개를 갸우뚱 기울인 채 발레 무용수처럼 로비를 뛰어다니는 후원자를 지켜보았다. 주피터는 체크인하는 투숙객들의 머리 위로 빨간색과 초록색 반짝이 종이를 흩뿌리며 내내 기분 좋은 고함을 질러 댔다.

"아저씨가 지어서 부르는 건가?"

"—영토를 도는 데 하룻밤이면 된다네. 그 맵시 나는 빨간 복장으로, 얼마나 멋진 광경인가! 수지는 트럭을 받고 밀리는 연을 받았네. 요정들은 주먹다짐을 시작한다네—"

잭이 코웃음을 쳤다. "당연하지."

"주피터 아저씨는 확실히 성 니콜라우스 지지자는 아니야." 모리건은 잭을 곁눈질하며 무심코 말했다. 잭은 짜증이 난 얼굴로 빛나는 검은 머리카락을 휙 젖혔다. "그러고 보니 아저씨가 성탄 여왕 노래를 부르는 건 한 번도 못 들어 봤는데… 넌 들어 봤어?"

네버무어의 크리스마스 시즌을 대표하는 두 인물, 성 니콜라우스와 성탄 여왕은 누가 크리스마스 정신을 더 훌륭히 구현하는지를 두고 몇 연대째 계속되는 전쟁을 벌였다. 네버무어 사람들은 색깔을 통해 어느 쪽을 지지하는지 드러냈다. 화려하고 쾌활한 성 니콜라우스를 위해서는 빨간색을, 우아하고 절제된 성탄 여왕을 위해서는 초록색을 입거나 착용했다. 사람들은 그걸 모리건의 생각보다 훨씬 더 심각하게 받아들였다.

해마다 갈등은 크리스마스이브의 전투로 끝을 맺었다. 두 투사가 벌이는 화려한 마법 전투였다. 성 니콜라우스가 이기면 양말마다 선물을 넣어 주고 난로마다 불을 지펴 주었다. 성탄 여왕이 이기면 크리스마스 아침을 눈으로 덮고 집집이 축복을 내렸다. (물론 해마다 그 둘이 휴전을 선언해 모두의 승리로 끝난다는 건 공공연한 비밀이었다.)

잭이 모리건을 노려봤다. "성 니콜라우스의 노래들이 귀에 더 잘 들어오는 건 주브 삼촌 잘못이 아니야. 그 사기꾼 노인네가 작곡가들을 전부 데려가서 부렸겠지!"

모리건은 싱긋 웃었다. 잭은 확고한 성탄 여왕 편이라서 약 올리기가 *너무* 쉬웠다. 모리건이 제일 좋아하는 방학 활동이기도 했다.

이제 크리스마스까지는 일주일도 남지 않았고, 모리건은 살짝 축제 기분을 느끼고 있었다. 호텔 듀칼리온에서 살게 된 이후 두 번째 맞는 크리스마스였다. 이 원드러스한, *살아 있는 건물*은 기분 내키는 대로 어떤 예고도 없이 스스로 모습을 바꾸곤 했는데, 올해는 정말 누가 봐도 자랑스러울 만한 모습으로 변신했다고 모리건은 생각했다.

특히 스모킹팔러는 너무 들뜬 나머지 크리스마스 시즌 특유의 여러 가지 연기를 계속 바꿔 가며 뿜어냈다. 10분 동안 브랜디버터 향 연기(모리건은 조금 진했지만 아주 매력적이라고 생각했다), 짙은 자줏빛으로 물결치는 설탕절임 자두 향 연기(어찌나 달콤하고 짜릿한지 현기증이 날 정도였다), 은은하게 편안하고 매캐한 군밤 향이 이어졌다. 주피터는 재미있어했지만, 카키색의 삶은 새싹 연기가 물결처럼 퍼지기 시작하자 스모킹팔러에게 자제를 부탁했다.

12월 내내 로비는 하루하루 서서히 변해 갔다. 마치 크리스마스 시즌의 변화를 하나하나 음미하고 싶어 하는 것 같았다. 그달 1일에 검은색과 흰색의 체커판 무늬 바닥에서 어린 전나무가 자라난 것이 시작이었다. 나무는 똑바로 솟구쳐 올라오며 대리석을 간단히 쪼개 버렸는데, 밑동에서 깨진 돌조각이 쏟아져 나오는 바람에 근처 안내 데스크에서 일에 집중해 있던 가엾은 케저리 노인을 혼비백산하게 했다.

다음 날 아침, 어린나무는 거의 천장에 닿을 정도로 훌쩍 자라 있었다. 나무의 키가 멈춘 곳은 반짝이는 검은 새 샹들리에 바로 아래였다. 마침 샹들리에가 크리스마스를 위해 은빛으로 빛나고 있어서 *아주 조금* 그러니까 눈을 반쯤 감고 곁눈질해서 보면, 천사가 크리스마스트리 꼭대기에 앉아 있는 모습 같기도 했다.

불과 3주 뒤에는 로비 전체가 겨울 상록수림으로 변해, 새소리와 흙냄새가 가득했고 전나무 가지에는 흰 눈이 소복이 내려앉았다.

진짜 눈은 아니었다. 하지만 그래서 더 마법 같았다. 로비숲 바닥에 두껍게 깔린 반짝거리는 하얀 담요는 절대 녹지 않았다. 미끄러운 얼음판으로 변하지도 않았고, 진창이 되지도 않았다. 매일매일 사각사각 반짝였고, 가루처럼 부드러웠으며, 만지면 보송보송했다… 그리고 장화를 신고 밟으면 기분 좋을 만큼 보드득거렸다.

처음 며칠이 지난 다음, 챈더 칼리 여사(뛰어난 오페라 가수이자 숲교감자회에서 데임 작위를 받은 인물이다)는 숲에서 야생동물을 보고 싶었는지 듀칼리온의 정문을 활짝 열고 자신이 좋아하는 캐럴(〈성탄절 찬가〉)을 불렀다. 그러자 챈더 여사와 사랑에 빠진 숲속 동물들이 저항할 수 없는 목소리에 사로잡혀 로비에 모여들었고, 나무들 사이에 편하게 자리 잡았다. 모리건은 다정한 붉은 울새가 가장 좋았다. 울새는 아침마다 식사 후 모리건에게 인사를 했고 하얀 눈에 작은 발자국을 남겼다.

총괄 관리자 케저리는 호텔 안에서도 외투를 입고 스카프와 벙어리장갑을 착용했다. 그리고 운전기사 찰리와 함께 화덕을 몇 개 파서 손님들이 체크인이나 체크아웃을 기다리는 동안 그 앞에 모여 따뜻하게 몸을 녹일 수 있게 했다. 이렇게 사소한 불편이 몇 가지 있었지만, 직원과 투숙객 모두 변화를 매우 즐거워했다. 주피터는 크리스마스의 흥에 푹 빠져 매일 아침 어마어마한 생각색 턱수염에 작은 종과 꼬마전구 장식을 달기 시작했다.

"그동안 소란 떤 거로는 부족했나 보지." 듀칼리온의 시설관리 책임자인 성묘 피네스트라는 주피터가 딸랑거리며 복도를 걸어 다닐 때마다 으르렁거렸다.

하지만 여느 고양이와 다를 바 없이 추운 날씨를, 아니 변화 자체를 그다지 좋아하지 않는 까칠한 피네스트라조차 결국 크리스마스 분위기에 빠져들었다.

"오늘 핀이 신나서 장난치는 걸 내 눈으로 봤어." 어느 날 저녁 모리건이 갈고리발톱이 달린 발이 있는 욕조에서 목욕하고 있을 때 젊은 객실관리 직원 마샤가 이렇게 소곤댔다. "*장난을 치더라니까! 눈밭에서! 개구쟁이 새끼 고양이처럼!*"

"*뭐라고요?*" 선반에 놓인 영약을 고르던 모리건이 마샤를 확 쳐다봤다. 깜짝 놀라는 바람에 제일 좋아하는 분홍장미 거품 오일병을 넘어뜨려, 내용물 절반이 물에 쏟아졌다. 거품은 떠다니는 장미꽃 봉오리로 변했고, 몇 초 만에 욕조 가득 꽃이 피었다. 수백 송이의 꽃은 욕조에서 흘러넘쳐 대리석 바닥으로 떨어졌다. "핀이? 정말?"

성묘 피네스트라는 크기가 거의 코끼리만 했고 다른 사람들에게 기쁨을 가져다주는 것을 대부분 경멸했기 때문에, 모리건은 그 모습을 상상하기 어려웠다.

"목숨을 걸고 맹세해." 마사가 엄숙한 얼굴로 가슴에 손을 얹었다. "핀은 나무 사이로 토끼를 쫓아간 거라고 우기지만, 장난치는 건 딱 보면 알지."

축제 장식을 보고도 신나지 않은 사람은 흡혈난쟁이 프랭크뿐이었다. 듀칼리온에 상주하는 파티 기획자인 프랭크는 그가 선택한 올해의 호텔 듀칼리온 크리스마스 파티 테마를 호텔이 거부해 부아가 났다.

숲이 자라나 한철 내내 로비에 있으리라는 게 확실해지자 프랭크가 투덜거렸다. "모든 계획을 다 세웠어! 초대장도 발송만 하면 되게끔 준비했었다고. 그런데 이젠 다시 할 수밖에 없어. 올해는 어둠의 매력 쪽으로 가 볼 생각이었는데. 검은색이랑 금색으로 도배하고 빨간색이 주룩주룩 흐르는 식으로 말이야. 턱시도와 이브닝드레스, 다이아몬드와 어둑한 조명. 눈이 댕그란 숲속 우니멀들이 *귀엽게* 뛰어다니는 곳에 어둠의 매력은 어울리지 않아. 나는 여기에 품격을 더하려고 애쓰는데 이렇게 되돌려 주는 거야? 토끼랑 오소리로?" 프랭크는 과장된 몸짓으로 찻잔에 그득한 에그노그 칵테일을 마신 다음, 입을 닦고 나뭇가지 위에서 노래하는 작은 파랑새를 애처롭게 바라봤다. "내 재능을 또 *낭비했어.*"

프랭크가 더 기분 상했던 이유는(내심으로는 틀림없이 안도했을 것이다) 마지막 순간에 테마가 바뀐 덕에 결과적으로 듀칼리온의 가장 성공적인 크리스마스 파티가 되었기 때문이다. 다음 날 네버무어의 모든 주요 신문 사회면은 유명 인사와 귀족들이 사탕 지팡이 칵테일을 기울이며 귀여운 숲속 우니멀들에게 다정히 속삭이는 화려한 색채의 사진(프랭크는 뒤에서 시무룩하게 송곳니를 드러내고 있었다)으로 도배됐다.

아무 생각 없이 웃고 떠들면서 한 시즌이 흐르고 있었다. 그리고 아직 일주일 정도가 더 남아 있었다.

⸻ ◆ ⸻

크리스마스이브에 모리건은 자신의 안식처인 침실에서 연습을 하고 있었다. 그 주 내내 매일 밤 그랬던 것처럼, 그 전주에도 그랬듯이, 섬뜩한 시장을 폐쇄한 그 밤 이후 매주 그렇게 연습했다. 주피터의 제안으로 밤마다 연습을 하기 시작했는데, 원더스미스인 모리건에게 속절없이 끌려오는 원더의 양이 점점 더 많아져 관리가 필요했기 때문이다. 에너지는 끊임없이 모리건의 주변에 몰려들었다. 눈에 보이지도 않고 감지할 수도 없었지만, 그럼에도 불구하고 *그건* 모리건이 무언가 하기를 안달하며 기다렸다. 하지만 경지에 이른 원더스미스만

이 원더를 마음대로 부릴 수 있었고, 모리건은 지난 1년 동안 몇 가지 새로운 기술을 익혔지만 아직 경지 근처에도 가지 못했다.

모리건은 이제 자신이 얼마나 위험한 처지에 빠졌는지, 원더스미스로서의 잠재력과 실제 능력 사이에 얼마나 큰 틈이 자리 잡고 있는지 알았다. 이렇게 소집된 원더 때문에, 에즈라 스콜의 말을 빌리면 원더가 *임계질량*에 이르렀기 때문에 그가 모리건의 힘을 조종하고 자기 목적대로 사용할 수 있었다.

네버무어 사람들은 대부분 에즈라 스콜을 "마지막 원더스미스"로 알았고, 그에 관해 이야기할 때는 마치 상상 속 귀신이라도 되는 것처럼 어김없이 두려운 말투로 조용히 목소리를 낮추었다. 하지만 모리건은 그가 생생하게 실재하는, 살아 있는 위협이라는 것을 잘 알았다.

그건 정말 친한 친구들 외에는 누구와도 공유하고 싶지 않았다. 모리건도 원더스미스라는 사실을 모든 원협 사람이 알게 된 것만으로도 이미 충분히 불편했다. 모리건이 네버무어 최대의 적을 몇 번이나 만났다는 게 발각되면, 게다가 본의 아니게 그에게서 가르침을 받았다는 걸 들키는 날엔, 아마 횃불과 삼지창에 쫓겨 도시 밖으로 도망쳐야 할 터였다.

모리건은 에즈라 스콜이 돌아올지, 온다면 그게 언제일지 몰랐다. 도시가 걸어놓은 오래된 마법 덕에 에즈라 스콜의 몸은 도시에 들어오지 못하지만, 고사메르를 타고 실체 없이 돌아다니는 원더스미스를 막을 방법은 없었다. 고사메르는 거미줄처럼 엮인 에너지로, 눈에 보이지 않지만 영토의 모든 곳에 연결돼 있었다. 만약 모리건이 너무 많은 원더가 모이는 것을 손쓰지 않고 놔둔다면, 에즈라 스콜은 고사메르를 통해 그 에너지에 "기대어" 모리건의 힘을 조종하고 꼭두각시로 만들 수 있을 것이다. 모리건이 이제는 고향이라고 부르는 도시를 안전하게 지키기 위해서는 원더를 소환해서 이용하는 것이 유일한 방법이었다.

"*모닝타이드의 아이는 명랑하고 순하지.*" 모리건은 조용히 노래를 불렀다. 원더를 달래려는 노력은 거의 하지 않았는데도 손끝으로 따끔거리는 느낌이 찾아들었다. 점점 능숙해지고 있었다. 목소리는 아직 살짝 불안정했지만. "*이브타이드의 아이는 사악하고 사납지.*"

한없이 실망스럽게도 모리건은 여전히 참혹 예술에 대해 아는 것이 거의 없었다. 하지만 몇 개의 지식이 생겼고, 모리건은 그것을 보물처럼 소중히 간직했다.

참혹 예술 녹턴Nocturn, 원더의 소환. *노래로 원더를 부르는 것.*

또 참혹 예술 인페르노Inferno. 불을 만들고 조종하는 것.

그 두 가지는 에즈라 스콜이 가르쳐 주었다.

모리건은 매일 밤 이 빈약한 지식을 다시, 또다시 들추어 보면서 기술을 연마하고 완벽하게 익혔다. 그리고 언젠가는 뛰어난 원더스미스가 되기 위한 여정의 다음 단계가 기적적으로 펼쳐지기를 희망했다.

"*모닝타이드의 아이는 새벽을 열고 온다네. 이브타이드의 아이는 질풍노도를 몰고 온다네.*" 모리건은 혼자 조용히 웃으며 눈을 감았다. 부드럽지만 끈질기게 윙윙거리는 에너지가 주변을 떠돌며 펼쳐 든 손바닥 위에 기분 좋게 고이는 게 느껴졌다. "*어디로 가느냐, 오, 아침의 아들아. 저 높이 태양과 함께 바람이 따뜻한 곳으로.*"

모리건은 노래를 부르는 게 왜 원더를 사용할 준비가 되었다는 신호인지 이해하지 못했다. 하지만 원더스미스가 된다는 건 이해할 수 없는 일투성이였다.

대부분, 정말로.

거의 전부가.

"*어디로 가느냐, 오, 밤의 딸아.*" 모리건은 조심스럽게 눈을 뜨고 침실을 물들인 익숙한 옅은 금빛을 바라보았다.

모리건은 최소한 이것만큼은 이해할 수 있었다. 자신이 원더를 불렀고 원더가 왔다는 것. 원더는 온 사방을 돌아다니며 춤췄고, 바닥에 작은 반점 같은 무늬를 만들며 활기차게 팔딱거렸다. 꼭 모리건을 만나 행복해하는 것 같았다.

모리건은 웃었다. 노래를 끝까지 부를 필요도 없었다.

정말로 점점 더 나아지고 있었다.

❖

모리건은 침실 밖 복도를 내달리며, 가스등이며 촛대등을 비롯해 5층에 있는 등이란 등은 전부 껐다. 동관 전체가 어둠에 잠겼다. 그런 다음 꼼짝 않고 서서 눈을 감았다. 불이 꺼진 심지에서 연기가 소용돌이치며 피어올랐다. 모리건은 그 향을 들이마시며 작은 불꽃을 상상했다.

불꽃 하나가, 가슴 안에서 밝게 타오르는 상상.

인페르노.

모리건은 잠시 그 불에 집중했다. 불이 점점 커지고, 가슴 안에서부터 따뜻해지는 느낌이 들었다. 모리건은 눈을 뜨고 왔던 길로 다시 뛰어갔다. 가스등에서 가스등으로, 촛대등에서 촛대등으로. 하나하나 완벽하고 정밀한 불꽃을 내뿜으며 쉽게 불을 붙였고, 더없이 신이 났다.

"또 잘난 척이야." 모리건의 방에서 몇 개 건너에 있는 침실 문을 열고 나오며 잭이 말했다. 잭이 고개를 젓는 동안, 모리건은 불을 뿜어 마지막 전등까지 점화를 마쳤다. 복도에 다시 밝은 생기가 넘쳤다. "*정말* 이렇게 해야 해? 매일 밤?"

모리건은 잭을 한번 쳐다보고는 코웃음을 치며 그 말을 무시했다. "모자 멋지네. 브로콜리 송이."

"리본 멋지네. 자본주의의 화신." 잭은 한 손으로 모리건의 머리에 있는 빨간 리본을 잡아당기면서, 다른 한 손으로는 전혀 멋지지 않은 이상한 초록색 모자를 고쳐 썼다. 작년 크리스마스이브에 썼던 그 모자였는데, 여전히 그의 두개골에서 기이한 싹이 돋아나는 것처럼 보였다. 모리건은 아무리 생각해도 잭이 왜 그렇게까지 녹색 모자를 고집하는지 이해할 수 없었다. 하지만 *잭의 입장*에서 보면 모리건이 왜 사랑스러운 성탄여왕을 두고 성 니콜라우스를 지지하는지 이해하지 못할 거라는 생각이 들었다.

사실 작년 크리스마스이브의 전투에 처음 참석한 뒤로, 모리건은 편을 바꾸고 싶다는 유혹을 *느꼈다.* 모리건은 잭이 "요정을 부려 먹는 가택 침입자"라고 부르는 유쾌하고 현란한 빨간 옷의 성인을 보며 즐거워했지만 우아하고 *절제된* 성탄 여왕과 헌신적인 눈지기 개를 보면서 깊은 감명을, 아니 감동을 받았다.

하지만 모리건이 조금이라도 자기 말에 동조했다는 걸 알면 잭이 너무 흡족해할 것 같았다.

잭은 복도 거울에서 한 번 더 모자의 기울기를 확인하고 안대를 약간 조정한 다음, 거울 속 모습이 마음에 드는 듯 고개를 끄덕였다.

"이리 와." 잭이 모리건에게 말했다. "얼른 아래층으로 내려가지 않으면 주브 삼촌하고 같은 마차를 타야 할 거야. 오늘까지 노래 교실에 앉아 있긴 싫거든."

5장
여섯 스위프트와 두 고양이

용기광장의 분위기는 기대감으로 가득했고, 언제라도 주체 못 할 기쁨에 몸을 맡길 준비가 되어 있었다. 수천 명의 네버무어인이 모여들었다. 진홍색과 선녹색의 바다가 조용히 숨죽인 채 올해의 크리스마스 결투가 격돌하는 마지막 순간을 기다렸다.

이번에도 장대하고 신나는 결투였다. 모리건은 버터 맛이 나는 완벽한 양념의 따뜻한 고기 파이를 맛볼 수 있었다. 성 니콜라우스가 대포로 쏜 것이 자그마한 붉은색 실크 낙하산에 매달려 모리건의 손안으로 내려왔다. 이번 결투에서 두 번째로 좋은 순간이었다. 첫 번째는 반짝이는 반딧불이가 구름처럼 모여 성탄 여왕이 지휘하는 데로 용기광장 위를 날아다닌 순간이었다. 마치 찌르레기 떼 같기도 하고 최면을 유도하는 빛의 춤 같기도 했다. 모리건은 그 무엇으로도 작년의 무대를 이길 수 없을 거라 확신했는데, 그 생각이 틀렸다는 걸 알고 열광했다.

"촛불 꺼내." 주피터가 속삭이자, 잭과 모리건은 광장에 모인 다른 사람들처럼 외투 주머니에서 가져온 초를 꺼내 머리 위로 들어 올렸다.

마지막 대미를 장식하려는 듯, 성 니콜라우스는 두 손을 비비더니 빙글빙글 돌며 관중을 향해 팔을 뻗었다. 하나둘 촛불 심지에서 저절로 불꽃이 일었다. 광장 중앙에서부터 바깥쪽으로 빛이 소용돌이처럼 퍼져 나갔고, 빛을 따라 *쉬익* 하는 소리도 길게 이어졌다.

광장이 촛불로 밝게 빛났다. 여전히 아무도 소리를 내지 않았다.

침묵을 깬 건 성탄 여왕의 거대하고 하얀 눈지기 개였다. 눈지기 개는 여왕의 명령에 따라 머리를 들고 달을 향해 으르렁거렸다. 이에 답하는 울음소리가 도시 구석구석에서 들리더니 잠깐 네버무어는 개들의 대화의 장이 됐다. 그 소리에 모리건은 기분 좋을 만큼 등골이 오싹했다.

모리건이 가장 좋아하는 순서였다. 모리건은 눈을 감고 하늘을 향해 얼굴을 들었다. 공기는 완전히 고요했다. 눈의 조짐이 코끝에서 먼저 느껴졌다.

처음에는 천천히, 한 송이 두 송이 떨어졌다.

그러다가 조금 빠르게 흩날렸다. 그리고 더 빨리.

떨어지는 눈이 돌풍에 회오리치며 한데 모이더니 생명과 의지력을 지닌 무언가로 변모했다. 어느새 모리건의 주변 공기가 겨울 눈보라로 가득 찼다. 그 속도가 어찌나 빠른지, 모리건은 갑자기 그 하얀 힘에 시야를 빼앗겼다.

그때 아름다우면서도 끔찍한 소리가 들렸다. 50마리의 사자가 으르렁거리는 소리인지 1,000개의 은종이 딸랑거리는 소리인지 가늠할 수 없는 울림이었다. 이어서 형체가 없는 폭풍이 공중으로 피어올랐고, 눈으로 만들어진 길고 구불구불한 용으로 재탄생했다. 용은 사람들 머리 위로 날아다니며 혼자서 뒤집고 구르며 특별한 볼거리를 선사했다. 펼친 날개에서 눈송이가 흩날리며 용기광장에 모인 다른 사람들과 마찬가지로 손을 들고 환호하던 모리건, 주피터, 잭에게 사뿐히 내려앉았다.

"오, **그래**!" 주피터가 두 눈을 크게 뜨고 소리쳤다. "훌륭해! 정말 아름다워."

잭은 크게 함성을 지르며 자못 우쭐해진 눈길로 모리건을 바라봤다. "이제 **저게** 마무리야."

하지만 아직 끝이 아니었다. 성 니콜라우스는 크리스마스가 끝나지 않도록 모든 관중에게 초를 높이 들어 달라고 손짓했다. 수천 개의 작은 불길이 점점 더 크고 환해지더니, 마침내 하나로 뭉쳐 하늘에 구름 같은 모닥불을 만들어 냈다. 모리건은 갑자기 확 타오른 불빛 때문에 잠시 눈을 감았다. 얼굴 위로 열기가 감돌았다.

모리건이 눈을 떴을 때 불길은 눈이 부시도록 밝고 아름다운, 붉은 황금빛 불새로 변해 있었다. 불새는 불타는 날개를 퍼덕이며 하늘 높이, 더 높이 날아올랐다.

"**그래!**" 주피터가 의기양양하게 다시 소리쳤다. "**아름다워! 브라보, 성 니콜라우스, 브라보!**"

모리건은 두 눈으로 본 광경을 좀처럼 믿을 수 없었다. 즐겁게 웃음을 터뜨리며 잭을 돌아보자 잭도 감명을 받은 얼굴이었다. "아까는 뭐라고 했더라?"

불새와 눈의 용은 춤추듯 서로의 주변을 돌며, 선명한 주황색과 눈부신 하얀색의 탑처럼 나선형으로 움직였고… 마침내 장렬하게 상대를 파멸시키는 듯한 마지막 순간을 그리며 불꽃은 꺼지고 눈은 증발했다. 용과 새는 순식간에 사라지고 까만 하늘에 깜박거리는 빛만 유령처럼 남아 모두의 망막에 새겨졌다.

먹먹한 침묵이 흘렀다.

그러다가 즐거워하는 함성이 천둥소리처럼 터져 나왔다. 모리건은 두 귀를 손으로 틀어막아야 했다.

———◆◆———

모리건은 결투가 끝나고 사방으로 몰려드는 인파 속에서 호손네 가족을 찾을 수 있을지 자신이 없었다. 약속 장소를 정해두지 않았다는 걸 뒤늦게 깨달았다. 하지만 괜한 걱정이었다. 호손 가족이 대신 모리건을 찾아냈다.

"**모리건**! 여기야. **어이**!" 모리건의 친구는 시선을 끌기 위해 열심히 소리치며, 모리건과 주피터와 피네스트라가 기다리는 광장 중앙의 분수대로 달려갔다. 잭과 다른 사람들은 눈밭에서 기다리기가 너무 추워서 마차를 끌고 집으로 간 다음이었다.

호손의 엄마와 아빠, 형과 누나, 동생이 호손 뒤로 바짝 붙어 따라왔다. 스위프트 가족이 성 니콜라우스를 지지한다는 건 누구도 의심할 수 없었다. 여섯 명 모두 머리부터 발끝까지 다양한 색조의 붉은색으로 치장하고 있었다. (모리건은 데이브의 진홍색 코듀로이 바지 밑으로 초록색 양말이 잠깐 보인 것 같긴 했다.)

모리건이 활짝 웃었다. "즐거운 크리스마스야!"

"우리를 찾아서 다행이구나." 주피터가 두 손을 비비고 입김을 불어 넣으며 말했다. 수염에는 눈송이가 가득 매달려 있었다.

"아, 어렵지 않았어요. 사람들 사이에서 핀의 큰 머리만 찾았거든요. 안녕, 핀. 즐거운 크리스마스야!" 호손이 기분 좋게 인사하자 피네스트라는 대답 대신 얼굴을 찌푸렸다. 호손이 성격 좋게 빙그레 웃자 피네스트라는 돌아서며 꼬리를 하늘 높이 빳빳이 세웠다. "핀은 한결같아. 헬레나 누나, 핀이 얼마나 웃긴지 내가 말 안 했나?"

데이브와 호손의 엄마 캣은 이미 여러 번 보았고, 형인 호머와 다들 아기 데이브라고 부르는 여동생 데이비나도 만난 적이 있었다. 하지만 스위프트 가족의 첫째 딸을 만난 건 이번이 처음이었다. 헬레나는 고르곤하울 근본주의 기상대학에서 5학년을 마쳤는데, 그 학교는 6포켓 해안에서 멀리 떨어진 곳에 있는 소멸하지 않는 사이클론 안의 작은 섬에 있었다. 그래서 안전하게 집에 올 수 있는 날이 많지 않았다.

"*엄청나다*. 영락없는 여왕이야." 헬레나가 드러내 놓고 감탄하며 성묘를 바라봤다.

바로 그때, 지나가던 젊은 남자가 실수로 핀의 꼬리를 밟았다. 핀은 고통스럽게 울부짖다가 거대한 얼굴을 남자의 얼굴 바로 앞까지 들이밀고는 크고 노란 송곳니를 내보이며 무시무시한 쉬익 소리를 냈다. 남자는 그 자리에서 기절했다.

"역시 *여왕*이야." 헬레나가 속삭였다.

스위프트 가족이 모두 모인 것을 보니 그야말로 완벽하게 반반이었다. 호손과 헬레나는 캐트리오나처럼 제멋대로 자란 갈색 곱슬머리였으며, 팔다리가 가늘고 길었다. 반면 호머와 아기 데이브는 아빠를 닮아 건장하고 머리는 금발이었으며, 바이킹의 피가 흐르는 듯 보였다.

"우리가 나중에 모리건을 집까지 데려다줄게요." 데이브가 주피터에게 말했다.

"아, 그건 걱정하지 마세요. 모리건을 데리러 우리 관리자를 보낼게요." 주피터가 핀이 있는 쪽으로 알 듯 말 듯한 몸짓을 했다.

데이브는 불안한 기색으로 핀을 곁눈질했다. 인심 쓰는 주피터 때문에 일거리를 떠맡게 생긴 핀이 두 사람을 노려보고 있었다. "어… 괜찮겠어요, 노스 대장? 우린 정말 상관없어요."

"정말 괜찮아요." 주피터가 데이브에게 장담했다. "사실 성묘는 살림 관리에는 영 꽝이에요. 그래도 급여를 받고 있잖아요. 내가 가끔 심부름이라도 보내지 않으면 저 친구 제 명대로 못 살아요. 그렇지, 핀?" 주피터가 피네스트라를 부르며 눈을 찡긋했다.

"오늘밤에 네 녀석은 물고기랑 한 침대를 쓰게 될 거야." 피네스트라가 으르렁거렸다.

"저건 핀이 주피터 아저씨 침대에 정어리를 뿌려 두겠다는 뜻이에요." 호손이 엄마 귀에 대고 큰 소리로 알려 주며, 애정 어린 미소로 성묘를 바라보았다. "핀은 한결같다니까."

<hr />

"호똔 오빠." 아기 데이브가 용기광장을 빠져나오는 동안 호손의 빨간 스웨터를 끈덕지게 잡아당기며 말했다. "호똔 오빠, 안아 줘, 나 힘들어."

"안 돼, 아가." 호손은 아기 데이브를 떼어 냈다. "너도 이제 다 컸어. 조금만 있으면 세 살이잖아! 세 살이나 되는 어린이는 다른 사람들처럼 스스로 걸어 다녀야 해."

어린 아기는 이 말을 듣고 즐거워하지 않았다. 모리건은 이해가 갔다. (어쨌든 아기 데이브가 스스로 "다 큰 어린이"라는 걸 받아들이려면, 호손은 물론 다른 가족들도 *아기 데이브*라고 부르지 말아야 했으니까.)

데이비나는 옅은 금발 눈썹을 치켜뜨고 호손을 노려봤다. **"호똔 오빠!"** 그리고 모리건을 깜짝 놀라게 할 만큼 성난 목소리로 으르렁댔다. **"안아 줘! 나 힘들단 말야!"**

"아, 알겠어." 호손은 걸음을 멈추고 끙끙대며 데이비나를 품에 끌어안았다. 데이비나는 호손의 품에 안겨 사람들을 바라보며 만족스레 활짝 웃었다. 마치 작은 조각상 같은 바이킹 여왕이 백성을 굽어살피는 듯했다. 그러는 사이 일행은 호손의 아버지를 따라 분주한 원더철역의 개찰구를 지나갔다.

아버지 데이브는 쏟아져 나온 인파를 피하고자 용기광장에서 제일 가까운 칼레도니아 서커스Caledonia Circus역을 그냥 지나치고 그리너리 게이트Greenery Gate로 바로 가자고 제안했다. 대부분의 사람이 비슷한 생각을 할 것이라는 점은 고려하지 않았다. 역에서 가장 붐비는 지점을 지날 즈음, 아기 데이브는 안겨서 가는 데 싫증이 났고 "호똔 오빠"에게 *당장* 내려 달라고 고집을 부렸다.

"손잡아! 한 줄로 서고!" 호손의 아버지는 미로 같은 계단을 지나 승강장으로 가면서 일행에게 소리쳤다. "인간 사슬을 만드는 거야! 조심하지 않으면… 죄송합니다, 부인. 저는 단지 많은 아이를 챙기느라… 아, 네, 정말 죄송하게 됐습니다! 자, 얘들아, 서로 놓치면 안… 으악!"

헛수고였다. 군중은 걷잡을 수 없이 움직이는 바다 같았다. 열차가 승강장에 도착하자 새로운 사람들이 물결처럼 쏟아져 나왔다. 대기하던 사람들은 하차하는 인파가 다 내릴 때만을 기다렸다가 우르르 앞으로 밀고 들어갔다. 이 열차를 놓치면 다음 열차가 올 때까지 *2분*을 더 고통스럽게 기다려야 했다.

난리 통에 누군가의 손이 다른 손에서 미끄러져 나와 스위프트 가족의 인간 사슬을 두 동강 냈다. 모리건은 캣과 데이브,

헬레나, 호머가 인파에 휩쓸려 문이 열린 객차 안으로 끌려 들어가는 것을 보면서 호손, 아기 데이브와 함께 다음 칸으로 밀려 들어갔다.

"아기 데이브 어디 있니?" 호손의 아버지가 당황하여 허둥대는 목소리로 소리쳤다. 그동안 캣은 사람들을 밀치며 떨어져 나간 아이들에게 가려고 했지만 소용없었다. "누가 아기 데이브를 데리고 있지?"

"저희가요!" 모리건이 승강장 위쪽에서 큰 소리로 대답하며, 땀에 젖은 데이비나의 통통한 오른손을 꽉 쥐었다(왼손은 호손이 꽉 잡고 있었다).

데이브는 긴장되고 불안한 표정으로 눈을 부릅뜨고 사람들 속에서 펄쩍펄쩍 뛰며, 아이들을 향해 지시 사항을 전달하려 애썼다. **"잘했다. 셋이 꼭 붙어 있어! 우린 터커공원 지구** Tuckerpark Place**에서 내려! 여기서 열두 정거장이야! 들리니?"**

호손이 눈을 굴리며 소리쳐 대답했다. "내가 사는 동네는 나도 알아요, 아빠! 우린 괜찮아요!"

객차 안은 항아리 안에 꾹꾹 눌러 담은 피클처럼 사람으로 가득했지만, 모두 기분 좋게 재잘재잘 떠들었다. 한쪽 끝에서 누군가 〈초록색은 나의 갈채〉를 부르자 다 같이 합창했고, 곧이어 다른 쪽 끝에서 〈쌩쌩 달리는 커다란 빨간 썰매〉를 불렀다. 양쪽의 노래는 매우 즐겁게 어우러지며 조화를 이뤘다.

"아빠는 걱정을 달고 *산다니까*." 호손이 말했다. 하지만 모리건은 호손이 실눈을 뜨고 객차를 훑어보며 여전히 아기 데이브의 손을 꽉 쥐고 있다는 걸 알았다. 사실 모리건도 그랬다. 다른 일행과 떨어져서 아기를 돌봐야 한다는 건 책임이 막중한 일이었다.

호손이 몸을 숙여 어린 여동생을 다시 안으려 했다. "윽, 이크. 엄마 아빠가 너한테 뭘 먹이는 거야? 통닭? 거의 나만큼 크잖아."

"호똔 오빠, **내려 줘**!" 아기 데이브가 몸을 꿈틀거리며 요구했지만, 이번에는 호손이 거절했다.

"쉿, 아기 데이브. 여긴 사람이 너무 많아. 잠깐― **아야**!" 아기 데이브가 호손을 깨물었는데, 어찌나 세게 물었는지 잇자국이 남을 정도였다. 호손은 손목을 들어 충격인지 감동인지 모를 눈빛으로 바라봤다. 그러고는 모리건을 보며 웃음을 터뜨렸다. "너도 볼래? 상어가 따로 없어."

아기 데이브는 모리건을 보며 생긋 웃었다. 모리건은 몸을 살짝 뒤로 빼며 저 물기 대장 가까이에 절대 팔다리를 두지 않겠다고 속으로 다짐했다.

붐비던 객차 안은 정거장을 지날 때마다 승객들이 내리면서 약간 편안해졌다. 몇 정거장을 지나자 마침내 호손이 아직 불만에 차 있는 동생을 내려놓을 만한 공간이 생겼다.

"모건 언니, 안아 줘. 나 힘들어." 아기 데이브는 1분도 채 지나지 않아 칭얼거렸다. 아이가 모리건의 손을 잡고 드러누울 듯이 몸을 젖히는 바람에 모리건은 같이 넘어지지 않기 위해 안간힘을 써야 했다.

"아기 데이브야, 착하지." 모리건은 아이를 달랬다. "이제 몇 정거장만 더 가면 돼."

"**응, 언니, 안아 줘.**" 졸라 대는 아기 데이브의 커다란 파란 눈에 눈물이 그렁그렁했다. 당황한 모리건은 어떻게 해야 할지 몰라 아기 데이브를 빤히 바라보기만 했다.

호손이 웃음을 터뜨리며 노래 부르듯 말했다. "얘가 네 머리 꼭대기에 있어."

근처에 앉아 있던 한 무리의 할머니들이 그 모습에 혀를 끌끌 차며 못마땅한 표정을 지었다.

"매정하게시리." 그중 한 할머니가 하는 말을 듣고 모리건은 얼굴이 화끈거렸다.

다른 할머니가 모리건을 똑바로 바라보며 다 들리게끔 일행에게 귓속말을 건넸다. "그러게 말이유. 가엾은 어린것이 힘들어서 저러는데."

모리건은 열차가 다음 정거장에 멈출 즈음 항복하고, 기뻐하는 아기 데이브를 품에 안았다.

"**으악.**" 모리건은 아이를 한쪽으로 옮기며 툴툴거렸다. "얼마나 오래 안고 갈 수 있을지 모르겠다, 아기 데―"

모리건의 말을 자른 건 열차 한쪽 끝에서 꺅 하고 비명을 지르는 소리였다. 뒤이어 마치 피네스트라가 화가 많이 났을 때처럼 으르렁거리는 소리가 들렸다. 모리건은 불안한 마음으로 주위를 두리번거리며 왜 소동이 일어났는지 알아보려 했지만 사람이 너무 많아 보이지 않았다.

"무슨 일이지?" 호손이 물었다.

객차 끝에서 분개한 목소리가 들렸다. "이게 나를 할퀴었어! 저 짐승 같은 게 나를 *할퀴었다*고! 클래리사, 이것 봐, 피가 나. 정말 *피가 나.*"

모리건은 까치발로 서서 소리가 나는 쪽을 봤다가 놀라서 넘어질 뻔했다. "아, 세상에, 표범이야. 아니 표범원 말이야."

*표범*이 아니라 *표범원*이라고 말한 까닭은 그 큰 고양잇과 동물이 알이 큰 구슬 목걸이를 걸고, 털로 덮인 귀 끝에는 비싸보이는 큼직한 다이아몬드 귀걸이를 달고 있었기 때문이다. 그리고 또 하나, 원더철을 탔다는 것도 그랬다. 보통의 표범이 원더철을 타는 일은 거의 없을 테니까.

멀리서 보면 *이따금* 워니멀(지각이 있고 자아 인식을 할 수 있으며, 인간의 언어를 사용할 수 있고 인간 사회에 완전히 동화된 생물)과 우니멀(평범한 생물 사회에서 평범한 생물 활동을 하는 평범한 생물)을 구분하기 힘들었다. 물론 비주류 워니멀은 좀 더 쉬웠다. 비주류 워니멀은 사람과 우니멀이 혼합된 생물이라고 할 수 있는데, 일반적으로 우니멀보다는 사람과 비슷한 특징이 더 많았다.

주류 워니멀은 겉보기에 같은 종의 우니멀과 쉽게 구별이 가지 않아 헷갈릴 여지가 더 많았다. 그들이 날씨에 대해 불평하거나 가까운 브롤리 레일 승강장이 어딘지 물어보려고 입을 열기 전까지는 그랬다. 그래서 주류 워니멀은 대부분 특별히 맞춘 옷을 입거나, 적어도 발랄한 모자나 외알 안경 같은 거라도 몸에 걸쳐 지각 있는 워니멀이라는 신호를 보냈다. 그렇게 해서 모르는 이들이 지레짐작으로 행동해 난처할 수 있는 상황을 피하곤 했다.

만약 표범원이 장신구를 하지 않았다면, 그리고 어떻게든 혼자서 대중교통을 이용한 게 아니라면, 아마 네버무어 동물원에서 탈출한 우니멀일 수도 있었다. 모리건이 보기엔 거의 완전히 우니멀 같았다. 사냥에 나선 커다란 고양이처럼 공기를 킁킁대는 모습이 이성적인 생물로는 보이지 않았다.

표범원은 으르렁거리며 모리건과 아이들이 있는 쪽으로 어슬렁어슬렁 걸어와 강한 턱으로 겁에 질린 승객들을 물려고 했다. 사람들은 모두 비명을 지르며 허둥지둥 도망갈 곳을 찾았다. 모리건은 두려움에 숨통이 조였다. 침을 삼키려고 했지만 입이 바짝 말랐다. 아기 데이브를 꽉 끌어안는 것밖에 할 수 있는 일이 없었다. 호손은 모리건 앞에 서서 여동생을 가렸다.

다음 역의 불빛이 창을 통해 급작스레 흘러들었다. 열차가 속도를 늦추기 시작하자 모리건은 안도의 한숨을 내쉬었다.

"이번 역에서 내리자." 호손이 다급하게 말했다. "다음 열차를 타고 터커공원 지구로 가면 돼. 엄마하고 아빠는 이해하실 거야. 그냥 몇 분 뒤에 도착하는 거니까."

"좋은 생각이야." 모리건도 동의했다. 모리건은 제일 가까운 문 쪽으로 다가가는 내내 워니멀의 기이한 행동을 주시했다.

하지만 문이 열리기까지 너무 오래 걸렸고, 표범원은 계속해서 아이들 쪽으로 접근했다. 무언가를 찾는 *것처럼* 여전히 코를 킁킁대고 있었다. 뭐가 뭔지 모르는 아기 데이브는 모리건의 머리에 있는 빨간색 리본을 홱 잡아당기며 즐겁게 웃었다.

그 웃음소리에 표범원이 조용해졌다. 표범원은 아기 데이브를 뚫어져라 바라보았고, 아기 데이브는 또다시 신이 나서 꺅꺅 소리를 냈다.

일은 순식간에 벌어졌다.

커다란 고양이의 눈이 밝은 에메랄드빛의 초록색으로 번뜩였다. 마치 누군가 그 안에서 불을 켠 것 같았다. 표범원은 중력을 무시하듯 창문으로 뛰어올랐다가 다시 천장으로 뛰어올라 승객들 사이로 껑충껑충 나아갔다. 놀란 승객들의 비명이 터져 나왔다. 표범원은 어느새 세 아이 앞에 착지해 이를 드러내고 으르렁거렸다.

모리건은 짧은 순간 원더를 불러서… *뭐라도 해야* 한다고 생각했다. 하지만 눈 깜짝할 사이에 모든 일이 벌어졌다. 무엇을 해야 할지 *알았어도* 아기 데이브를 품에 안고 결국 뭘 할 수 있었을까?

표범원이 몸을 바짝 웅크리고 아이들에게 곧장 뛰어들 준비를 하는 그때—

쿵!

한 무리의 부인들이 자리에서 벌떡 일어나더니, 뭐가 들었는지 모를 짐 가방과 묵직한 지갑을 휘둘러 댔다. 부인들은 한 덩어리로 표범원에게 달려들었고, 두려움보다 큰 분노로 대형 고양이를 에워싼 채 때려서 굴복시켰다. 표범원은 울부짖으며 뒷걸음질로 도망쳤다.

"어떻게 감히—"

"아기한테!"

"부끄러운 줄 알아야지—"

"어떻게 **아기를**!"

"꺼져라, 점박아!"

"**어린 아기한테**, 어떻게!"

"이번 역은 학자들의 건널목Scholars' Crossing역입니다. 네버무어대학교 서구 캠퍼스로 가실 분들은 이 역에서 하차하시기 바랍니다." 스피커에서 차분하고 상냥한 목소리가 단조롭게 흘러나왔다.

마침내 학자들의 건널목역에서 열차의 문이 텅 열리자, 놀랍도록 사나운 노부인들이 표범원을 막무가내로 쫓아냈다.

"훠이, 내리라!"

"또 그랬단 봐라!"

"애초에 왜 워니멀이 열차에서 저렇게 날뛰게 두는지—"

문이 휙 닫히자 객차 전체에서 커다란 박수가 터져 나왔다.

"고, 고맙습니다." 호손이 떨리는 목소리로 인사했다.

"네, 고맙습니다." 모리건도 숨을 헐떡이며 말했다. 달리 어떤 말을 해야 할지 아무 생각도 나지 않았다. 머리가 마비된 것 같았다.

"예쁜 아기가 가엾기도 해라." 그중 한 여자가 안됐다는 듯 혀를 차며 아기 데이브의 뺨을 꼬집었다. "얼마나 무서웠을까, 귀여운 것."

하지만 귀여운 아가는 전혀 무섭지 않았다. 오히려 이 모든 소동이 재미있기만 했다. 아기 데이브는 열차가 출발하자 깔깔대며 표범원에게 손을 흔들어 작별 인사를 했다. 쫓겨난 표범원은 승강장을 이리저리 어슬렁거리며 흥분으로 입을 벌렸다 다물었다 하면서 몸서리쳐지는 숨을 온몸이 들썩이도록 뱉어냈다. 동생과 반대로 호손은 얼굴이 약간 창백해져 있었다.

"이 일은, 어… 아빠한테 말하지 말자." 호손이 중얼거리며

119

모리건이 안고 있던 동생을 데려와 업으려다 실패했다. "우리하고 떨어진 걸 속상해하고 자책하실 거야. 나중에 엄마한테 말씀드릴게. 엄마가 좀 더 침착하시거든. 내일쯤, 아니, 그럼 크리스마스를 망칠 테니까, 모레쯤 말씀드려야겠다."

모리건은 고개를 끄덕였고, 열차에서 내릴 때까지 아기 데이브가 빨간색 리본을 마구 잡아당겨도 그냥 내버려 두었다.

———◆———

"아, 악단!" 헬레나가 손가락을 탁 튕기며 말했다. "성 니콜라우스가 만든 투명 악단에서 악기들이 저절로 연주됐잖아. 그게 최고였어."

"고기 파이 맛은 봤니? 여태 먹어 본 것 중 최고였어." 흐물대는 소파에 데이브와 함께 앉아 있던 캣이 말했다. 아기 데이브는 원더철에서의 작은 사고 탓에 피로했는지, 엄마 아빠 사이에서 한 손을 팝콘 통에 집어넣은 채 조용히 코를 골며 잠들어 있었다. "모리건은 뭐가 제일 좋았니?"

모리건은 꼬치에 꿴 마시멜로가 골고루 그을리도록 뒤집으면서 뭐가 좋았는지 생각했다. (스위프트 가족의 크리스마스 이브 전통은 아무 음식이나 꼬챙이에 꿰어 불에 굽는 것이었는데, 모리건이 동참할 수 있는 유일한 시간이었다.)

"저는 불새가 좋았어요." 마침내 모리건이 대답했다.

사실 모리건은 불새 생각이 머리에서 떠나지 않았다. 어떻게 *했을까*? 이제 모리건은 자신의 의지대로 불길을 움직이는 일이 무엇과 연관되어 있는지 정확히 알기 때문에, 마치 허공에서 불이 나타난 것처럼 보이게 만드는 성 니콜라우스의 특징적인 움직임이 작년 크리스마스 때보다 더 신비로웠다.

성 니콜라우스가 불을 다루는 솜씨는 *너무* 정밀했다. 어떻게든 참혹 예술 인페르노를 배웠던 걸까? 그래서 철저하게 불을 통제할 수 있었나? 아니면 그냥 정교한 속임수였을까? 여러 사람의 손을 빌리고 연습하고 정확하게 계획해서 복잡한 환영을 만들어 낸 걸까?

아니면… 성 니콜라우스도 혹시 원더스미스인가?

너무 터무니없는 생각일까? 어쨌든 퀸 원로는 원더스미스가 *언제나* 아홉 명이라고 말했어. 그럼 다른 일곱 명이 어딘가에 있다는 건가? 그중 한 명이 빨간 옷을 입고 크리스마스마다 선물을 나눠 주는 저 쾌활한 할아버지라고?

모리건은 남몰래 슬쩍 웃었다. 또 다른 살아 있는 원더스미스가 자기 앞에 있을지도 모른다는 생각에… *희망*이 묘한 전율처럼 퍼졌다.

하지만 그건 말도 안 되는 생각이었다. 그냥 환상이었다.

"성탄 여왕은 충분히 인정할 만해." 모리건이 몽상에서 깨어났을 때, 데이브가 말하고 있었다. "눈의 용은 멋졌어. 아기 데이브가 집에서 키우고 싶다고 하더구나. 그럼 막내의 다음 생일 선물은 정해진 건가, 하하!"

"난 언젠가 용을 가질 거야. 진짜 용을." 호손이 손가락에 묻은 마시멜로를 핥으며 진지하게 말했다. 헬레나는 비웃었고, 호머는 눈을 굴리며 비꼬듯이 엄지손가락을 세웠다. "정말이야. 그럴 거야. *갖고 말 거야*. 낸시 코치님이 그랬어! 내가 지금처럼 쭉 훈련을 열심히 하고, 앞으로 정기 토너먼트 대회를 몇 번만 잘 치르면, 주니어반을 졸업하고 시니어반에 들어갈 때 고려해 보겠다고 하셨다니까. 어린 용을 기르면서 오로지 나한테만 반응하도록 훈련한다고 말이야. 내 용이라고. 나 말고는 아무도 못 타는! 정말이야. 형, 웃지 마."

모리건은 놀라서 말없이 조용한 호머를 바라보았다. 정말로 호머가 칠판에 *하하하*라고 적은 게 보였다. 호머는 생각보존학교의 학생으로, 1년 중 단 하루만 말을 하겠다고 서약한 탓에 어디든 칠판을 가지고 다녔다. 하지만 어떤 식으로든 조롱하거나 비꼬거나 경멸하지 않겠다는 서약은 한 적이 없었고, 모리건은 그 부분이 마음에 들었다.

"내 옆자리에 앉은 호손아." 헬레나가 꼬치 끝에 치즈 한 덩어리를 꽂으며 말했다. "용 이름은 왜 그렇게 바보 같은 거야?"

호손이 오만상을 찌푸렸다. "뭐라고? 하지 마. 아니거든."

"바보 같다니까. 전부 다 길고 화려한 이름뿐이잖아. *눈부시게 날아올라 용맹한 승리로도* 그렇고, *적을 무찌르는 화염과 분노도* 그렇고."

"아, 그건 토너먼트에서 쓰는 이름이야." 호손이 어깨를 으쓱이며 대답했다. 그러고는 잠깐 말을 멈추고 핫초코 한 모금을 요란하게 마셨다. "모든 용은 토너먼트 대회에 참가할 때 기록 대장에 올릴 독특한 이름을 지어야 해. 역대 토너먼트에 참가했던 다른 용하고 이름이 너무 비슷하면 안 되는데, 토너먼트는 역사가 400년이나 됐단 말이야. 그래서 이름을 지을 때 창의력을 발휘해야 했던 거야."

"창의적이 아니라 자기도취적이야." 헬레나가 말했다. "작년에 그 아수라장에서 금메달을 땄던 용도 그렇잖아. *그의 발톱이 얼마나 큰지 보아라?* 솔직히 말하면, 기수가 용한테 무슨 이름을 지어 주든지 그게 *사실 자기 얘기*라는 건 누구나 다 알아. 거기에 대해 좀 더 솔직해져야 한다는 얘기야. 호손, 네 용이 생기면, 진짜 너와 관련된 이름을 붙이도록 해 봐. 예를 들면… 난 모르겠다. *최선을 다하지만 대체로는 멍청이?*" 헬레나는 싱긋 웃으면서 말을 마쳤다.

그 말에 온 가족이 웃음을 터뜨렸고, 심지어 호손도 웃었다.

"좀 더 구체적일 필요가 있어." 캣이 눈을 반짝이며 말했다. "이런 건 어떨까… *거울 앞에서 영웅처럼 폼 잡는 연습하기?*"

호손이 마시멜로를 가로채려고 캣의 꼬챙이 끝으로 손을 뻗으며 말했다. "멋지네요, 엄마. 엄마한테 용이 생기면 우린 이렇게 부를 거예요. *엄마 코 고는 소리가 얼마나 큰지 모르지.*"

"**하하**!" 캣이 고개를 뒤로 젖히며 폭소를 터뜨렸다. 그리고 복수로 호손에게 팝콘 한 알을 던졌지만, 호손은 입으로 팝콘을 받고 환호성을 질렀다.

"그럼 아빠는 뭐라고 할까?" 헬레나가 데이브를 보고 의뭉스럽게 웃으며 말했다. "아빠는—"

"*짐수레 말처럼 방귀 뀌기.*" 캣이 연극 무대에서 방백을 하는 것처럼 말하자, 모리건과 호손은 깔깔 웃음을 터뜨렸고, 헬레나는 "웩, 엄마! 냄새나"라며 투덜댔다.

"이봐, 조심하라고, 캐트리오나 스위프트. 안 그러면 *지금부터 자기 차는 직접 끓여 드셔야 할 거야.*" 데이브는 분하다는 듯이 답하면서도 웃음을 좀처럼 참지 못했다.

호손이 눈을 반짝였다. "호머 형은?"

잠시 침묵이 흘렀다. 모리건은 호손부터 헬레나와 캣, 데이브까지 차례로 돌아보았다. 저마다 재미있는 말을 꾸미려고 열심히 머리를 굴리는 모습이 훤히 보였다. 하지만 호머가 제일 빨랐다. 호머는 벌써 칠판에 이름 하나를 휘갈겨 쓰고는, 모두가 볼 수 있도록 들어 보였다.

"*이 집 아들이 아니었으면.*"

모두 웃음을 터뜨리며 비공인 용 이름 짓기 대회의 명명백백한 승자에게 박수갈채를 보냈다. 호머는 마지막 마시멜로를 꼬챙이로 꽂으며, 조용히 흡족한 표정을 지었다.

멋진 크리스마스이브를 마무리하는 즐거운 결말이었다. 하지만 피네스트라가 데리러 왔을 때, 모리건은 얼마간 안도감을 느꼈다는 걸 깨닫고 놀랐다.

모리건은 호손네 가족이 무척 좋았다. 진심이었다. 캣과 데이브가 서로를 놀리는 모습도 보기 좋았다. 호머 덕분에 온종일 웃을 수 있었고, 오늘 처음 만났는데도 벌써 헬레나가 좋았다. 아기 데이브가 폭군처럼 괴롭혀도 아무렇지 않았다. 그리고 호손은, 그러니까… 가장 친한 친구였다.

그러나, 비록 한 번도 내보인 적은 없지만 이렇게 스위프트 가족과 함께 있다 보면 모리건은 아주 조금 그런 느낌이 들었다… 뭐랄까, 정확히 말하면 질투는 아니었다. 다만…….

아니, 맞다. 질투였다. 스스로 솔직해지자면 그랬다.

정확히 무엇을 질투하는지도 확실히 말할 수 없었다. 서로에 대한 편안함, 모두에게 배어 있는… 자연스러움 같은, 그런 것이었다. 스위프트 가족은 빠진 조각이 없는 퍼즐이었다.

모리건의 가족, 그러니까 아버지와 새어머니와 할머니와 피가 반만 섞인 쌍둥이 남동생들은 아주 멀리 윈터시 공화국에 살았다. 그들 역시 빠진 조각은 없었다. 원치 않는 남는 조각

125

하나가 있었지만, 그 조각은 지금 네버무어의 호텔 듀칼리온에 살았다.

그저 작은 아픔이었다. 아마도 그다지 중요하지 않은 마음속 깊은 곳 어딘가에서 시작된, 감정에 너무 빠지지만 않으면 거의 감지할 수도 없는 그런 고통이었다. (모리건은 자기감정에 푹 빠지는 습관이 생기지 않도록 *애썼다*.)

하지만 그런 감정이 있었고, 모리건은 그게 마음에 들지 않았다. 스위프트 가족은 좋은 사람들이었다. 언제나 모리건에게 친절했고, 언제나 환영받는 기분이 들게 해 주었다. 이 작은 분노를 품어 두는 건 어쩐지 배은망덕한 일 같았다.

그러나 집으로 돌아오는 길에 피네스트라가 "정말 꼴 *보기 싫어, 그 가족*"이라고 투덜거렸을 때, 용렬한 작은 웃음이 솟아오르는 건 어쩔 수 없었다.

그러다가 곧 따끔거리는 후회가 밀려왔다. 손톱이 손바닥을 파고들어, 초승달 같은 작고 붉은 자국을 만들었다.

6장

드 플림제

그날 밤 모리건은 커튼을 열어 둔 채 잠을 잤다. 눈을 떴을 때 바로 창밖으로 펼쳐지는 멋진 겨울 나라를 보기 위해서였다. 그리고 아침은 역시나 실망스럽지 않았다. 눈은 밤새 그치지 않은 것처럼 쌓였고, 여전히 하얗게 쏟아지는 눈보라에 묻혀 많은 것이 가려졌다.

모리건은 비몽사몽간에 눈을 깜박이며 몸을 일으켰다. 잠들기 전에는 네 개의 기둥이 있던 침대가 그사이 성 니콜라우스의 거대한 썰매 비슷한 모양으로 변했다. 침대 안은 푹신푹신한 벨벳 쿠션과 부드러운 양털 담요로 채워져 있었다.

"정말 좋다." 모리건은 아직 잠에서 덜 깬 목소리로 침실을 향해 말했다. 최근에 모리건은 방이 정말 마음에 드는 일을 하면 칭찬을 더 많이 해 주기로 *결심했다*. 몇 주 전 침실 벽에 매우 현대적인 추상화가 한 점 걸렸을 때 들릴 듯 말 듯 못마땅해하는 소리를 냈는데, 그게 방의 기분을 상하게 했는지 그 뒤로 사흘 밤 동안 모리건의 침대는 개집에서 햄스터 우리로 바뀌었다가 다시 선인장이 가득한 커다란 토분으로 변했다. 그때 이후로 모리건은 각별히 조심했다.

성 니콜라우스는 이번에도 다녀갔다. 터질 듯이 통통해진 양말이 벽난로 선반에 걸려 있었다. 그보다 더 눈길을 *끄는* 것은 썰매 침대 끝에 쌓인 선물 더미였다.

마사는 왕골 바구니에 밝은 빛깔의 거품 목욕 비누와 조각 비누를 가득 담아 주었다. 케저리의 선물은 작고 아름다운 새 모형이었는데, 로비의 샹들리에를 반짝이는 검은 구슬과 은사로 재현한 수공예품이었다. 프랭크는 피처럼 빨간 천으로 표지를 입힌 『*밤의 보행자 연대에 일어난 100가지 섬뜩한 죽음 이야기*』라는 책을 선물했다. 챈더 여사는 섬세한 자수정 팔찌를 주었고, 찰리에게서는 승마 바지 한 벌과 말타기를 가르쳐 준다는 약속을 받았다. 아무런 표시도 없는 큼직한 죽은 꿩 한 마리는 핀이 넣어 둔 것 같았다. (*중요한 건 마음이지*, 모리건은 그렇게 생각하며 발가락 하나를 세워 깃털 덮인 사체를 침대 밖으로 살살 밀어냈다.)

하지만 가장 눈이 가는 선물은 해골 모양 옷걸이의 손목뼈 부분에 매달린 스케이트 한 켤레였다. 진홍색 가죽의 스케이트는 끈이 헐겁게 묶인 채 걸려 있었다. 카드의 글씨까지는 잘 보이지 않았지만, 모리건은 보자마자 누구의 선물인지 알 수 있었다.

썰매에서 꼴사납게 떨어지다시피 내려온 모리건은 곧장 옷걸이로 가서 고리에 걸린 스케이트를 빼냈다. 아니나 다를까, 카드에는 이렇게 적혀 있었다.

즐거운 크리스마스야, 모그.

-J.N.

모리건은 씩 웃으며 고개를 저었다. 반짝반짝 예뻤지만, 모리건은 스케이트를 탈 줄 몰랐다.

그래도 모리건은 스케이트를 받쳐 들고 멋진 빨간 가죽과 바느질에 감탄하며 생각했다. *정말 예쁘다.* 스케이트를 빙글 돌리자 반짝반짝 반사되는 빛이 모리건의 눈에 띄었다. 신발 끈에 구식의 작은 은색 열쇠가 달려 있었다.

아! 흥분한 나방들이 작은 소용돌이를 만드는 것처럼 뱃속이 펄럭이는 느낌이었다. 주피터가 조금 이상한 선물을 준 게 이번이 처음은 아니었다. 열쇠를 준 것도 처음이 아니었다.

모리건은 호텔 듀칼리온의 조용한 복도에 있던 이상한 자물쇠가 채워진 문이 떠올랐다. 주피터가 생일 선물로 주었던 방수포 우산의 꼭지 부분이 딱 들어맞으며 자물쇠가 *찰칵* 열렸었다. 그곳은 마법의 등불이 만들어 낸 그림자 괴물이 가득한 방이었다.

이상하지만 멋진 선물을 주는, 이상하지만 멋진 후원자였다.

갑자기 누군가 모리건의 방문을 두드렸다. 주피터에게 받은 선물을 한 손에 꼭 쥔 채 문을 열자, 잭이 어리둥절한 얼굴로 서 있었다. 파자마는 구겨지고 안대는 비뚤어진 데다 머리도 엉망으로 헝클어진 모습이었는데… 손에는 역시 스케이트 한 켤레를 들고 있었다. 잭의 것은 짙은 수풀 같은 녹색 가죽이었다.

잭은 눈을 깜박이며 모리건이 든 빨간 스케이트를 내려다보았다. "그래, 그럴 줄 알았어. 그래도 이상해. 이 근처에는—"

"—근처에는 스케이트장이 없다고? 맞아. 나도 그렇게 생각했거든. 그런데 너도 스케이트하고 같이—"

"—열쇠?" 잭이 다른 손을 들어, 빛을 받아 반짝이는 은색 열쇠를 보여 주었다. "응, 너도?"

모리건도 같은 것을 들어 보이며 싱긋 웃었다. "그럼 이제 우리가 할 일은—"

"확실해." 잭이 동의했다. "스케이트 가지고 와."

<hr />

아직은 이른 시간이라 듀칼리온은 대체로 조용했지만, 이따금 바스락거리며 분홍색과 금색의 제복을 입은 누군가가 후다닥 복도를 지나갔다. 잭과 모리건은 호텔을 돌아다니며 적어도 열두 개의 문에 열쇠를 꽂아 보았고(객실과 이미 아는 방은 제외하고), 마침내 10층에서 선물을 찾아냈다. 자물쇠가 두 개 달린 커다란 참나무 이중문이었다. 두 사람은 먼저 따로따로 열쇠를 넣어 보았지만 문은 열리지 않았다.

"아악, 그러면 그렇지." 잭이 신음을 흘리며 모리건과 동시에 열쇠를 돌리자 문이 부드럽게 열렸다. "삼촌은 우리가 *협력해야* 한다거나 뭐 그런 걸 만들 줄 알았어. 정말 주브 삼촌다워."

문을 휙 열어젖히니, 얼음장 같은 바람이 얼굴로 훅 불어왔다. 모리건과 잭은 가만히 서서 할 말을 잃은 채로 드넓은 방 안의 모습을 이해해 보려 애썼다.

그 방은 방이 아니라 호수였다. 호텔 듀칼리온 안에 있는 진짜 호수. 꽁꽁 얼어붙은 호수는 눈 덮인 들판에 둘러싸인 채였다. 저 멀리 맞은편, 들판 너머 수평선 위로 올라온 벽에는 바닥에서 천장까지 이어진 아치형 창문이 있었다. 서리로 뒤덮인 창을 통해 겨울 햇살이 한가득 들어와 이 엄청난 공간 전체를 환하게 비췄다. 모리건은 이런 방이 있을 만큼 호텔이 크다고는 짐작조차 해 보지 못했다.

그리고 그 가운데쯤에는 평생 해 왔던 일처럼 자연스럽게 호수를 가로지르며 빙글빙글 돌고 있는 주피터 노스가 있었다. 주피터의 스케이트는 깔끔한 파란색이었다.

"늑장을 부렸구나." 주피터가 두 손을 입가에 모으고 소리쳤다. 그리고 빠른 속도로 아이들을 향해 돌진했다. "자, 그럼. 아주 멋진 호수지. 스케이트를 신어!"

잭은 머뭇거리지 않았다. 몇 분 만에 스케이트 끈을 묶고 뒤뚱거리며 빙판에 올라서더니, 마치 프로 선수처럼 미끄러져 나아갔다.

늘 *이런 식이지*, 모리건은 그렇게 생각하며 인상을 찌푸리고 두 사람을 바라봤다. 잭과 주피터는 서로의 주변을 빙글빙글 돌고, 뒤로 가다 매끄럽게 방향을 바꿔 앞으로 갔다.

잭이 모리건을 불렀다. "모리건, 어서 여기로 와! 이거 진짜 재미있어! 이 호수 *정말* 좋아."

모리건은 자신이 없었다. 스케이트는 태어나서 한 번도 타 본 적이 없었다. 공인된 저주받은 아이로 자라난 모리건은 어떤 활동이든 하지 않는 법을 배웠다. 재앙의 근처라도 갈 가능

성이 조금이라도 있으면 피하라고 배웠다. 확실히 스케이트를
타는 법을 배울 일은 없었다.

주피터가 외쳤다. "모그! 뭘 기다리는 거야?"

"스케이트를 못 타요."

"뭐라고?"

"**스케이트를 못 탄다고요!**" 모리건이 소리쳤다.

"나도 못 타." 잭이 오묘하고 우아한 몸짓으로 호수 맞은편
을 돌아 나오면서 말했다.

"나도야. 나도 못 타." 주피터가 말했다.

모리건은 눈을 굴렸다. "아, 네. 참 못 타네요. 방금 그 네 바
퀴 회전도 정말 *아마추어* 같았어요."

후원자는 모리건이 있는 호수 가장자리까지 날아오르듯 단
숨에 달려오더니 깔끔하게 멈춰 섰다. 숨은 가쁘게 몰아쉬었지
만 생강색 턱수염이 덥수룩한 얼굴은 활짝 웃고 있었다.

너무 짜증 나, 모리건은 생각했다.

"정말이야, 모그." 주피터가 말했다. "내 스케이트 실력은 형
편없어. 나도 내가 어떻게 이러고 있는지 몰라. 한번 해 봐. 알
겠니? 여긴 정말 좋은 호수라니까."

모리건은 여전히 머뭇거리며, 손에 든 스케이트를 내려다보
기만 했다.

"나를 믿니?" 주피터가 물었다.

모리건은 고개를 들었다. 전에도 한 번 같은 질문을 한 적이 있었다. 그때는 얼음 위에서 어색하게 넘어지는 것보다 훨씬 더 위험한 상황이었고, 모리건의 대답은 확실한 긍정이었다.

지금도 대답은 같았다.

모리건은 용기를 끌어모아 스케이트 끈을 묶고, 불안한 마음으로 휘청거리며 얼음 위에 올라섰다. 그리고 비틀비틀 몇 걸음을 내디뎠다. 금방이라도 앞으로 엎어질 것 같았다……

…그러고는 피루엣(* pirouette, 한 발로 서서 빠르게 회전하는 동작 – 옮긴이) 동작을 완벽하게 해낸 것을 시작으로 재빨리 아라베스크 스핀(* arabesque spin, 한쪽 발을 엉덩이 위치보다 높이 뒤로 뻗어 회전하는 동작 – 옮긴이)을 돈 다음 깔끔한 악셀 점프(* axel jump, 전진하며 도약하여 공중회전 후 후진으로 착지하는 자세 – 옮긴이)로 마무리했다. 잭과 주피터가 요란하게 박수를 보냈다. 뜻밖의 상황에 모리건의 입에서도 웃음이 흘러나와 빙판 위로 미끄러지듯 날아갔다.

세 사람은 몇 시간이나 스케이트를 탔고, 그건 매우 놀라운 느낌이었다. 마치 얼음과 발이 연결된 것 같았다. 모리건이 어떤 생각을 할 필요도 없이 서로 의사를 주고받은 것처럼 움직였다. 무언가가 몸을 받쳐 주는 듯했다. 깃털처럼 가벼워진 기분이었다. 넘어질 위험은 없었다. 아니, 호수 위에 있는 동안은 *어떤* 나쁜 일도 일어날 위험이 없었다.

정말 좋은 호수였다.

점심은 평소처럼 투숙객들이 사용하는 화려한 식당에 차려졌지만, 올해 주피터는 직원들(그리고 잭과 모리건)과 한 가족처럼 식사하기 위해 개인실에 긴 식탁을 설치했다. 맛있는 다섯 개의 코스 요리를 즐기고, 마지막에는 모리건이 인페르노로 *의기양양하게* 불을 붙인 건포도가 든 푸딩을 먹었다. 사람들은 모리건에게 우레와 같은 박수를 보냈다.

몇 시간이 지나도록 사람들은 자리를 떠나지 않았다. 모두 배불리 먹고 기분 좋게 흥이 올라 있었다. 이 축제를 먼저 끝내려고 하는 사람은 아무도 없었다. 마사와 찰리는 조각이 천 개나 되는 직소 퍼즐을 맞추고 있었는데, 필요 이상으로 붙어 앉아 속닥거리며 연신 깔깔 웃어댔다. 프랭크와 케저리는 네버무어에서 5위 안에 들 만한 최고의 호텔 순위를 논하느라 격한 언쟁을 벌이다 잠깐 사이가 틀어졌지만, 듀칼리온이 *부동의* 1위이며 주요 경쟁 대상인 호텔 오리아나는 순위에 끼지도 못한다는 믿음을 나누며 화해했다.

챈더 여사는 신문지를 한 뭉치 가져다 놓고 문화부 기사를 꼼꼼히 뒤지며 자신이 네버무어 오페라하우스 무대에 올렸던 크리스마스 무언극 공연 리뷰를 찾아 읽었다. 그러다가 아주 잘 쓴 기사를 보면 큰 소리로 읽어 주기도 했다. 모리건과 잭, 주피터는 난롯가에 앉아 〈세금 징수원Tax Collector〉이라고 하는 오래된 게임을 몇 판이나 계속했고, 피네스트라는 그들 옆의 양탄자 위에서 요란하게 코를 골았다. (주피터는 이해하기 힘든 규칙의 허점을 이용해 연거푸 게임에서 이겼고, 잭은 주피터를 이기겠다고 마음먹었다. 모리건은 세금을 내지 못한 사람의 마을에 불을 지르는 부분을 재미있어했다. 모리건은 이미 게임 부품 두 개를 녹이고 게임판 한가운데를 태워 구멍을 냈다.)

그런데 갑자기 챈더 여사가 놀란 듯 숨 막히는 소리를 냈다.

"주피터!" 챈더 여사는 울부짖으며 신문을 보라고 외쳤다. "이거 봤어요?"

주피터는 챈더 여사에게 건너가 어깨 너머로 신문을 읽었다. 눈동자가 지면을 따라 내려가면서 이마에 주름이 잡혔다.

"이거, 참. 끔찍하군." 주피터가 중얼거렸다.

"가엾어라, 다정한 주벨라." 챈더 여사는 슬픔에 잠긴 얼굴로 주피터를 보며 그의 팔을 붙잡았다. "주피터, 우리 꽃을 *보내야 해요*. 아니, 당장 꽃을 *가지고 가*요. 마차 한 대를 꽃으로 가득 채워서. 드 플림제잖아요."

"그럼요, 그래야죠." 주피터는 고개를 끄덕였다.

"드 플림제가 뭐예요?" 모리건이 물었다.

"오, 너도 들어 본 적 있을 거야." 오페라 가수가 공허하게 손을 흔들며 말했다. "그렇고말고. 드 플림제인데. 알잖니… 드 플림제.”

잭이 〈세금 징수원〉 게임을 다섯 번째 하기 위해 판을 정리하다 고개를 들었다. “드 누구라고요?”

소프라노는 한숨을 쉬었다. “얘들아, 드 플림제는 모든 것이야. 드 플림제는 삶이지.”

“드 플림제는 천재야.” 프랭크가 한마디 거들고는 침울해 보이는 얼굴로 땅에 떨어진 신문을 주워 직접 기사를 읽었다.

“*이게* 드 플림제야.” 챈더 여사가 자신이 입은 초록색 자수 실크 드레스를 가리키며 말을 이었다. “적어도 내 옷 중에 3분의 1은 드 플림제야. 내가 제일 좋아하는 향수는 드 플림제의 *플림제*고. 두 번째로 좋아하는 향수는 *휨제*인데 드 플림제가 만든 거지. 지금 내가 뿌린 향수가 그거란다. 난 이 향수의 브랜드 홍보 대사고 광고 모델이야.” 챈더 여사는 가슴에 손을 얹고 고개를 숙여 가볍게 인사했다.

“이런 우연이 있나요.” 프랭크가 자기 손목을 킁킁 냄새 맡으며 말했다. “나도 드 플림제의 *휨제 포 힘제*를 뿌렸는데.”

잭은 모리건을 바라봤고, 두 아이는 서로 웃지 않으려고 재빨리 시선을 피했다.

“오, 그럴 거라 생각했어요, 자기. 향이 좋더라니.” 챈더 여사가 프랭크를 보며 활짝 웃다가, 다시 잭과 모리건이 생각난 듯 고개를 돌렸다. “주벨라 드 플림제는 아이콘이란다. 자유주 패션계의 거인이야. 언젠가 나한테 자기의 뮤즈라고 했었지." 마지막은 프랭크에게 혼잣말처럼 덧붙였다.

"내 파티에는 일곱 번 참석했었죠." 프랭크도 자랑스러운 듯 한껏 가슴을 부풀리며 말했다. "여덟 번이지만 드 플림제가 넌 더리를 냈던 날은 뺐어요. 그날은 폰 비싱 백작 부인이 여름용 원단으로 만든 드레스를 입고 오는 바람에. *가*을이었는데 말이야."

"오, 그런데 이건 너무 끔찍해." 챈더 여사는 프랭크에게서 다시 신문을 받아 들며 말했다. "기사를 보면 오늘 아침 일찍 눈에 반쯤 파묻힌 채 발견됐을 땐 눈을 크게 뜨고 있었지만 몸이 다 굳어서 아무 반응이 없었대요. 어떻게 거기까지 갔는지 아무도 모른다고, 지금은 왕립 라이트윙 워니멀 병원에 입원해 있는데, 일종의… 깨어 있는 혼수상태라고 하네요. 언제 회복될지… 아니면 회복이 될지 *어떨지도 모른대요.* 오, 가엾은 주벨라. 도대체 무슨 일이 있었던 걸까?"

갈라진 목소리가 터져 나오고, 챈더 여사는 신문을 툭 떨어뜨린 채 두 손에 얼굴을 파묻었다. 프랭크는 의자에서 미끄러지듯 내려가 탁자 밑으로 사라지더니 챈더 여사 옆으로 나와 위로하듯 어깨를 토닥였다. 주피터와 케저리와 다른 사람들은 조용한 소리로 동정을 표했다.

모리건은 기사에 첨부된 사진을 제대로 보기 위해 몸을 숙였다가 깜짝 놀랐다. "어! 어, 이 사람 봤는데."

챈더 여사가 얼굴을 손에 묻은 채 끌끌거렸다. "그래, 내 말이 그 말이란다. *당연히* 봤겠지. 다른 사람도 아니고 드 플림—"

"아니요, 내 말은, 그러니까 내가 *봤다고요*." 모리건이 신문을 낚아채며 다시 분명하게 말했다. "어젯밤에, 원더철에서."

표범원이었다. 주벨라 드 플림제는 아기 데이브를 공격하려고 했던 그 표범원이었다. 물론 사진 속에서는 훨씬 더 차분해보였다. 네버무어 패션 위크에 참석해서 매우 매력적인 모습으로 찍힌 사진이었다. 지나치게 큰 분홍색 모직 숄을 걸치고 있었지만, 틀림없이 그 표범원이었다. 한쪽 귀 끝에는 모리건이 본 것과 똑같은 크고 비싸 보이는 다이아몬드 귀걸이가 걸려 있었다. 사진에서는 어마어마하게 거대한 선글라스를 끼고 있어서 눈도 똑같이 놀랄 만큼 선명한 초록빛인지는 알 수 없었지만 그래도… 어제 본 그 워니멀이 맞다고 모리건은 확신했다.

챈더 여사가 고개를 들며 눈살을 찌푸렸다. "아닐 것 같은데, 얘야. 주벨라는 *대중교통*을 이용하지 않아. 운전기사를 두고 있거든."

"기사가 한두 명이 아니라던데. 차도 수십 대는 되고." 프랭크가 거들었다.

"그 여자는 어디 갈 때마다 *유니콘*을 탄다던데." 피네스트라가 바닥에 누운 채 숭배하는 말투를 흉내 내며 끼어들었다. 모두가 놀라서 자는 줄 알았던 피네스트라를 바라봤다. "그리고 그 뿔로 철 지난 신발을 신고 있는 사람들을 찌르고 다닌대."

잭과 케저리와 마사와 찰리는 매우 적절치 못한 이 농담에 반응하지 않으려고 부단히 애를 썼다.

모리건은 그 말을 무시하고 계속 주장했다. "그 여자가 틀림없어요. 이거 봐요. 네버무어대학교 서구 캠퍼스 근처에서 발견됐다잖아요. 열차에 있다가 거기서 내렸다니까요. 학자들의 건널목역에서요! 정확히 말하면 열차에서 쫓겨나서 그 역에 내린 거지만."

모리건은 사람들에게 전날 밤 원더철에서 있었던 일을 들려주었다.

이야기를 다 들은 챈더 여사가 말했다. "오, 아니야. 그럴 리 없어. 아니, 아니, 아니야. 그 이야기는 주벨라하고는 전혀 어울리지 않아. 주벨라는 파리 한 마리 못 해치는 성격인데. 게다가 채식주의자야! 뭐, 평일에만 채식을 하긴 하지만, 그래도… *절대 어린아이*를 해치려 했을 리 없어."

"하지만 정말이에요. 그 여자가 *그랬어요*." 모리건은 주장을 굽히지 않았다. "내가 직접 봤어요. 내가 탔던 칸에 있던 사람들이 다 목격자라고요! 호손도 같이 있었어요. 내 말을 못 믿겠으면 호손한테 물어보세요."

"물론 우린 널 믿어, 모그." 주피터가 단호히 말하며, 챈더 여사를 날카로운 눈으로 바라봤다. 챈더 여사는 아직 곤혹스러운 표정이었다.

"오! 그럼, 얘야. 당연히 믿지." 챈더 여사가 허둥지둥 말하면서 모리건의 손을 살며시 쥐었다. "물론 나는 믿어, 네가 봤다고 *믿는 그*—"

"그런 일이 있었단 걸 왜 어젯밤에 말하지 않았니?" 주피터가 챈더 여사의 말을 끊고 물었다. "무시무시한 일처럼 들리는데. 호손의 동생은 괜찮은 거니?"

"아, 괜찮아요." 모리건은 어깨를 으쓱이며 대답했다. "아기 데이브는 황소처럼 용감해요. 어제 말씀 안 드린 건 깜박 잊어서 그런 거고요. 너무 순식간에 일어난 일인 데다… 그냥, 실은 별일도 아니었어요. 단지 조금 괴상했죠."

"많이 괴상한 일이야." 주피터가 맞장구를 쳤다. "그리고 바로 주벨라의 의사들이 알아야 할지도 모를 일이지. 어쩌면 주벨라에게 무슨 일이 있었는지 이해하는 단서가 될 수도 있어. 하지만 그런 경우가 아니라면 이 일은 우리끼리만 알고 있기로 하자. 알겠니?"

"왜요?"

주피터는 입을 꾹 다물더니 챈더 여사와 어두운 눈빛을 주고받았다. "워니멀에 대해, 어떤 사람들은 조금 다른… 견해를 갖고 있어. 타블로이드 신문들은 워니멀이 위험한 행동을 했다는 이야기를 아주 좋아하지. 더군다나 *유명한* 워니멀이라면, 글쎄… 무슨 일이 있었는지 정확히 *파악하기도* 전에 누군가 결론을 내 버리면 안 되잖아. 그게 다야. 그럼 주벨라에게 공정하지 못한 일이니까."

모리건은 말하지 않겠다고 동의했지만, 속으로는 드 플림제라는 사람이 그 정도로 유명인이라면 타블로이드 신문에서 그일을 아는 건 시간문제라고 생각했다. 객차 안은 사람으로 가득했었기 때문이다.

"좋아!" 주피터가 외투를 낚아채듯 집었다. "그럼, 챈더 여사. 병원으로 갑시다!"

챈더 여사는 우아하게 일어나 문으로 향하며, 품위 넘치게 힐끗 고개를 돌려 주피터를 보았다. "꽃집으로, 주브. *거기에들렀다가* 병원으로 가요. 우린 *괴물*이 아니니까."

7장

루크

    침실 창밖으로 보슬보슬 비가 내리는 날, 다시 학교가 시작됐다. 모리건은 창밖 풍경에 얼굴을 찡그리고는 눈을 비비며 침대에서 일어나 앉았다(오늘 아침은 침대 매트리스가 너무 딱딱하고 얇았으며 베개는 불편하게 뭉쳐 있었는데, 마치 얼른 일어나야 하는 걸 아는 듯했다). 비를 보니 조짐이 좋지 않았다. 네버무어에 보슬비가 내리면 원협 교정에는 양동이로 들이붓듯 비가 쏟아질 터였다. 새 학기를 시작하기에 이상적인 환경은 아니었다.

누군가 문을 가볍게 두드리는 소리가 났지만, 모리건이 방을 가로질러 가서 문을 열었을 땐 아무도 없었다. 아래를 내려다보자 바닥에 찻주전자와 은종 모양의 덮개를 씌운 아침 식사 쟁반이 놓여 있었고, 손으로 쓴 쪽지도 하나 있었다.

첫날이 돌아왔어, 모그! 야호!
브롤리 잘 챙기고.
-J.N.

주피터는 이 쪽지를 며칠 전에 써 두었다가, 영토 밖으로 떠나기 전 마사에게 전해 주었을 것이다. 탐험가연맹의 대장인 주피터는 그들 영토 밖에 위치한, 신비에 싸인 다른 영토를 방문하는 일에 자주 불려 다녔다. 모리건은 주피터가 연맹에서 무엇을 하는지 잘 몰랐지만, 그 일이 매우 중요하고 놀랍도록 재미없다는 건 알았다. 주피터가 맡은 임무 중 많은 부분이 대관식이나 정상회담이나 기념식에 참석하는 지루한 외교 일정인 듯했다.

짧은 편지에 담긴 열정과 불필요한 충고에 얼굴을 찌푸린 모리건은 쪽지를 옆으로 치워 놓고 아침이 담긴 쟁반을 널빤지 같은 감방 침대로 가져갔다. 덮개 밑에는 커다란 그릇에 김이 모락모락 올라오는 오트밀이 있었다. 오트밀 위에는 꿀이 소용돌이 모양으로 뿌려져 있었다. 모리건은 비가 내리는 창밖을 물끄러미 바라보며 말없이 그릇을 싹싹 비웠다.

원협에 돌아간다고 생각하면 설레야 하는데, 모리건은 뭔가 살짝 아쉬운 감정이 들었다.

모리건은 방학 동안 매일 밤 녹턴과 인페르노를 연습했고 매번 성공했다. 매일 아침에도 마찬가지였다. 같은 것을 반복하고 또 반복했다. 원더를 부르고 초에 불을 붙이고, 또 원더를 부르고 초에 불을 붙였다.

모리건은 *더 많은 것*을 하고 싶고 *새로운 것*을 배우고 싶었지만, 사실 혼자 시도하기에는 너무 겁이 났다. 초에 불을 붙이다 보면 스스로 어마어마해지는 것 같고 통제하는 것 같은 느낌이 들었다. 모리건은 억제할 수 없는 위험한 무언가를 불러오는 모험을 감행하고 싶지 않았다. 처음 불을 뿜었을 때를 떠올리면, 폐를 울리며 솟아난 불길이 프라우드풋역 차양에 옮겨붙고 밉살맞은 엘로이즈를 다치게 하고 그 때문에 잠시나마 원협에서 쫓겨났던 일이 너무 생생해서 고통스러울 정도였다. 모리건은 능력이 지나치게 커지는 것을 주저했다.

모리건에게 필요한 건 선생님이었다. 마력예술이 아니라 *참혹 예술*을 가르쳐 줄 사람이 필요했다. 주임 교사인 머가트로이드는 원더스미스가 되는 교육을 받을 수 있게 해 주겠다고 약속했고, 모리건은 용기를 그러모아 머가트로이드의 사무실로 찾아가서 이제 그 약속을 지키라고 요구할 생각이었다.

무언가 모리건의 눈길을 끌었다. 검은 문 위의 금빛 원에 은은한 금빛 불꽃이 일렁였다. 홈트레인이 오고 있다는 신호였다. 모리건은 체념하듯 한숨을 쉬고 마지막으로 차를 한 모금 마신 다음, 브롤리를 낚아채듯 들고는 검지의 W 인장으로 원을 눌렀다. 문이 휙 열리면서 환하게 불이 켜진 익숙한 작은 방이 나타났다.

모리건의 원협 옷장에는 늘 입는 제복이 문 뒤에 걸려 있었다. 그런데 그 옆으로 여벌의 스웨터와 두꺼운 외투, 가죽 부츠 한 켤레와 일반 모직 양말보다 더 두꺼운 양말, 가죽 장갑과 스카프가 나란히 있었다. 모두 검은색이었다. 그걸 본 모리건의 입술이 삐죽 올라갔다. 원협 날씨 현상 때문에 뭔가 불편한 상황이 기다리고 있는 게 틀림없었다.

모리건은 다시 한숨을 내쉬며, 그냥 침대로 돌아가면 어떻게 될까 생각했다. 불행히도 나가는 문은 한 발짝 앞에 있고 들어온 문은 이미 잠겨 있었다.

"제멋대로야." 모리건은 숨죽여 말하고는 마지못해 옷을 입었다.

치어리 씨는 학교로 돌아온 919기를 열렬한 환호로 반갑게 맞았다. 치어리 씨가 직접 만든 응원가가 장장 7분이나 이어졌다. (크리스마스 반짝이 장식으로 만든 폼폼까지 준비했다.) 치어리 씨는 새 시간표를 나눠 주고, 아이들의 외투 주머니에 수업을 들으러 가는 동안 먹을 비스킷을 가득 채웠다. 그러고는 프라우드풋역에서 내리는 아이들에게 뿌듯한 어미 닭처럼 손을 흔들었다.

푸념하는 숲을 지나가는 쌀쌀한 길 위에서, 호손은 때를 놓치지 않고 방학 동안 있었던 스위프트 가족의 극적인 이야기로 모리건과 케이든스를 즐겁게 했다. 크리스마스 다음 날 하일랜즈에 사는 친척 아주머니, 아저씨, 사촌들이 스위프트네 집에 들이닥쳤다고 했다. 모리건은 크리스마스이브 이후로 호손의 소식을 듣지 못했다.

"어린애들 지옥에 갇혀 있었다고." 호손이 투덜거리며 말했다. "바깥소식은 하나도 듣지 못하고 말이야. 사촌 조디가 내 왼쪽 드래곤 부츠에 쉬를 했다고! 다시 학교에 다니게 돼서 *정말* 다행이야."

"너나 그렇지." 케이든스가 한숨을 쉬며 말했다. "난 멋진 방학을 보냈어. 할머니가 나하고 엄마를 문라이즈 베이Moonrise Bay에 있는 화산 온천에 데려가 주셨거든. 열흘 동안 뜨거운 석호 온천에서 몸을 데우면서 산비탈을 타고 흘러내리는 용암을 지켜봤지. 정말 눈부셨어." 옷깃을 끌어당겨 바람을 막는 케이든스는 몹시 못마땅한 표정이었다.

모리건은 크리스마스 이후 일주일 동안 듀칼리온에서 일어났던 모든 일을 간단히 말했다. "아, 그리고 우리는 프랭크 아저씨를 사흘 동안 못 봤어! 알고 보니 피네스트라가 로비에 쌓여 있는 180센티미터는 될 거 같은 눈 속에 프랭크 아저씨를 묻고 잊어버린 거야. 그러니까, 아저씨는 흡혈귀잖아. 눈에서 파냈을 때도 평소보다 더 많이 죽은 것 같은 모습은 아니었거든. 그런데 아저씨가 그렇게 화내는 건 처음 봤어. 아저씨는 *아직도 핀한테 말을 안 해.*"

호손과 모리건은 건물 밖 교정에서 케이든스와 헤어졌다. 케이든스의 첫 수업은 푸념하는 숲에서 독버섯을 찾는 것이었는데, 케이든스는 몹시 들떠 있었다.

"너희 집에서도 평범한 일 같은 게 일어나?" 호손이 모리건에게 진지하게 물었다. 두 사람은 프라우드풋 하우스의 대리석 계단을 올라가 건물 안에 황동 레일포드가 늘어선 곳으로 향했다. 꽤 이른 시간이었는데도 기다리는 줄이 어마어마하게 길었다.

모리건은 코웃음을 쳤다. "아니. 만일 나한테 용이 생기면, 이름을 *미친 사람들과 함께하는 나날들*이라고 지을 거야. 참, 깜박할 뻔했다. 크리스마스이브에 봤던 표범원 기억나?"

"솔직히 말하면 잊으려고 노력 중이야." 호손이 움츠리며 말했다. "아직 엄마 아빠한테도 말하지 않았어."

"두 분도 어떻게든 알게 되실 거야." 모리건이 말했다. "유명한 표범원이더라고!"

모리건은 계속해서 호손에게 주벨라 드 플림제에 대해 전부 이야기하고(호손도 처음 듣는 이름이라고 했다), 챈더 여사가 주피터와 함께 병문안 갔던 이야기도 들려주었다.

"그런데 못 들어갔대. W 배지를 보여 줬는데도 말이야. 그래서 다음 날 다시 찾아갔는데, 드 플림제는 어디로 옮겨 갔고 어디로 갔는지는 알 수도 없더래. 이상하지 않아?"

"좀 이상하네." 호손도 맞장구쳤지만, 목소리에서 느껴지는 관심은 희미했다. 호손은 목을 길게 빼고 앞에 줄 선 사람들의 수를 셌다. 레일포드가 휘익 소리를 내며 승강장을 들락거렸다. "지각하겠다."

커다란 황동 구체는 협회 내부와 외부를 연결하는 이동망이었고, 원협 안으로는 어디든 갈 수 있었다(입장 승인을 받은 경우에). 네버무어에 있는 원더철역으로도 대부분 이동이 가능했다. 레일포드는 케이블에 긴 줄로 매달려 있었고, 각 레일포드가 승강장 끝에서 터널같이 좁은 통로로 사라지면 다른 쪽 끝으로 새로운 레일포드가 들어와 섰다. 마치 줄 하나로 엮어 놓은 거대한 구슬들 같았다.

"넌 첫 수업이 어디야? 레일포드 같이 탈래?" 호손이 물었다.

"아, 아니. 그냥 복도로 내려갈래." 모리건은 주임 교사 사무실을 흘깃 바라보았다. 두려운 마음이 솟구쳐 올라왔다. "오늘 아침은 자유 시간이라서, 난… 나는 머가트로이드를 만나러 가야겠어."

모리건은 침을 꿀꺽 삼키며, 마력 학교 주임 교사가 얼음장 같은 일반 학교 주임 교사인 디어본 속으로 사라지는 장면을 머릿속에 그렸다. 변신은 예정되어 있는 것이 아니어서 구르는 주사위처럼 예측할 수 없었다. 어느 한 명을 찾는다면, 다른 한 명을 만날 가능성도 충분했다.

"정말이야?" 호손이 오만상을 찌푸리며 물었다. "경기장에 내려와서 내가 훈련하는 거 안 보고?"

귀가 솔깃했다.

"오늘 체급을 올릴 거야." 호손이 말을 이었다. "핑거스 마지가 저지대 발광 용Low Country Luminescent을 한번 타 보래. 용 비늘이 어둠 속에서 빛난다니까!"

발광 용은 보기에 아름다웠다. 머가트로이드를 꼭 먼저 만나야 할 필요는 없을 것 같았다. 점심시간까지 기다려도 될 듯했다. 아니면 내일이나…….

그렇게 말하려고 입을 열었지만, 누군가 모리건의 하얀 옷깃을 붙잡아 뒤로 홱 잡아당기는 바람에 대신 비명이 튀어나왔다.

"너." 거친 목소리가 말했다. "나하고 가자."

고개를 돌리자 마치 텔레파시를 받고 온 것처럼 주임 교사가 서 있었다. "머가트로이드 선생님! 저… 저, 지금 막 가려고―"

"그래, 그랬겠지. 입 닫아라." 머가트로이드가 툴툴거리며, 모리건의 팔을 붙잡고 줄 앞으로 끌고 갔다.

모리건은 호손을 돌아봤다. 호손은 동정 어린 얼굴로 움찔했지만, 꼼짝 않고 가만히 있었다. 마치 굶주린 곰이 미쳐 날뛰는 동안 풀숲에 몸을 숨기고 지나가길 기다리는 작은 숲속 우니멀 같았다.

줄의 맨 앞까지 간 머가트로이드는 포드에 올라탔던 안경 낀 신사를 발길질로 내쫓고 모리건을 밀어 넣은 뒤 자신도 곧바로 따라 탔다.

"어이쿠! *이게 무슨―* 아, 죄송합니다, 머가트로이드 선생님." 남자는 몸을 움츠린 채 주임 교사에게서 물러서더니 항복하듯 고개를 숙이고 말했다. "부디 이 포드를 타 주세요. 선생님은 언제나 환영이에요. 어서 타세요."

"탔어, 멍청아." 머가트로이드가 으르렁거리더니 남자의 얼굴 앞에서 문을 닫았다.

머가트로이드는 벽에 있는 작은 금빛 원에 자신의 인장을 누르고, 곧장 쇠사슬이며 버튼이며 기어 같은 것을 만지면서 운행을 시작했다. 모리건은 절대 기억하지 못할 패턴이었다. 포드가 앞으로 빠르게 흔들리더니, 갑자기 높은 곳에서 자유낙하를 하는 듯했다. 모리건은 천장에 매달린 고리를 꽉 잡고 몸을 지탱하려 애썼다.

"음… 머가트로이드 선생님… 우린 무슨—"

"때가 됐어." 머가트로이드가 무서운 눈길로 누런 이를 드러내며 입을 벌렸다. "이제 너도 첫 C와 D 집회에 참석했으니, 배워야 할 건 배워서 생산적인 협회 회원이 돼야 할 때인 거지… 인간 화산처럼 폭발해서 우리를 다 침몰시키기 전에."

모리건은 횡격막이 있는 부분 어디쯤에선가 흥분이 들썩거리는 느낌이었다(포드가 *심하게* 제멋대로 움직이고 있었기 때문에 속이 안 좋은 것일 수도 있었다). 이거였다. 마침내 참혹 예술을 배우게 됐다. 제대로. 자신이 뭘 하는지도 모른 채 침실에서 혼자 연습하는 게 아니라.

아니다. 모리건은 이제 쭉 자신이 있어야 할 곳, 바로 교실에서 배울 수 있었다. *진짜* 선생님과 함께! 책과 책상이 있고 시험도 치르면서, 다급한 위험 같은 건 전혀 *없이*.

머가트로이드가 참혹 예술을 배울 수 있게 해 주겠다고 약속했을 때부터, 모리건은 누가 자신에게 그것을 가르쳐 줄 수 있을까 줄곧 궁금했다. 아마도 참혹 예술을 사용할 수 있는 사람은 원더스미스뿐일 것이다. 에즈라 스콜이 유일하게 살아 있는 다른 원더스미스였지만, 모리건은 제일 좋아하는 부츠와 아끼는 우산과 호텔 듀칼리온을 다 걸고 에즈라 스콜이 자신의 선생님으로 채용될 일은 없을 거라 확신했다.

마침내 용기 내어 물어보려 했을 때 포드가 갑자기 심하게 덜컹거리며 멈췄고, 문이 휙 열린 그곳엔……

아무것도 없었다.

두 사람이 도착한 곳은 어둠에 둘러싸인 작은 승강장이었다. 승강장 끝에는 계단이 있었는데, 계단을 따라 내려가면… 무엇이 있을지 짐작할 수도 없었다.

승강장에 내리며 머가트로이드가 목을 옆으로 꺾더니 고갯짓으로 계단을 가리켰다. "자, 저 아래다."

"저 아래 뭐가 있는데요?"

"지하 9층." 머가트로이드는 별로 중요치 않은 말을 한 것처럼 코를 킁킁거렸다. 마치 지금 막 모리건을 데리고 온 장소가 프라우드풋 하우스에서 모든 학생의 출입을 금한 구역이 아니라는 듯이. "행운을 비마."

모리건은 뱃속이 요동치는 것을 느꼈다. "선생님은 같이 안 가세요?"

마력 학교 주임 교사가 킬킬 웃더니 이내 멈칫했다. "내가? 어림도 없지."

여러 차례 조그맣게 펑펑거리는 소리에 이어 툭, 툭, **우두둑** 소름 끼치게 익숙한 소리가 들렸다.

"여기에 나를 혼자 두면 안 돼요!" 모리건이 말했다.

"혼자가 아니야." 툭, 펑, 펑, 펑, **우두두두둑**.

모리건은 몸을 움츠렸다. "안 돼요, 제발. *제발*, 지금 디어본 선생님으로 변하지 말아 주세요!" 가슴속에 공포의 물결이 일었다.

변화가 일어난 시간은 고작 몇 분이었지만, 모리건은 시간이 멈춘 것처럼 느껴졌다. 갈라진 자줏빛 입술과 푹 꺼진 잿빛 눈, 구부정한 자세가 비틀리고 다시 만들어지고 난 후 앞에 선 사람은 더 이상 머가트로이드가 아니었다.

디어본도 아니었다.

두 주임 교사가 공유하는 몸에 가해진 변화는 미묘했지만, 제3의 인물로의 변신은 완벽했다. 머가트로이드의 진흙 바닥처럼 탁한 눈이 날카로워지면서 디어본의 차가운 푸른빛이 아닌 짙은 석판색으로 변했고, 검은 속눈썹은 빽빽해지고 눈썹 숱도 많아졌다. 등이 곧게 펴지고 어깨도 넓어졌으며, 턱에는 네모난 각이 생겼다. 푸석한 흰머리는 은발로 돌아가는 대신 백랍처럼 검은빛이 진해졌고, 길고 매끄러워져 풍성하게 물결쳤다. 머가트로이드보다 어리고 디어본보다 평범했으며, 두 사람보다 키가 컸다. 여자는 학문적인 호기심과 늑대 같은 즐거움이 뒤섞인 얼굴로 모리건을 내려다봤다.

"원더스미스구나." 여자가 모리건에게 인사를 건넸다. 디어본처럼 얼음장 같은 목소리도, 머가트로이드처럼 거칠게 쉰 목소리도 아니었다. 불안감을 조성하는 그런 목소리가 전혀 아니었다. 소리를 지르거나 쏘아붙이거나 으르렁거릴 필요가 없는 목소리는 낮고 차분했다. 무게감이 있고 확신이 넘쳤다. 용과 이야기를 나눈다고 상상했을 때 떠올릴 수 있는 더없이 유쾌한 목소리였다. 그러다 곧 잡아먹히겠지만.

차분하게 깜박이는 짙은 눈이 모리건을 머리부터 발끝까지 살펴보다가 마지막으로 겁에 질린 창백한 얼굴을 바라봤다.

모리건의 입에서 종잇장처럼 가는 목소리가 흘러나왔다.

"누구세요?"

"루크." 어둠 속에서 여자의 눈이 까맣게 빛났다. "루크 로젠펠드야. 원드러스예술학교의 주임 교사란다."

8장

지하의 괴짜들

"원드러스… 예술." 모리건이 따라 말했다.

처음 듣는 말이었지만 어쩐지 굉장히 익숙했다. 마치 챈더 여사가 부르는 아리아처럼, 모든 게 점점 커지고 점점 고조되며 더욱 극적으로 치달으면 때가 가까워졌다는 걸 알게 된다. 하지만 막상 그 순간이 닥치면 숨이 멎을 것 같기 마련이다.

모리건은 더 자세한 설명을 기다렸지만, 루크는 설명하지 않았다. 대신 몸을 돌려 어둠에 묻힌 계단을 내려가기 시작했다.

모리건에게 따라오라는 말도 없었다. 잠시, 머릿속의 분별 있는 목소리가 다시 레일포드를 타고 곧장 위로 올라가서 식당에 앉아 아무 일도 없었다는 듯이 핫초코나 한 잔 마시라고 말했다.

하지만 네버무어에 살면서 원드러스협회 회원이 되고, 주피터 노스라는 후원자가 생기고 호손 스위프트와 절친한 친구가 되면서 이상하게도 날이 갈수록 모리건의 머릿속 분별 있는 목소리가 점점 작아지는 것 같았다. 어떤 날엔 거의 들리지 않았다.

모리건은 한숨을 쉬었다. 걸음을 떼기도 전에 벌써 자신에게 짜증이 났다. 물론 모리건은 무서운 낯선 사람을 따라 컴컴한 계단을 내려가 비밀의 지하 공간으로 들어갈 것이다. *당연히.*

계단은 넓은 나선형으로 빙글빙글 돌았고, 모리건은 발을 헛디뎌 아래로 굴러떨어지지 않도록 손으로 차가운 돌벽을 더듬으며 천천히 내려가야 했다. 바닥에 다다라서 루크를 따라 냉랭하고 좁고 칠흑같이 어두운 통로를 걸어가는 시간이 한 연대처럼 길게 느껴졌지만, 아마도 1분 남짓이었을 것이다.

몸이 부들부들 떨렸다. 모리건은 추워서 그런 거라고 자신을 납득시키려 했다. "우리가 가는 곳이 정확히 어딘가요?"

루크는 대답하지 않았다. 대답할 필요가 없었다. 모리건은 앞쪽 어딘가를 보고 움찔했다. 한쪽으로 기울어진 T 자가 한 치 앞도 보이지 않는 어둠을 뚫고 금빛으로 밝게 빛나기 시작했다. 이어서 더 많은 글자가 하나하나씩 빛을 내더니, 커다란 간판이 만들어졌다. 나무문 위의 돌 아치에 새겨진 것이었다. 첫 번째 단어에는 온통 깊은 흠집과 그을린 자국이 있었다. 마치 누군가 그 단어를 마구잡이로 지우려고 한 흔적 같았다. 처음에는 칼날이나 끌 같은 것으로 지우다가 불을 붙이고, 결국에는 간단히 줄을 그어 글자 위를 덧칠했다.

~~월드러스~~ 예술학교
참혹

루크는 간판을 보고 별거 아니라는 듯이 가볍게 끌끌거렸다. "저런 만행은 신경 쓰지 마." 그리고 손을 들어 올려 문을 밀치려다가 잠시 멈추고, 고개를 살짝 기울여 모리건을 힐끗 바라봤다. "준비됐니?"

모리건은 금빛 글자를 올려다봤다. 속에서 무언가 요동치기 시작했다. 긴장, 흥분, 그리고 무엇보다도 더 알고 싶은 열망이었다. 입가에 작은 미소가 번지는 것을 느꼈다. "네."

틀림없이 한때는 무척 웅장한 학교였을 거라고, 모리건은 생각했다. 사실 지금도 일반 학교와 마력 학교가 있는 층보다 훨씬 웅장했다. 나무문을 열자, 바닥부터 천장까지 온통 하얀 대리석이 깔린 길고 넓은 복도가 펼쳐졌다. 다른 문은 없었고, 막힘없이 뚫린 높은 아치형 통로로 이어진 넓은 방들이 좌우로 늘어서 있었다. 너무 추워서 숨을 쉴 때마다 뿌연 입김이 나왔다.

루크는 빈방들을 지나쳐 갔다. 두 사람의 발소리가 울려 퍼졌다. 모리건은 아치 안을 엿보며 예전에는 여기가 어떤 공간이었을지 헤아려 봤다. 교실이었을까? 실험실이나 작업실이었을까? 하지만 어디에도 가구 하나 없고, 그저 드넓고 텅 빈 공간뿐이었다.

아치에도 글자가 새겨져 있었는데, 모리건과 루크가 그 앞을 지나가면 때맞춰 돌 위에서 금빛으로 빛났다. 하지만 그걸로는 알 수 있는 게 별로 없었다. 모리건이 이해할 수 없는 언어로 된 말뿐이었다. *칼라니, 하말, 장, 시스킨*…….

잠깐, 모리건이 어떤 방 앞에 멈춰 서서 빛나는 간판을 빤히 쳐다봤다. *아는 단어인데.*

시스킨.

모리건은 얼굴을 찌푸렸다. 어디선가 읽은 적이 있었다. 그건 이름이었다.

"주노 시스킨!" 모리건이 큰 소리로 말하자, 목소리가 벽에 부딪혀 돌아왔다. "아, *아*! 키리 칼라니! 전부 다 원더스미스야. 이 방들은 모두 예전 원더스미스들의 이름을 따서 지은 거네요?"

"그냥 원더스미스가 아니야." 루크는 속도를 늦추거나 멈춰 기다리지 않고 훌쩍 앞서 걸으며 대답했다. "태초의 아홉 명이지."

모리건은 루크에게 뛰어가며 자신을 따라 깜박깜박 빛나는 글자들을 살펴봤다. 아는 이름을 볼 때마다 묘한 전율이 느껴졌다. 마치 역사 속을 걷는 기분이었다. *모리건 자신의* 역사.

모리건이 이 이름들을 알게 된 건 작년에 들었던 온스털드 교수의 〈사악한 원드러스 행위의 역사〉라는 수업을 통해서였다. 이 수업에서 온스털드 교수가 쓴 『*과오, 실책, 실패작, 흉물, 그리고 파괴: 등급별 원드러스 행위 축약사*』라는 책을 공부해야 했다. 그 책에는 원더스미스에 관한 좋은 얘기가 한 줄도 없었다. 하지만 모리건은 이제 적어도 그 책의 *어떤* 부분은, 아니 어쩌면 모든 내용이 완전히 다 허구라는 것을 확실히 알았다.

마그누손. 온스털드 교수에 따르면 티르 마그누손은 쿠데타를 일으키려고 했다. 라이트윙 왕궁을 70일 동안 점령했는

데, 그 과정에서 왕족 전체를 인질로 잡고 그중 절반을 굶겨 죽였다.

윌리엄스. 모리건은 우연히 홍역을 만들어 낸 것으로 보이는 원더스미스 오들리 윌리엄스가 맞으리라 생각했다.

베일. 비비안 베일은 몇 연대에 걸쳐 은둔 생활을 하면서, 객관적으로 완벽한 세계 최초의 곡을 쓰려고 노력했다. 하지만 그 곡은 역사상 가장 짜증 나게 귓가에 맴도는 곡으로 남았다. 그 곡 때문에 수십 명의 사람이 임상학적으로 정신 이상을 겪은 후 모든 영토에서 금지됐다. (온스털드 교수는 책에서 곡의 제목을 밝히지 않았는데, 독자들의 머릿속에 들어가 영원히 맴돌까 봐 우려됐다고 했다.)

온스털드 교수의 책에 옳은 내용이 하나라도 있을까? 제미티 공원을 만든 오드부이 제미티에 관한 내용은 틀렸다. 캐스케이드 타워를 지은 데시마 코코로에 관해서도 그랬다. 주피터가 모리건을 직접 데리고 가서 그들의 건축물이 얼마나 뜻깊고 멋진지 확인시켜 주었으니까. 심지어 그곳에는 백여 년 전 원드러스 행위 등급 위원회에서 남긴 머릿돌까지 있었다. 제미티가 만든 비밀 놀이동산은 모리건이 책을 보고 믿었던 대로 *실패작*이 아니라, 자격 있는 아이들을 위한 즐거운 선물인 *장관*이었다. 그리고 캐스케이드 타워는 *특이점*으로 분류됐다. 그것은 완벽한 천재의 독창적인 작품이라는 뜻이었다.

만약 티르 마그누손이, 오들리 윌리엄스가, 비비안 베일이 온스털드 교수의 믿음처럼 무시무시한 사람들이라면, 원드러스협회가 그들을 기념하는 웅장한 대리석 홀을 지어 그 이름을 남겼을까? 모리건은 의구심이 들었다.

통로의 끝에 다다른 두 사람은 오른쪽으로 급회전하듯 꺾어 마지막 열 번째 방에 들어갔다. 지금까지 본 것 중 가장 작은 방이었지만, 무덤 같은 다른 방들보다 편안했고 따뜻한 가스등과 거대한 벽난로가 반겨 주었다.

벽에는 특이한 생물, 아름다운 건물, 네버무어의 유명한 지형물 사진 등이 어수선하게 걸려 있었다. 색색으로 표시된 큼직한 원더철 지도도 있었다. 한쪽 벽은 전체가 금장을 두른 액자로 장식한 유화로 뒤덮여 있었는데, 대부분 초상화였다.

방 중앙에는 농가 분위기를 풍기는 기다란 탁자가 놓여 있었다. 그리고 텅 비어 쥐죽은 듯 조용했던 방들을 지나온 모리건에게는 놀랍게도, 진짜 *사람들이*, 아마도 십여 명은 넘을 것 같은 사람들이 거기 앉아 있었다. 사람들은 종이 위로 몸을 숙인 채 엄청난 양의 책 더미와 포개진 찻잔에 둘러싸여 있었다. 모두 조용히 집중했다. 그곳은 공부하는 방이었다.

모리건과 함께 방에 들어선 루크는 목을 가다듬었다. 사람들이 고개를 들더니 자리에서 벌떡 일어났다. 허둥지둥 일어서는 바람에 책 더미가 무너지고 가스등이 넘어졌다. 모리건은 자신들이 갑작스럽게 찾아온 건가 싶었다. 사람들이 루크를 보고 겁을 먹은 것인지 아니면 자신을 보고 흥분한 것인지 궁금했다. 루크를 무서워해야 했나? 하는 생각도 들었다. 아무리 봐도 디어본처럼 불쾌한 구석은 조금도 없어 보였다.

잠시 시간이 걸린 다음에야 모리건은 주임 교사를 보고 있는 사람이 한 명도 없다는 걸 깨달았다. 사람들은 *모리건을* 빤히 바라보고 있었다. 그리고 전혀 예상 밖의 상황을 끝내듯, 박수갈채를 터뜨렸다.

"어서 와!" 그중 한 명이 외쳤고, 또 다른 사람이 소리쳤다. "브라보, 모리건!" (뭘 했다고 브라보를 외치는 것인지, 모리건은 알지 못했다.)

"올리어리 선생님!" 모리건은 미소 짓고 있는 낯익은 얼굴을 문득 알아차리고 말했다. 〈죽은 *자들과 대화하는 법*〉을 가르치는 날카롭고 선명한 푸른 눈의 노신사를 모리건은 빤히 응시했다. 올리어리는 잘 깎아 만든 지팡이에 몸을 기대고, 눈처럼 하얀 머리는 단정하게 빗어 옆으로 가르마를 냈다.

"코널이라고 불러도 된단다, 원더스미스." 올리어리가 즐거움으로 눈을 반짝이며 말했다. "여기서는 격식에 얽매이지 않거든."

루크는 애매한 몸짓으로 사람들을 가리켰다. "모리건 크로우, 지하의 괴짜들을 소개할게. 지하의 괴짜 여러분, 모리건 크

163

로우예요."

코널이 주임 교사를 향해 한쪽 눈썹을 찡그리며 말했다. "우리를 *진짜* 명칭으로 소개할 작정이로구먼. 자네도 익히 알겠지만 지하 9층 학술 모임이라고 말이야."

"그렇다고 해 두죠." 루크가 코널을 말끄러미 바라보며 말했다.

모리건이 둘러보니 몇 명은 이름까지는 몰라도 아는 얼굴이었다. 코널 올리어리 옆에 서 있는 젊은 남자는 일반 학교에서 본 적이 있는데, 아마 상급생이거나 최근에 졸업한 것 같았다. 프라우드풋 하우스 여기저기서 봤던 교사들도 몇 명 있었다. 다양한 구성을 완성하기라도 하듯 암적색 벨벳 외투를 입고 앞쪽 바닥에 조용히 앉은 여우원이 호기심이 담긴 예의 바른 태도로 모리건을 지켜보고 있었다.

"잘 왔어!" 십 대 남자아이가 앞으로 나오며 모리건의 손을 잡고 다소 격하게 악수를 했다.

"소리를 낮춰 줘, 라비. 불안해하잖아." 여우원이 상냥하게 말했다. 그리고 모리건을 올려다보며 고개를 끄덕였다. "안녕. 나는 소피아야. 897기란다. 우리가 호들갑스러워 보여도 언짢아하지 않았으면 좋겠어, 모리건. 드디어 널 만나게 돼서 너무 기뻐서 그래. 정말 영광이야."

모리건은 자신을 반기는 얼굴들을 하나하나 돌아보았다. 놀랍게도 말도 안 되는 그 말을 어느새 믿게 되었다. 이제껏 자신을 만나서 영광이라 여기는 사람은 아무도 없었다.

"소피아, 코널." 루크가 두 사람에게 손짓하며 말했다. "나하고 같이 모리건을 경계의 방Liminal Hall에 데리고 가요. 다른 분들은 그냥… 하던 괴상한 일 계속하세요."

모리건은 루크와 소피아, 코널을 따라 따뜻한 공부방을 벗어나 차가운 대리석 복도로 나왔다. 그곳에서 왼쪽의 휑뎅그렁한 방에 들어가자, 입구 위로 *윌리엄스*라는 글씨에 불이 들어왔다. 하지만 네 사람은 *윌리엄스*에서 멈추지 않고 방을 가로질러 *머러*라고 적힌 다른 방으로 들어갔다가, 다시 *트렐로어*라는 방으로 갔다.

"원드러스협회에 다시 한번 원더스미스가 들어온다는 소식을 듣고 우리가 얼마나 신났었는지 몰라." 소피아가 걸어가며 말했다. "다들 너하고 이야기해 보고 싶어 했어. 축하하는 마음에서, 네가 공표했던 날 있잖아. 정말 용감하더라."

"하지만 퀸 원로가 그러더구나. 네가 *C와 D* 모임에 참석할 때까지 기다리라고." 코널이 말했다.

모리건이 코널을 쳐다보았다. "그럼 원로님들이 원드러스예술학교도 맡고 계신 거네요?"

코널과 소피아와 루크가 눈빛을 주고받았다.

"원로들과 우리 사이에 *극히* 비공식적인 합의가 있다고 해

두자." 코널이 조심스럽게 말했다. "원로들은 우리에게 어떤 질문도 하지 않고, 우리는 원로들에게 어떤 거짓말도 하지 않지. 우리는 그들이 지하 9층 학술 모임에서 하는 일을 이해하고 있다고 생각한단다. 많은 것을 알지는 못하더라도 말이야. 우리가 문제를 일으키지 않는 한 이 일을 조용히 계속할 수 있게 놔두지."

모리건은 그 말을 듣고 조용히 웃었다. 원로들이 협회에서 일어나는 모든 일을 다 알지는 못한다고 생각하니 기분이 좋았다. "지하 9층 학술 모임은 정확히 뭐예요?"

"*예전에는* 원드러스예술학교였어." 소피아가 대답했다. 그들은 네 번째 방에 들어가 있었다. 그 방의 이름은 깁스였다. 지금까지 모든 방이 똑같아 보였다. 하얀 대리석 바닥과 창문이 없는 벽으로 이루어져 있었다. "하지만 학교란 학생이 없으면 무용지물이지. 그래서 마지막 원더스미스가 네버무어에서 추방된 뒤로 여기는 아무도 찾지 않은 채 아주 오랫동안 방치됐어. 몇 연대 전에 지하 9층 학술 모임에서 중요한 원더스미스의 역사를 연구하고 보존한다는 명분으로 이곳을 찾은 거지."

코널이 말을 이었다. "우리는 생각이 비슷한 학생과 연구자가 모인 협동조합이란다. 원더스미스에게 열렬한 관심을 가진 사람들이 모인 거지. 우리는 주로 비밀리에 연구하면서, 원더스미스의 역사를 수집하고 보존한단다. 원더스미스에 관해 공부하기에는 이곳 지하 9층만 한 곳이 없어. 한때 그들을 교육했던 장소잖니. 원드러스예술학교였으니까."

"모임 인원은 몇 명이에요?" 모리건이 물었다.

"프라우드풋 하우스에 열댓 명 될 게다. 하지만 우리 같은 사람들은 일곱 포켓 곳곳에 흩어져 있지. 가끔은 서로 정보를 공유한단다. 소위 참혹 예술이라는 것을 협회 코앞에서 연구할 만큼 대담한 사람이 많지는 않아. 물론 전부 탁상공론이지만."

"제 입장에서는 그렇지 않아요." 모리건이 말했다.

"그래, 네게는 그렇지 않지." 코널이 웃으며 동의했다. "정말 굉장한 일이야."

"그럼 이렇게 세 분이 대표예요?"

코널과 소피아가 눈길을 교환했다.

"글쎄… 우리한테는 일반적으로 말하는 그런 대표는 없어." 소피아가 천천히 말했다. "그리고 루크는, 그러니까… 루크는, 음—"

"아, 나는 모임의 일원이 아니야." 루크가 약간 무시하듯이 끼어들었다.

소피아와 코널이 적절히 설명할 말을 찾는 동안 잠시 어색한 침묵이 흘렀다.

"루크는 말하자면… 어느 날 나타났어." 소피아가 마침내 입을 열었다. "1년 전쯤. 우린 디어본과 머가트로이드는 알고 있

167

었지만, 글쎄… 루크는 본 적이 없었어. 루크가 왜 여기에 있는지 확실히 알지 못했어. 루크 자신은 알고 있었는지, 실은 지금도 잘 모르겠어─"

"그러고 싶었어요." 루크가 간단히 대답했다.

"하지만 루크는 계속 나타났고, 어느 날, 그러니까 몇 달 전쯤, 모든 게 맞아떨어졌지. 할로우마스 다음 날이었어. 백 년 만에 처음으로 협회에 원더스미스가 있다는 사실을 알게 된 게 바로 그날이야."

"그제야 루크가 처음 나타난 때가 네 입회식 즈음이었다는 걸 깨달았단다." 코닐은 당혹스러움과 경이로움이 섞인 시선을 잠시 루크에게 던지며 설명했다. "어떻게든 원드러스예술학교에 새로운 주임 교사가 필요하다는 걸 알게 되었을 때지."

모리건은 새로 알게 된 사실에 궁금증이 생겼다. 모리건은 루크를 힐끔 쳐다보며 물었다. "그러면… 음… 미안해요. 하지만 그전에는 그럼… 어디에 있었어요?"

"오, 알잖아. 여기저기, 계속 바빴지." 루크가 알쏭달쏭하게 대답했다. 그러고는 올빼미 같은 표정으로 모리건을 빤히 바라봤다. "학생이 없는 학교는 존재할 수 없지만, 학생이 한 명이라도 있다면 학교를 열어야지."

일행은 또 다른 방으로 들어갔다. 모리건은 이 방에서 저 방으로 성큼성큼 움직이는 사람들을 놓치지 않으려고 애썼다. 방은 계속해서 다른 방으로 이어졌다. 모리건이 지금까지 센 개수로는 여섯 개였다. 지하 9층은 미로 같았다.

"그럼 모임에서 참혹, 아니 원드러스예술을 가르쳐 주는 건가요? 원더스미스가 아니어도 가르칠 수 있는 거예요?"

"어떤 의미에서는 그럴 수도." 코널이 대답했다.

"모리건, 지금은 무언가를 시도해 보려고 널 여기 데려온 거야. 제대로 된 수업은 내일 시작할 거야." 소피아가 말했다. "우리는 몇 주 동안 루크와 함께 철저하고 도전적이라 할 만한 교육 과정을 설계했어. 우리도 시작하기 고대하고 있어."

"나는 줄곧 여기 있을 수는 없어. 명백한 이유가 있으니까." 루크가 설명했다. "할 수 있을 때 들를게. 하지만 코널과 소피아가 매일 네가 하는 공부를 감독해 줄 거야. 나머지 괴짜들은 너를 귀찮게 하지 않을 테니, 너도 그 사람들을 귀찮게 하지 마라. 알아들었지?"

모리건은 건성으로 고개를 끄덕였다. 네 사람은 마침내 잠겨 있는 나무문 앞에 멈춰 섰다. 이곳까지 오면서 처음 보는 문이었다. 문 위에 조각된 이름은 다른 입구에 새겨진 이름처럼 마치 그들의 존재를 감지할 수 있다는 듯이 다가갈수록 밝게 빛났다.

"경계의 방." 모리건이 소리 내어 읽어 보았다. 문 중앙에 작은 금속 원이 자리해 있었다. 하지만 아무도 거기에 손을 가져다 대지 않았다. 모리건은 루크와 소피아, 코널을 차례차례 바라봤다. "여기⋯ 들어가요?"

"우리는 그 문을 못 열어." 루크가 말했다. "여기 있는 사람들 전부 인장도 가져다 대 보고⋯ 다른 방법도 할 수 있는 건 다해 봤어. 공성 망치만 안 써 봤지. 아무 소용없었지만."

"이 안에 뭐가 있는데요?"

코널이 목청을 가다듬었다. "우리도 확실히는⋯ 모른단다." 그리고 시인했다.

잠시 시간이 흐른 뒤에야 모리건은 세 사람이 기대감 어린 간절한 눈으로 자신을 바라보고 있다는 사실을 깨달았다. "아! 내가, 내가요⋯?" 모리건은 인장이 새겨진 검지를 꼼지락거렸다.

"해 봐." 소피아가 고개를 끄덕이며 재촉했다.

긴장과 흥분으로 뱃속이 요동쳤다. 모리건은 떨리는 검지를 금속 원으로 가져가 눌렀다. 그리고―

아무 일도 일어나지 않았다.

모리건은 더 세게, 한 번 더 눌렀다.

여전히 문은 꿈쩍하지 않았다.

흥분이 바람 빠지듯 오그라들었다. 열리지 않으리란 건 미리 짐작할 수 있었다. 원은 차가웠고 빛도 감돌지 않았다. 침실에서 굳게 닫힌 문을 열 수 있는 시간은 원에 부드러운 빛이 따뜻하게 넘실거리는 순간뿐이었다.

모리건은 마지못해 돌아서서 실망한 사람들을 마주했다. 루크는 말없이 입을 꾹 다물었지만, 코널은 모리건을 위로하며 어깨를 다독였다.

그리고 시원한 목소리로 말했다. "아, 뭐. 마음 쓰지 말거라."

"내일 다시… 해 봐도 되죠?" 모리건이 힘없이 물었다.

"우린 그럴 거라고 생각했어, 모리건." 소피아가 거들었다. "괜찮아."

그건 거짓말이 분명했고, 모리건도 그 사실을 알았다.

루크는 아무 말도 하지 않았다.

9장

유령의 시간

다음 날 아침 모리건의 시간표에는 눈에 띄는 두 가지 사항이 추가됐다. 가장 신나는 변화는 전날까지 비어 있던 자리를 채운 네 단어, *지하 9층 학술 모임*이었다.

모리건은 그 이름을 보고 얼마나 웃었던지 얼굴이 아플 지경이었다. 한시라도 빨리 제대로 된 수업을 듣고 싶었다. 루크는 919기 동기들에게 원드러스예술학교에 관해 이야기해도 괜찮다고 했다. 동기들은 서로 비밀을 지켜야 할 신의로 묶여 있었다. 물론 차장과 후원자도 현실적인 이유로 모리건이 듣는 새로운 수업에 관해 알아야 했다.

"하지만 프라우드풋 하우스 주변에서는 말을 삼가도록 해." 주임 교사 루크는 그렇게 말했다. "영원히 비밀로 남지는 않겠지만, 이 사람 저 사람 다 참견하는 상황은 뒤로 미룰수록 좋으니까. 여기엔 *호사가*가 너무 많거든."

그날 오후 홈트레인을 타는 내내 같은 이야기를 하고 또 했다. 치어리 차장과 919기 동기들은 원협에 자신들이 몰랐던 제3의 학교가 존재한다는 사실에 만족스러울 만큼 충격을 받고 흥분했다. 사실 홈트레인의 이동 시간이 평소보다 세 배는 더 걸리는 것 같았다. 모리건은 치어리 씨가 같은 이야기를 두 번, 세 번씩 들으며 아주 사소한 설명 하나라도 놓치지 않으려고 열차를 빙 돌아 운행한 게 아닐까 미심쩍었다.

"교실이 전부 다 비어 있다고?" 아나가 가볍게 몸서리치며 물었다. "으스스해."

"우리도 지하 9층을 보러 갈 수 있을까?" 마히르가 물었다.

"디어본하고 머가트로이드가 또 다른 한 명을 여태까지 그렇게 빈둥거리게 뒀다니 믿기지 않아!" 호손이 말했다.

"이제 흰 소매도 아니고 회색 소매도 아니면… 넌 뭐야?" 케이든스가 물었다.

그건 모리건도 몰랐다. 하지만 램이 말없이 홈트레인 벽에

173

걸린 포스터를 가리켰다. 1년 전, 아이들이 처음으로 홈트레인에 올라탔을 때부터 그 자리에 붙어 있었지만 치어리 씨가 의미를 설명해 준 날 이후로는 전혀 생각하지 않았다. 포스터는 불균형하게 나뉜 과녁 모양으로 동심원 세 개가 그려져 있었다. 바깥쪽의 큰 회색 원은 일반 학교(또는 회색 소매)를 의미한다고 했다. 조금 더 작은 중간의 하얀 원은 마력 학교(흰 소매)를 의미했다. 그리고 정중앙에 훨씬 더 작은 검은 원이 있었는데, 치어리 씨는 그것이 협회 전체를 의미한다고 생각했다. 하지만……

"아!" 포스터를 빤히 바라보던 차장이 소리쳤다. 벼락을 맞은 것 같은 얼굴이었다. "아, 알겠다!"

모리건도 깨달았다. 모두가 그랬다. 원드러스예술학교의 존재가 바로 거기에 있었다. 지금껏 내내 아이들을 정면으로 마주하고 있었던 것이다.

(하지만 실망스럽게도, 그날 아침 옷장에 들어갔을 때 빳빳한 흰색 마력 학교 셔츠가 걸려 있었다. 프라우드풋 하우스 근처에서는 원드러스예술학교를 비밀리에 묻어 두어야 했으므로 검은 셔츠를 입는 게 도움이 되지 않으리라고 짐작은 했지만, 그래도 약간 실망하지 않을 수 없었다. 모리건은 검은 소매가 되는 것이 좋았기 때문이다.)

주피터도 모리건의 이야기에 푹 빠져서 열심히 귀를 기울였다. 전날 밤 주피터가 집에 돌아왔을 때 모리건은 서재로 뛰어들어, 이번에는 후원자도 모르는 일을 자신이 알고 있다고 발표했다. (주피터가 모르는 일을 아는 기분은 정말 만족스러웠다. 모리건은 언젠가 또 이런 일이 생겼으면 좋겠다고 생각했다.)

———— •◦• ————

모리건은 새 시간표를 백 번도 넘게 들여다보고 있었다. *지하 9층 학술 모임*이라는 글자를 보는 게 어찌나 기뻤던지, 두 번째 추가 사항이 있다는 것도 알아채지 못했다.

"무슨 냄새지?" 호손이 물었다.

모리건은 조심스레 코를 킁킁거리다 눈살을 찌푸렸다.

"타데의 땀에 젖은 레슬링 장비야." 아나가 코를 찡그리며 말했다. "어제부터 계속 저기 있었던 거야? *참내*."

"오늘 아침에도 레슬링이 있거든? 그렇지?" 타데가 장비를 가방에 쑤셔 넣으며 맞받아쳤다. "두 번 씻을 필요 없잖아? 그렇지?"

아나는 몹시 화가 난 얼굴이었다. "그럴 필요는 *엄청* 많아, 타데."

호손이 시간표를 들고 목요일 아침 수업을 가리키며 말했다. "타데의 양말에서 구린내가 난다는 얘기가 아니야. 이거 봐, 〈무슨 냄새지? 가벼운 주의분산 고급 과정〉. 누구 또 이 수업 있는 사람?"

"너희들 다 듣는 수업이야." 치어리 씨가 객차 맨 앞의 차장석에서 큰 소리로 말했다. "집회소에 참석했던 학생들은 모두 〈무슨 냄새지?〉를 들어. 작은 규모로 소동을 일으키는 방법을 소개한다고 보면 돼. 불편한 상황에서 현명하게 벗어나는 법, 주변 사람들의 주의를 분산하고 혼란을 줘서 남을 돕고 생명도 구하는 법을 배우는 거야. 목소리 변조, 눈물 연기 같은 거 말이야. 쓸모가 많은 것들이야. 골더스의 밤에는 정말 유용하게 쓸 거야. 몇 주만 준비하면 되거든. 나는 아직도 〈이럴 수가, 아무도 놀라지 마〉에서 배운 기술을 쓰고 있어." 치어리 씨가 자리에서 벌떡 일어나 눈을 찻잔처럼 크게 뜨자, 모두 당황했다.

"왜요? 왜요? 왜 그래요? **뭔데요?**" 아나가 앉아 있던 쿠션에서 벌떡 일어났다.

"**가만있어, 프랜시스. 움직이지 마. 네 어깨에 거미가 있어. 움직이지 말라니까.**"

"**어디요?**" 프랜시스가 꺅 비명을 지르며 정신없이 목을 꺾어 어깨를 확인하려고 했다. 그리고 두 손을 짧게 자른 머리 위로 올렸다 내렸다 반복하며 외투를 털어 댔다. "**어디 있지? 떼어 줘!**"

아칸이 무서워하는 표정으로 단호하게 말했다. "진정해, 프랜시스. 내가 도와줄게. 팔을 내리고 가만히 좀—"

"떼어 달라고오오오!"

비명을 지르고 야단법석을 떨며 거미를 찾는 소동이 벌어지고, 15초는 족히 지난 뒤에야 919기는 당했다는 걸 깨달았다. 아이들은 치어리 씨를 노려보기 위해 일제히 고개를 돌렸다. 하지만 치어리 씨는 이미 차장석에 앉아 아이들을 보며 빙긋이 웃고 있었다.

"내가 잘못 봤네." 치어리 씨는 어깨를 으쓱이며, 마지막 남은 초콜릿 비스킷을 냉큼 입에 넣었다.

———◆◆———

모리건은 오래 기다리지 않고 곧바로 원드러스예술을 배우기 시작했다. 첫 수업이 있던 날이었다. 프라우드풋 하우스 1층에서 모리건을 만난 머가트로이드는 황동 레일포드에서 상급생 무리를 쫓아낸 다음 조금 난처해하는 모리건에게 안으로 들어가라고 손짓했다.

"잘 보고 외우거라. 내가 매번 올 수 있는 게 아니니." 머가트로이드가 버튼과 기어를 복잡하게 밀고 당기며 말했다.

머가트로이드는 이동 중에 변신했다. 모리건은 움찔 놀라며 눈길을 돌리고 앞에서 벌어지는 상황을 무시하려 애썼다. 주임 교사의 등뼈가 으스러지고 작은 불꽃놀이처럼 터지는 소리에

결코 익숙해지지 못할 것 같았다.

그날도 지하 9층에 도착하자 루크는 모리건을 데리고 원드러스예술학교의 텅 빈 복도를 내려갔지만, 코널과 소피아에게 모리건을 넘기고는 급하게 돌아갔다.

세 사람은 어두운 통로를 따라 계속 내려갔고, 코널이 앞에서 길을 안내했다. "유령의 시간에 관해 배웠니, 원더스미스?" 코널의 지팡이가 대리석 바닥에 부딪히는 소리가 날카롭게 울렸다.

"아니요. 들어 보기만 했어요." 한때 선생님이었던 헨리 마일드메이가 919기가 함께 들었던 〈네버무어 판독〉 수업 시간에 유령의 시간을 짧게 언급한 적이 있었지만, 더 깊이 배울 기회는 없었다. 마일드메이가 모리건을 배신하고, 아니 사실상 원드러스협회 전체를 배신하고 섬뜩한 시장과 공모하여 협회 회원들을 납치해 비기를 경매에서 팔아넘기려 했기 때문이다. 모리건은 마일드메이를 머릿속에서 지워 버리려고 애썼다. 마일드메이가 원협에서 사라진 것처럼. 마음에 담아 두지 않는 게 더 나았다. "그런 거 아니에요? 그… 뭐라고 하죠? 특이지형? 교묘한 길 같은? 진짜 유령하고 관련이 있나요? 아니면ㅡ"

"허, 이름을 멍청하게 지었지." 코널이 투덜투덜 말했다. "유령의 시간이라는 이름은 어떤 바보가 죽은 사람 때문에 만들어진 현상이라고 오해했기 때문에 붙은 거란다. 이제는 그 이름이 굳어 버렸지."

소피아도 맞장구를 쳤다. "이름에 오해의 소지가 있어. 네버무어 사람들에게 유령의 시간이 뭐냐고 물어봐. 대부분은 그게 실재하지 않는 거라고 대답할걸. 아니면 실재한다는 걸 알지만 두려워하거나. 누구나 한 번쯤 듣는 도시 괴담 같은 거야. 우연히 오래전 과거의 어떤 순간에 빠져들어 마치 그 현장에 있는 것처럼 생생하게 과거의 일을 목격했다는 어떤 친구의 친구의 친구의 이야기랄까. 하지만 대부분 뭘 찾아야 할지 몰라서 발견하기 어렵고, 그래서 정확한 조사가 이루어지지 못하는 거야."

세 사람이 걸음을 멈춘 방의 아치에는 코코런이라는 이름이 새겨져 있었다. 방은 무척 넓어서 듀칼리온에서 제일 큰 무도회장 정도는 되어 보였는데, 다른 방들처럼 춥고 텅 빈 데다 창문도 없었으며 어두웠다. 안으로 들어가자 여벌의 스웨터를 입었음에도 몸이 부르르 떨렸다.

"이곳 원드러스협회에서조차 특이지형반의 별종들 말고는 대충 보고 지나갈 뿐이야. 우리야 고맙지만 다들 부끄러운 줄 알아야 해. 자신들이 놓치고 있는 게 뭔지도 모르니." 코널은 한쪽으로 몇 걸음 옮기더니 다른 쪽으로 발을 떼며 방을 둘러보았다. 무언가를 찾는 모습이었다. 코널은 얼굴을 찌푸리며 회중시계를 확인했다. "8시 16분, 아닌가, 소피아?"

"8시 17분이야. 아직 시간이 남았어."

"아." 코널은 회중시계를 보다가 방 중앙을 확인하더니 다시 시계를 보았다. "3… 2… 1."

모리건은 흠칫 놀랐다. 길고 작은 은빛이 정확히 코널이 보고 있는 지점에 나타났다. 누군가 몹시 날카로운 칼로 허공을 베어 연 것 같기도 하고, 아주 작은 고사메르 가닥 하나를 잡아당겨 현실을 흐트러뜨리고 내부의 무언가를 드러낸 것 같기도 했다. 모리건은 그 안에서 아득한 느낌으로 웅얼거리는 소리를 들었다.

소피아가 먼저 다가가 튀어나온 코로 갈라진 곳을 슬쩍 밀고 들어갔다. 틈은 소피아가 지나갈 수 있을 만큼 열렸고… 다시 사라졌다. 모리건은 숨을 거칠게 들이쉬며 코널을 올려다봤지만, 그는 침착했다.

"두려워할 거 없어, 윈더스미스. 출발하자." 코널은 공기를 커튼처럼 걷어 올리고, 대담하게 여우원의 뒤를 따라갔다.

모리건은 조심스럽게 손을 뻗었다. 손가락이 빛의 선에 닿았다. 공기는 따뜻했고 부드럽게 당기는 느낌이 들었다. 그 안에 있는 게 뭔지 몰라도 팔이 있어서 손을 내밀어 모리건을 붙잡고 어서 들어오라고 하는 것 같았다. 모리건은 걸음을 내디뎠고, 틈으로 들어가자 시간이 전율하듯 흔들렸다.

그렇게 이상한 기분은 처음이었다.

마치 자신이 그냥 물이고, 뭐랄까… 물결이 치는 것 같았다.

소피아와 코닐은 맞은편에서 모리건의 반응을 지켜봤다.

"굉장하지 않니, 원더스미스?" 코닐이 물었다. 코닐은 눈가에 잔주름이 자글자글해지도록 웃었다.

굉장했다. 같은 방이었지만, 모든 게 달랐다. 더 밝고 더 시끄러웠다. 그리고 더 따뜻했다. 한쪽 구석에서 이따금 눈부신 주황색 불빛이 터져 나와 눈을 끔벅거려야 했고, 불길이 맹렬히 타오르는 소리와 함께 환호와 박수 소리도 쏟아져 나왔다. 어떤 공연을 하고 있는지, 구식 옷을 입은 소수의 무리가 시야를 가리고 있어 잘 보이지 않았다.

"브라보, 스타니슬라프, 브라보!" 한 노인이 외쳤다. "짧은 시간에 대단히 좋아졌구나, 얘야. 다음은 누구 차례지? 아멜리아! 아멜리아에게 만세 삼창 부탁하네, 친구들. 만세!"

"이게 뭐예요?" 모리건이 속삭이며 물었다.

"괜찮아. 저 사람들한테는 우리 소리가 안 들려." 소피아가 평소 같은 목소리로 대답했다.

"우리를 볼 수는 있어요?"

"아니. 가까이 와. 어디 볼까, 아!" 소피아는 사람들의 다리 사이를 이리저리 비집고 들어가 무리 속으로 사라졌다. "탁월한 선택이야, 코닐. 설명이 달렸어."

아무도 새로 들어온 세 명의 존재를 알아채지 못했다. 모리건은 네버무어에 왔던 첫해 크리스마스 밤이 떠올랐다. 그날 모리건은 주피터와 함께 마법 같지만 아주 위험한, 폐기된 고사메르 노선 열차를 타고 자칼팩스에 있는 크로우 저택까지 갔다. 어린 시절에 살았던 그 집에서 사람들이 북적거리는 방 한가운데 서 있는 동안, 모리건을 볼 수 있는 사람은 할머니뿐이었다. 나머지 사람들에게 모리건은 없는 존재였다. 아버지는 모리건을 통과해 걸어가기까지 했다.

"우리가 고사메르를 탄 거예요? 전에도 이런 적이 있었는데, 아!" 모리건은 아멜리아에게 만세 삼창을 하던 남자와 부딪혔다. 남자가 고개를 돌려 모리건을 똑바로 바라보자 얼굴이 화끈 달아올랐다. "아, 죄송합니다—"

하지만 남자는 아무 일 없었다는 듯이 다시 앞으로 향했다.

"가자, 앞으로 가 보자." 코널이 모리건의 팔꿈치를 잡고 사람들 사이로 들어갔다.

"정말 괜찮아요? 조심해야 하는 거 아니에요?"

모리건 일행은 실제로 사람들을 *밀치락달치락하고* 있었다. 가끔 누군가 흠칫 놀라거나 고개를 돌려 바라보기도 했지만, 거의 곧바로 눈이 게슴츠레해지면서 무슨 일이 있었냐는 듯 다시 시선을 돌렸다. 모리건 일행을 똑바로 바라보는 사람은 아무도 없었다.

"자네 차례야, 지미!" 노인이 소리쳤다.

한 명 한 명 무리에 모인 사람의 이름이 불리면, 그 사람은 열심히 앞으로 달려 나와 다양하고 놀라운 기술을 선보였다. 어떤 사람은 벽에서 그림자를 뽑아내 어둠의 망토처럼 몸에 둘렀다. 또 어떤 사람은 아무것도 없어 보이는 데서 선명한 빛깔로 빛나는 입체적 형체들을 모아 허공에서 춤추게 했다. 한 십 대 여자아이는 방 안에 모인 다른 사람들을 음흉하게 흉내 냈다. 사람들의 걸음걸이와 자세, 목소리, 웃음소리 같은 걸 따라 했는데, 단순한 흉내가 아니라 그 사람이 *되는 것*이었다. 아이의 이목구비가 뒤틀리며 다른 사람을 정확히 복제한 것처럼 모습이 바뀌면 좌중은 떠들썩하게 즐거워했다.

하지만 가장 궁금했던 부분은, 사람들이 묘기를 펼치는 동안 그 옆의 공중에 글자가 나타나는 것이었다. 보이지 않는 손이 빛나는 글씨로 휘갈겨 쓴 것 같은 단어가 잠깐 머물러 있다가 희미해지며 떠내려가듯 사라졌다.

베일 *Veil*

위빙 *Weaving*

마스커레이드 *Masquerade*

모리건의 기억 속에서 무언가 *쨍* 떠올랐다.

에즈라 스콜. 가로챈 순간들의 미술관.

녹턴. 위빙. 템푸스*Tempus*. 베일.

"이게 원드러스예술인가요?" 모리건이 소곤거리듯 물었다.

"아닌 것도 있어." 소피아가 대답했다. "이 유령의 시간을 만든 사람이 여기에 설명을 달았어. 그래서 우리가 지금 보는 게 뭔지 알 수 있는 거고. 헌신적인 역사학자의 흔적이지."

"좋아, 잘했다." 책임자로 보이는 노인이 말했다. "아침에 잘 놀았구나. 모두 잘했다. 이제 – 말해도 된다 – 어제 수업, 너희들이 – 그리고 이유를 – 열 가지로 – 하지만 지금껏 아무도—"

어리둥절해진 모리건이 눈을 깜박였다. 노인이 하는 말이 잡음 가득한 라디오처럼 끊겨서 들렸고, 방은 서서히 어두워지기 시작했다.

"자, 원더스미스. 이건 신호야." 코널이 모리건을 데리고 뒤로 빠지며 말했다.

다시 틈이 나타났다. 하지만 밝은 은빛이었던 틈이 이쪽에서는 어두운 은빛으로 보였다. 모리건은 손을 뻗어 돌아가는 길을 살며시 열었다. 따뜻한 온기 대신 차가운 공기가 와닿았다. 걸어 나올 때는 다시 한번 물결처럼 번지는 묘한 감각이 일었다. 세상이라는 천이 깨끗한 빨래처럼 흔들렸다.

코널과 소피아도 모리건의 뒤를 따라 지하 9층의 차갑고 익숙한 어둠 속으로 돌아왔다. 눈앞에서 허공의 갈라진 틈이 저절로 봉합되고 빛도 완전히 사라졌다. 모리건은 손을 내밀어 틈이 있던 자리를 더듬어 보았지만 아무 느낌도 들지 않았고,

남은 온기의 흔적조차 찾을 수 없었다.

"이게 뭐예요? 아까 그 사람들은 어디서 왔던 거예요?" 코코런의 방을 빠져나와 어두운 복도를 걸어가며 모리건은 숨 쉴 틈 없이 캐물었다. 대답할 새도 주지 않았다. "또 할 수 있어요?"

"네가 하고 싶다면 매일 해도 돼. 하지만 그 전에 너한테 긴히 보여 줄 게 있어." 소피아가 말했다.

아늑한 온기가 느껴지는 서재에 다다르자 여우원은 커다란 나무 탁자 위로 뛰어 올라갔다. 어제 수북이 쌓여 있던 찻잔과 종이 뭉치는 치워졌고 지하의 괴짜들도 보이지 않았다. 모든 게 싹 정리되고, 어마어마하게 큰 책 한 권만 탁자 한가운데 놓여 있었다. 빛바랜 파란색 천으로 표지를 싼 그 책은 손을 많이 탔는지 종이가 부풀고 휘어져 있었다.

소피아는 한 발로 책을 살짝 만졌다. "이 책은 우리의 가장 귀한 보물이야."

확실히 책은 놀랍도록 오래되었지만 애지중지 다뤄진 듯했다. 천이 해진 모서리 부분은 파란색 실로 깔끔하게 꿰매어져 있었다. 책에는 먼지 한 점 없었다.

모리건은 손가락으로 볼록 튀어나온 검은색 제목을 따라가며 읽었다. "『유령의 시간』."

"이건 그냥 시간을 기록한 책이 아니야." 코널이 말했다. 그는 매우 조심스럽게 표지를 들추고 앞부분에서 한 곳을 펼치더니 모리건에게 와서 보라고 손짓했다.

지면마다 열과 행으로 나누어져 있고, 각 열의 행마다 작고 꼼꼼한 필체가 빼곡했다. 날짜와 장소와 이름. 모리건은 지면을 훑으며 읽고 있는 내용을 이해해 보려 애썼다.

장소	참석자 및 일정	날짜 및 시간
원드러스예술학교, 프라우드풋 하우스 지하 9층, *윌리엄스*	브릴런스 아마데오, 라스타반 타라제드 자기 투영적 고사메르 이동 가능성의 배경 이론 관련 아마데오와 타라제드의 대담 ⒜	새 연대, 6년 겨울, 일곱 번째 화요일 13:02-13:34
원드러스예술학교, 프라우드풋 하우스 지하 9층, *쇼*	그리젤다 폴라리스, 마틸드 러챈스, 데시마 코코로 템푸스 상급 연수, 지도 폴라리스, 학생 러챈스와 코코로 ⒜	동쪽 바람 연대, 8년 가을, 첫 번째 금요일 09:52-11:44
원드러스예술학교, 프라우드풋 하우스 지하 9층, *반 오프호벤*	브릴런스 아마데오, 엘로디 바우어, 오웨인 빙크스 위빙 초급 수업, 지도 아마데오, 학생 바우어와 빙크스 ⒜	종료 연대, 2년 봄, 두 번째 수요일 13:00-15:47

"읽어도 뭔지 모르겠어요." 모리건이 고백했다.

"네가 이해할 수 있을 거라고 기대하진 않았어." 소피아가 말했다. "모리건, 이건 그동안 만들어졌던 유령의 시간 목록이야. 원협 안에서 만들어진 것만 기록한 거지. 이 책 덕분에 우리는 원더스미스와 원드러스예술에 대한 연구 대부분을 진행할 수 있었어. 너도 이 책으로 네가 알아야 할 모든 것을 배우게 될 거야."

코널이 지면 하단의 한 지점을 가리켰다. "보이니? 여기다."

모리건은 마지막 행을 읽었다.

| 원더러스예술학교,
프라우드풋 하우스
지하 9층,
코코런 | 코 몰로이, 하니 나카무라, 멜빈 홀, 아멜리아 앨러웨이, 스펜서 홀랜드 라이트, 해서웨이 새비지, 그리젤다 폴라리스, 지미 비숍, 스타니슬라프 라드코프 | 독살자 연대, 6년 겨울,
여섯 번째 화요일

08:17-08:34 |
| | 협동심 증진과 사기 진작을 위해 아침 "자유 공연"에서 다양한 원드러스예술의 몸풀기 시연, 지도 몰로이, 모든 동시대 원더스미스 참여 | Ⓐ |

코코런이라는 방의 이름과 참석자들의 이름, 날짜와 시간을 보자 모든 것이 이해됐다.

"우리가 과거로 여행을 한 거예요?" 모리건이 물었다.

"엄밀히 말하면 과거가 우리한테 온 거야." 소피아가 대답했다. "유령의 시간은 역사 기록에서 뽑아 둔 짧은 시간 구역이야. 현재 똑같은 장소에서 눈으로 확인하고 관찰할 수 있어. 유령의 시간을 불러와서 모아 두는 건 끔찍이도 어려운 일이야. 엄청난 기술을 가진 사람만이 할 수 있어. 하지만 제대로 해낸 다면 시간을 무한히 *되살릴* 수 있지."

코널이 말을 이었다. "예를 들어, 이걸 보렴. 2년 봄, 첫 번째 수요일, 9시, 타라제드의 방, 중급반 그림자 만들기 수업."

"그림자 만들기라고요!" 모리건이 기뻐하며 소리쳤다. "방금 봤던 그 사람처럼! 저도 그걸 배워요?"

"그림자 만들기는 베일에 속하니, 그래. 언젠가 배울 거야." 코널이 마지막 열을 가리켰다. "이건 해마다 반복되는 유령의 시간이란다. 작은 원 안에 *A*라고 쓴 것 보이니? 그건 매년 봄의 첫 번째 수요일 아침 9시에 바로 그 장소에서 일어난 일을 볼 수 있다는 뜻이지."

코널은 같은 쪽에 있는 다른 목록을 가리켰다. "하지만 여기를 보렴. 어떤 곳에는 조그맣게 이런 기호가 있어. 보이니? 동그랗게 생긴 화살표 말이다. 이건 유령의 시간이 끊임없이 반복된다는 걸 의미해. 이 경우에는 평생 앉아서 관찰할 수도 있어."

"하지만 그건 권하고 싶지 않아." 소피아가 덧붙여 말했다. "이름도 어떤 의미로는 기만이야. 너도 그게 언제나 시간이라고 할 수는 없다는 걸 알게 될 거야. 때로는 몇 분에 지나지 않거든. 어떤 때는 온종일도 가지만, 그런 경우는 아주 드물어."

"모리건, 협회에 다시 원더스미스가 들어왔다는 사실을 알게 된 이후로 우리는 루크와 함께 이 책을 구석구석 뒤졌어. 가장 유용하고 흥미로운 수업을 찾아서 말이야. 그게 바로 이 모든 유령의 시간 안에 있어. 원드러스예술을 배우는 수업도, 역사상 가장 훌륭한 선생님들도. 너는 네 선임자들에게 직접 배우게 될 거야. 연대를 거슬러 올라가고, *또 올라가면서*, 수백 년 전의 시간을 통해서 말이야. 여기에 네가 배워야 할 게 아주 많아."

모리건은 책장을 휙 넘겨보았다. 그 어느 때보다 흥분됐다. 책에 기록된 유령의 시간은 수천 개는 되는 것 같았다. 원드러스예술을 직접 보고 배울 기회가 수천 번이나 된다는 뜻이었다. 이 책은 보물 상자였고, 타임머신이었으며, 꿈의 실현이었다.

이제 진짜 원더스미스가 될 터였다.

마침내.

"이런 게 어떻게 가능해요?" 모리건이 물었다.

"템푸스라는 원드러스예술 덕분이야, 모리건." 소피아가 설명했다. "템푸스는 시간을 다양한 방식으로 조작하는 거야. 시간을 이동하고, 기록하거나 보존하기도 하고, 시간 루프를 만들거나 줄이기도, 늘리기도 하고―"

"시간을 늘린다고요?" 모리건이 깜짝 놀라 소피아를 쳐다봤다. "온스털드 교수님처럼 말이에요? 그분은 작년에 제 선생님이었어요. 저한테… 원더스미스의 역사를 가르치셨어요. 아니, 정확히 말하면 가르쳤어야 했죠. 그런데 그분이 그걸 하셨어요. 시간을 늘릴 수 있었다고요! 그게 원드러스예술이란 얘기 예요?" 모리건은 웃음을 터뜨렸다. "만약 자기 비기가 *원드러 스예술*이란 걸 알았다면 온스털드 교수님은—"

"그분도 알고 계셨단다." 코널이 묵직이 말했다.

모리건은 눈살을 찌푸렸다. "하지만… 그분은 원더스미스였 을 리가 없어요. 원더스미스를 *증오했거든요*."

"그래, 원더스미스는 아니었어." 코널이 고개를 저었다. "우 리 모임의 일원이었지."

소피아는 탁자 끝까지 사뿐사뿐 빠르게 걸어가더니, 뒷발로 서서 스케치북에서 뜯어낸 종이에 그려진 작은 그림을 향해 고 갯짓했다. 거북원인 온스털드 교수의 녹색 가죽 같은 얼굴과 더부룩한 흰 머리카락, 그리고 거대한 반구형 등딱지까지 매우 잘 표현한 그림이었다. 모리건은 그 그림을 미처 알아차리지 못했다. 그림은 수평을 전혀 신경 쓰지 않은 것처럼 비뚤어진 채 벽에 붙어 있었는데, 액자와 인쇄된 지도 등에 둘러싸여 상 대적으로 작아 보였다. 그림의 아래쪽에는 *지하 9층 학술 모임 창립자*라는 글씨가 적혀 있었다.

"기록 관리가 꼼꼼한 분이었는데." 소피아가 말했다.

모리건은 앞에 놓인 책을 내려다봤다. 현미경으로 들여다봐 야 할 것처럼 작고 **빽빽하게** 들어찬 수백 줄의 글씨는 단정하 고 정밀했다. "온스털드 교수님이 이걸 했다고요?"

"그분이 『유령의 시간』 책을 썼어. 맞아." 소피아가 대답했다. "그리고 유령의 시간 몇 개는 직접 만들어 냈지. 하지만 대부분 이미 여기에 있었고, 역사 전체에 걸쳐 다른 원더스미스들 덕분에 보존됐지. 유령의 시간은 늘 원더스미스들이 가르치고 배우는 도구로 사용되어 왔어. 온스털드는 이미 있던 걸 찾아내서 세세하게 기록하고 주석을 단 거야."

"이 책은 온스털드에게 필생의 과업이었단다." 코널이 책장을 도닥이며 말했다. "어쨌든, 과업의 한 부분이었지. 다른 한 부분은 템푸스 기술을 배우는 것이었고. 그건 온스털드의 비기가 아니었다, 모리건. 평생 놓지 못한 사명이자 집착이었지. 온스털드의 비기는… 맙소사, 난 기억도 나지 않는군. 소피아, 자네는 기억해?"

소피아는 곰곰이 생각하는 얼굴로 대답했다. "아니, 일반예술 쪽이었던 것 같은데. 난 그 사람을 잘 몰라."

"요는 누구든지 원드러스예술을 배울 수 있다는 거지." 코널이 말했다.

모리건은 눈을 휘둥그레 떴다. "누구든지 *배운다고요?*"

"글쎄…" 소피아는 생각이 조금 다르다는 듯이 고개를 좌우로 갸웃했다. "나라면 누구든지 원드러스예술을 배울 수 있다고 말하지 않을 거야, 코널. 아마도… 누구나 원드러스예술을 배울 수는 있지만, 그건 부분적으로만 그런 거지. 성 니콜라우스를 봐. 인페르노를 배워서—"

모리건은 깜짝 놀랐다. "**그럴 줄 알았어!** 성 니콜라우스가 하는 그게 인페르노라는 걸 알고 있었어요!"

"어느 정도는 그렇지." 코닐이 동의하지 않는다는 듯 툴툴거렸다. "나머지는 환영이란다. 기교가 뛰어난 기계공들과 박봉으로 일하는 요정들의 재능을 보탠 거지."

"재능이 비범하긴 하지만, 성 니콜라우스가 인페르노를 철저히 알고 있는 건 아니야." 소피아는 방해받은 적이 없다는 듯 말을 계속했다. "그리고 온스털드 교수는 평생을 바쳐서 템푸스만 공부했고 아주 훌륭했지만, 완전히 익히지는 못했어. 한마디로 배울 게 너무 많거든. 단 한 번의 생애로는 부족하지."

모리건은 흥분이 약간 가라앉았다. "아."

소피아는 텁수룩한 붉은 꼬리를 몸에 감았다. "바로 그런 이유로 온스털드 교수가 지하 9층 학술 모임을 창설한 거야. 온스털드는 원더스미스 없이 원드러스예술을 보존하려고 노력했어. 스콜이 추방되고 얼마 후였을 거야. 창립 인원은 아홉 명이었는데, 모두 평생을 바쳐서 은밀히 원드러스예술을 완벽하게 익히기로 서약했어. 그 지식이 사라지지 않도록 말이야."

"온스털드가 가장 근접했지. 다른 사람들은, 니콜라우스나 스텔라리아 같은, 너는 성탄 여왕으로 알고 있겠지만—"

"*성탄 여왕*도 여기에서 공부했다고요?" 모리건이 기쁜 소식이라도 들은 양 물었다.

"오, 그럼. 상당히 뛰어난 위빙 실력자였어. 다들 어느 정도
는 성공했지만, 아홉 명 대부분 처참하게 실패하고 낙담해서
계획을 완전히 포기해 버린 거야. 하지만 자신들이 배운 것을
코널 세대에 물려주었고, 코널 세대는 그다음 세대에게, 그렇
게 세대에서 세대로 물려주면서… 우리는 지식의 횃불이 꺼지
지 않게 노력하고 있어."

모리건은 호기심 어린 눈으로 여우원을 바라봤다. "소피아는
어떤 원드러스예술을 배웠어요?"

"나?" 소피아가 빙그레 웃었다. "맙소사, 아니야! 내가 여기
온 건 원드러스예술을 내 눈으로 보기 위해서지, 사용하려는
게 아니야. 모임의 몇 명은 발만 살짝 담그고 있어. 어린 라비
는 마스커레이드를 배우겠다고 단단히 결심했지만, 최근 몇 년
동안 지하 9층 학술 모임은 역사를 되살리기보다 보존하는 데
더 집중하고 있어."

"우리 같은 평범한 사람들이 원드러스예술을 배우는 건 굉장
히 복잡한 언어를 배우는 것과 같단다. 그 말을 쓰는 사람도 없
고 누가 말하는 걸 들어 본 적도 없는 채로 말이다." 코널이 설
명했다.

"언어 배우는 건 잘 못하는데." 모리건이 털어놨다.

소피아가 모리건 앞으로 다가와 앉아 빤히 바라봤다. "코널

은 *평범한 사람*들이 원드러스예술을 배울 때 그렇다는 거야. 원더스미스라면… 원래 그 언어를 구사할 수 있었다는 걸 갑자기 기억해 내는 쪽에 더 가깝지."

소피아 덕에 충분히 이해할 수 있었다. 한동안 방 안에는 벽난로에서 불꽃이 탁탁 튀는 소리만 가득했다.

모리건은 『*유령의 시간*』의 책장을 응시하며 눈살을 찌푸렸다. "이해가 안 돼요. 온스털드 교수님이 이 모든 걸 했고, 평생 원드러스예술 한 가지를 공부했는데, 나한테 가르쳐 준 거라고는 원더스미스가 사악하고 어리석고 위험하다는 것뿐이었어요. 전부 다 죽은 건 잘된 일이라고요. 교수님이… 그러니까 그분은 단지… 질투 때문에?"

코널과 소피아가 눈길을 교환했다.

"우리도 온스털드가 그렇다는 걸 그의 말년에 알았다." 코널이 말했다. "하지만 그 헤밍웨이 온스털드는 내가 알던 사람과 조금도 닮지 않았어. 내가 알던 헤밍웨이는 나만큼이나 원더스미스의 삶에 열정적으로 관심을 가졌던 내 친구란다. 그런데 어딘가 변해 버렸지. 어떻게 변했는지 정확히 말할 수는 없어. 늙고 고집스러운 성난 바보가 어느 날 모임을 떠나 버렸고, 우리하고는 더 이상 한마디도 섞지 않았거든."

소피아가 나직이 안타까워하는 소리를 흘렸다. "내가 지하 9층에 오기 훨씬 전의 일이야. 하지만 그의 죽음은 원드러스협회에 막대한 손실이야. 그건 원로들이라 해도 다 이해하지 못할 거야. 우리는 그가 도달한 템푸스의 숙련도가 현존 인물 중에서는 유일무이했다고 생각해. 물론 에즈라 스콜은 제외지만."

모리건은 할로우마스 밤을, 가로챈 순간들의 미술관에서 있었던 일을 떠올렸다. 아직도 온스털드의 얼굴이 눈에 선했다. 그가 천천히 눈을 껌벅이며 **도망쳐**라고 말하던 모습이 보이는 것 같았다.

"친구를 잃으신 거라니 죄송해요." 모리건이 코널에게 말했다.

소피아는 모리건의 팔에 앞발을 올리고 얼굴을 들여다봤다. "온스털드가 죽었다고 너를 탓하는 사람은 없어. 너도 알지? 그 일은 너하고 상관없어."

"조금 상관있어요. 어쨌든 제 목숨을 구하다 죽은 거니까요."

"그래, 그건 아주 숭고한 행동이었지." 코널이 말했다. "하지만 그건 온스털드의 선택이었어. 헤밍웨이 Q. 온스털드에게 하기 싫은 일을 하라고 설득할 수 있는 사람은 아무도 없단다. 정말이야."

코널은 단호히 말하고 지팡이를 집어 들었다.

"이런 넋두리는 이제 됐다. 모리건은 원더스미스들을 만나야 해."

10장

골더스의 밤

그 뒤로 몇 주 동안은 모리건이 원드러스협회에서 겪었던 어떤 시기와도 달랐다. 마치 과자점에 들어가 먹고 싶은 걸 마음껏 고르는 기분이었다. 『유령의 시간』은 진수성찬과 같았고, 모리건은 아주 오랜 시간 굶주려 있었다.

그렇기는 하지만 루크는 소피아, 코넬과 함께 모리건을 위해 만든 시간표에 엄격했다. 모리건에게 오래된 유령의 시간은 보고 싶어도 들어가지 말라고 주의를 줬다. 각각의 수업은 이전 수업의 연장선이자 다음 수업의 다리 역할을 하도록 신중히 엄선된 것이라고 했다. 아직 그들은 단 두 가지 원드러스예술에만 집중했다. 인페르노와 위빙이었다.

루크는 위빙을 이렇게 설명했다. "위빙은 조기에 습득하기 좋은 기술이야. 세계를 만들고 다시 새롭게 창조하는 기술이지. 하나 혹은 여러 가지 원천에서 에너지와 물질을 가져와 조정하거나 완전히 변형하는 거야. 대다수의 원더스미스는 원드러스예술 중에서도 위빙이 가장 쓰임새가 다양하다고 생각했어. 물론 모두 다 그렇게 생각한 건 아니지만."

모리건은 그럴 수만 있다면 매일 지하 9층에 내려가 온종일 살았을 것이다. 인생의 황금기라 할 만한 시간이었다. 모리건은 이미 인페르노를 더 훌륭하게 조절하는 법을 배웠고(특히 기억에 남는 수업은 무지갯빛으로 불 뿜는 법을 배웠을 때였다), 위빙 수업에서는 손대지 않고 가구를 방 맞은편으로 옮기는 공부를 하고 있었다.

위빙은 인페르노처럼 자연스럽게 습득되지 않았다. 이해하는 것도 *끔찍하게* 어려웠는데, 실행은 그보다 더 어려웠다. 의자를 옮기는 건 쉬워 보였지만, 사실 단순히 의자만 옮기는 것이 아니었다. 모리건은 의자가 움직이는 세상을 창조해야 했다. 정확히 말하면… *원더*를 설득해서 의자가 움직이는 세상을 만들게 해야 했다.

또는 그와 비슷한 것이었다. 모리건은 아직도 원더라는 물질의 성질이 알쏭달쏭했다.

아무튼 마침내 의자를 한쪽으로 눕혔을 때, 모리건과 소피아는 기뻐서 환호성을 질렀다.

코널은 모리건을 데리고 다니며 상급반 수업 몇 가지를 지켜볼 수 있게 해 주었다. 덕분에 모리건은 기본을 익히는 동안에도 기운을 낼 수 있었다. 오래전 원더스미스가 위빙으로 할 수 있는 일은 *굉장했다*. 모리건은 탁자 다리에서 나무가 자라는 장면도 목격했다. 어떤 사람은 자신의 눈물로 다이아몬드를 만들었다.

다이아몬드 눈물의 영역까지 갈 길이 멀다는 걸 모리건도 잘 알았다. 하지만 기술을 빠짐없이 익히고, 선임자들에게서 얻은 지혜의 조각을 통해 자신감이 샘솟았다. 더 놀라운 일은 원협 생활에도 자신감이 생겼다는 점이다. 여전히 프라우드풋 하우스 로비에서는 이따금 모질고 거칠게 수군거리는 소리가 들렸지만, 이제 그런 건 고무공처럼 모리건을 튕겨 나가는 듯했다. 여전히 겉으로는 흰 소매를 입어야 했지만, 기이한 시간표에 따라 마력 학교 수업을 듣는 일도 짜증 나기보다는 다시 흥미로워졌다.

처음으로 원협은 이치가 통했고, 모리건도 그 안에서 이치에 맞았다.

화요일 오후, 〈*이해하기 힘든 우니멀 언어*〉 연수를 마친 뒤 모리건과 마히르는 식당에서 샌드위치를 조금 포장해서 지하 5층 용타기 경기장으로 내려갔다.

919기의 뛰어난 언어 능력자가 도와준 덕에 호손은 용의 언어가 조금씩 늘었는데(마히르에 따르면 *아주 느리게*), 요즘은 그걸 용에게 직접 사용하겠다고 마음먹었다. 예전에는 단어 하나를 배우는 데도 관심이 없었지만, 1년 동안 수업을 듣고 나서는 세계 최고의 용의 기수가 되기 위해서는 자신이 훈련한 용과 직접 대화하는 수밖에 달리 방법이 없다고 확신하게 됐다.

모리건과 마히르는 관중석에서 호손이 잡담을 나누려고 하는 모습을 지켜보다가 *장작 난로 천 개의 불길로 타올라*가 코에서 김을 내뿜거나 짜증을 내면서 거대한 꼬리를 잡아챌 때마다 움찔 놀랐다. 용은 끝내 호손에게 등을 홱 돌리고 눈을 감았다. 누가 봐도 경기장 한가운데서 낮잠을 자려고 자리 잡는 모습이었다.

"서툴러." 마히르가 중얼거렸다.

수업을 마치고 친구들과 합류한 호손은 뚱한 불길로 *타올라*를 계속 노려보며 말했다. "〈용의 언어〉 수업 시간에는 유창하게 말하는 법만 가르쳐 주지, 저 몸집 큰 멍청이가 나랑 말하기 싫어할 땐 죽을 때까지 한마디도 들을 수 없을 거란 사실은 알려 주지 않는다고."

모리건은 어깨를 으쓱이며, 치즈 피클 샌드위치 포장을 벗기고 반을 잘라 호손에게 건넸다. 호손은 새싹 샐러드와 구운 소고기를 나눠 주었다. "이제 고작 몇 주밖에 안 됐잖아. 여기에는 몇백 살 된 용들도 있으니까, 호손. 좀 더 참고 기다리면 될 거야."

"참았어. 신물이 날 정도로 참았다고. 지겨워." 호손이 신음처럼 말했다. "저 녀석들은 너무 *무례해*. 그러니까 내가 *할클라하르 페이흐 알르모크hal'clahar fejh alm'ok*라고 말해도 *미쉬 카드라슈 팔mish kadrach f'al* 같은 대답을 못 듣는다고."

마히르는 목이 막힌 듯한 소리를 내더니 급하게 입안 가득 우물거리던 치킨 샌드위치를 삼켰다. "*할클라하르 페이흐 알르모크*? 용한테 집에 고기 가는 기계가 있다는 말을 왜 하는 거야? 좀… 위협적으로 들릴 것 같지 않아?"

호손이 눈살을 찌푸렸다. "뭐라고? 아니야. 그건 *네가 뿜은 불이 태양처럼 눈부시게 타오른다*는 뜻이야."

"음, 아니야." 마히르는 재미있는 것 같기도 하고 몹시 화가 난 것 같기도 한 목소리로 말했다. "그건 진짜 아니야. 그리고 *미쉬 카드라슈 팔*을 무슨 뜻으로 알고 있는지 모르겠지만, 나라면 *내 눈이 곧 발만큼 배고프다*는 말을 내 용이 할 거라고는

200

생각 안 할 거야."

모리건은 너무 심하게 웃음이 터진 나머지 코로 초코 우유를 뿜었다.

"그런데 어떻게 나를 계속 등에 태운 거야?" 호손이 이마를 찡그리며, 모리건에게 종이 냅킨을 던졌다.

"아마 네 라이딩 기술이 네 형편없는 드라코어 실력보다 나아서 그렇겠지. 하지만 장담하는데 뒤에서는 전부 네 말을 떠들어 댈 거야." 마히르는 일어서서 제복에 떨어진 샌드위치 부스러기를 털어 내며 호손과 모리건을 보고 싱긋 웃었다. "나는 가야 해. 프랜시스한테 할머니를 위한 요리법을 번역해 주겠다고 약속했거든. 열차에서 보자."

모리건은 마히르가 떠난 뒤에도 킥킥 새어 나오는 웃음을 참느라 안간힘을 썼다. 호손도 결국 참지 못하고 웃음을 터뜨리며 고개를 저었다. "그만 웃어, 우유나 흘리면서. 너는 오늘 밤에 어디로 배치받았어?"

"텐터필드Tenterfield. 원더철역 밖인데, 거긴 회색 지대야. 너는?"

"솔즈버리역Solsbury Station. 회색 지대가 뭐야?"

"듣기로는 가장 안전하고 더없이 지루한 곳인 것 같아." 모리건이 눈을 굴리며 말했다. "하수구 비늘괴물의 짝짓기 과열 지역에서 멀리 떨어져 있고, 골더스의 밤 작전 지역과도 가깝지 않아. 난 열차 역으로 들어오는 사람들을 막아서 녹색 지대로 보내면 돼. 알잖아, 있지도 않을 가상의 사람들. 그 시간엔 이미 전부 다 녹색 지대에 가 있을걸."

"재미난 밤이 되겠네." 호손이 히죽히죽 웃었다.

"집에 고기 가는 기계가 있는 친구야, 이런 말 하고 싶진 않지만 솔즈버리도 회색 지대거든."

"아, *뭐야?*" 호손이 자리에 털썩 주저앉아, 앞으로 다리를 쭉 뻗었다. "그나저나 우리는 왜 갈라났지? 우리 동기들은 다 같이 있어야 하는 거 아니야?"

모리건은 한 입 남은 샌드위치를 마저 먹고 대답했다. "치어리 차장님 말로는 우리 전부 다 좀 더 경험 많은 사람들하고 짝을 지었대. 우린 주의분산이 처음이잖아."

호손은 다리를 뻗으며 점점 더 미끄러져 내려가더니 드러눕다시피 한 자세로 바람 빠지는 타이어처럼 길고 낮은 한숨을 쉬었다. "빈 열차 역 밖에 세 시간 동안 서 있으려면 얼마나 많은 경험이 필요한 거야? 타데랑 같이 하수구 임무나 지원할 걸 그랬어. 그럼 최소한 지루하진 않을 텐데."

"뭐, 힘내." 모리건은 점심 샌드위치를 담아 왔던 종이봉투를 돌돌 말며 일어섰다. "*정말로* 허리까지 빠지는 하수구에서 허우적거리고 싶다면 다음 기회라는 게 늘 있으니까."

———◆———

모리건은 자신의 짝으로 정해진 "더 경험 많은 사람"과 세 시간 동안 묶여 있느니 허리까지 잠기는 하수구를 택했을 것이다. 5분 뒤, 모리건은 타데처럼 하수구 작업에 지원할 걸 그랬다며 후회하고 있었다.

"얼른 해 봐."

모리건은 상대를 노려봤다. "뭘 하라는 거야, 엘로이즈?"

"뭔지 알잖아… *원더스미스.*"

모리건은 누구 엿듣는 사람이 없는지 고개를 휙 돌렸다. "쉿. 제정신이야? 여긴 공공장소야! 협회 밖으로는 절대 알려지면 안 돼. 네 행동 때문에 얼마나 곤란한 일이 일어날지—"

"아, *그만해.*" 엘로이즈가 눈을 위로 홉뜨며 말했다. 엘로이즈는 손에 든 표창으로 다른 손의 손톱을 정리했다. 손톱은 독사 같은 강렬한 녹색으로 칠해져 있었는데, 형편없이 염색된 머리 색깔과 잘 어울렸다. "여기엔 아무도 없어. 다들 보물을 사냥하러 갔잖아."

"보물을 사냥하러 간 게 아니야."

정확히 말하면 보물을 사냥하러 간 게 아니었지만, 보물을 사냥하러 간다고 할 만했다. 골더스의 밤은 생각할수록 꽤 기발한 발상이었다. 물론 모리건은 작전을 모두 이해하지는 못했

다. 거대한 작전이었다. 원드러스협회는 몇 주에 걸쳐 아주 사소한 부분까지 치밀하게 준비했고, 홀리데이 우의 공공 주의분산 부서는 열과 성을 다해 이 작전을 홍보했다. 네버무어 전체가 무척 흥분했고, 호텔 듀칼리온의 직원들조차 그 일을 떠들어 댔다.

모리건이 정보를 수집해 본 결과 골더스의 밤은 일종의 보물찾기 놀이였다. 네버무어 시민 모두에게 맞춤형으로 제작된 지도와 수수께끼가 있었고, 모두를 지정된 "녹색 지대(하수구 비늘괴물이 출몰할 가능성이 있는 지점에서 먼 곳)"로 안내하도록 완벽하게 짜인 경로는 물론, 높은 참여율을 이끌어 낼 상품도 있었다.

참가자들이 찾을 수 있는 "보물"은 고작 백 개뿐이었는데, 사람들 말에 따르면 어떤 이들은 자신의 할머니를 팔아서라도 그 보물을 찾으려 할 정도였다. 보물은 금이나 보석처럼 손에 잡히는 것이 아니었다. 네버무어 시민들이 그보다 더 가치 있다고 여기는 보물은 바로 원드러스협회에서 주는 혜택이었다.

"보물이든 혜택이든 뭐가 됐든, 다 똑같아." 엘로이즈가 난간 위에 올라앉아 다리를 꼬며 말했다. "내 말은 *아무도 오지 않는다*는 거야. 진짜야. 내가 이 멍청한 주의분산을 한두 번 해 본 게 아닌데, 요만큼이라도 재미있는 일이 일어나는 곳에 배정받은 적은 단 한 번도 없었어. 닥치고 얼른 하기나 해."

"윽, 왜 나한테 그런 걸 다시 *해 보라는* 거야?" 모리건이 톡 쏘아붙였다. "저번에 나 때문에 *화상* 입었잖아. 기억력이 나쁜 거야?"

"너 못 하지?" 엘로이즈가 심술궂게 웃었다. 엘로이즈는 난간에서 뛰어내려 모리건에게 다가오더니 얼굴을 들이밀었다. "넌 아무것도 못 해. 확실해. 네가 그냥 패배자가 아니라 *정말, 제대로 된 원더스미스*라면 협회에서 너를 다른 중요한 곳으로 보냈겠지, 이런 데가 아닌—"

가슴에서 불길이 확 일며 입 밖으로 뿜어져 나와 두 사람의 머리 위에 매달린 거리 이정표를 그을린 순간, 모리건은 자신이 교묘한 속임수에 놀아났다는 사실을 깨달았다. 엘로이즈는 숨도 못 쉬고 그야말로 깜짝 놀란 듯했다. 그러더니 웃음을 터뜨리며 꽥 소리를 질렀다.

"*제정신이야? 여긴 공공장소라고!*" 엘로이즈가 조롱 섞인 고음의 목소리로 조금 전 모리건이 했던 말을 그대로 흉내 냈다. "협회 밖에는 절대로 알려지면 안 된다며? 아무도 몰라야 하잖아. **네가 원더스미스라는 거.**"

"쉿, 엘로이즈." 모리건이 불안하게 주변을 둘러봤다.

"원로님들한테 이 일을 알려야 할 것 같아." 엘로이즈가 다리 옆에 강철 표창을 두드리며 계속 말했다. "*아니면* 저 벽 앞에 서서 내가 표창 던지기 연습하는 걸 좀 도와줄래? 네 머리를 겨냥하지는 않겠다고 약속할게."

"아, 그만해."

엘로이즈는 돌연 심각한 얼굴을 했다. "너였어야 했어. 네가 비기를 잃었어야 했어. 알피가 아니고."

모리건은 침을 꿀꺽 삼켰다. 갑자기 바뀐 태도에 머리가 빙빙 돌았다. 엘로이즈의 남자친구인 알피 스완이 어떻게 됐는지 종종 궁금하긴 했다. 모리건은 섬뜩한 시장에서 알피를 구해 준 적이 있다. 알피는 물속에서 숨을 쉴 수 있었지만, 납치되어 경매 시장에 섰을 때 비기를 도둑질당했다. 어떻게 그럴 수 있는지, 원협 안에는 정확히 아는 사람이 아무도 없었다. 그 뒤로 학교에서 알피를 보지 못했다. 알피가 아직 협회 회원인지도 확신할 수 없었다.

"아직도… 그 애를 만나?" 모리건이 주저하며 물었다. "그 애는 아직도……."

갑자기 눈시울이 붉어졌던 엘로이즈가 모리건을 노려보며 격하게 눈을 깜박였다.

"비기가 없냐고?" 엘로이즈는 조금 목이 메는 소리로 쏘아붙였다. "그래. 그 애 엄마 생각에는—"

하지만 모리건은 알피 스완의 엄마가 어떤 생각을 하는지 듣지 못했다. 갑자기 거리에서 무언가가 우렁차게 고함을 지르는 바람에 엘로이즈의 말이 끊겼고, 두 아이 모두 펄쩍 뛰어오를 만큼 놀랐기 때문이다.

모리건은 주변을 두리번거리며 어디에서 이상한 소리가 났는지 살폈다. 놀랍게도 덩치 큰 형체가 백여 미터쯤 떨어진 곳에서 느릿느릿 걸어오고 있었다. 사람들이 불길을 보고 이쪽으로 몰려오는 걸까?

모리건은 입술을 꽉 깨물었다. 불길이 어디에서 치솟았는지 봤을까?

두 사람은 긴장에 휩싸여 아무 말 없이 그 형체를 지켜봤고, 그러는 동안 커다란 형체는 모습을 알아볼 수 있을 만큼 가까이 다가왔다.

"협회에서 나온 사람이야!" 모리건은 자신도 모르게 큰 소리로 말했다. "브러틸러스 브라운이야… 타데의 레슬링 코치인데."

"오! 곰원이라니." 엘로이즈가 말했다. "아주 잘됐네. 내가 가서 위험한 원더스미스가 거리 이정표에 불을 뿜었다고 말해야겠어―"

"안 돼, 엘로이즈. **잠깐만!**" 모리건은 엘로이즈의 팔을 움켜잡고 열차역 벽의 어두운 그늘 속으로 확 잡아당겼다.

"아야, 너 지금 이게―"

"쉿, *저길 봐.*"

브러틸러스는 뭔가 아주 이상했다. 마치 곰처럼 행동하고 있었다.

207

모리건이 마지막으로 봤을 때, 그는 타데에게 지난 시합에서 무엇을 잘못했는지 차분하게 설명했다. 뒷발로 섰고, 서류철을 들고 있었으며, 놀랍게도 *신축성 좋은 스판덱스*를 입고 있었다.

그런데 지금 브러틸러스는 쓰레기통을 때려 부수고 그 안에 든 쓰레기를 여기저기 흩뿌렸으며, 야영장을 급습한 불량 곰처럼 끙끙대고 으르렁거렸다.

"*술에 취했나?*" 엘로이즈가 낄낄 웃었다.

술에 취한 것처럼 보이기도 했지만, 모리건은 아니라고 생각했다. 약간 우스꽝스럽기도 했다. 조금 더 가까워지자, 주둥이 주변으로 허연 침을 줄줄 흘리고 있는 브러틸러스가 이상한 모습으로 코를 킁킁거리는 것이 보였다. 한 번씩 우편함을 후려치고 주차된 자동차의 보닛을 쾅쾅 내리치기도 했다.

모리건은 속이 울렁거렸는데… 그는 마치 광포한 우니멀 같았다.

그때 문득 모리건은 크리스마스이브가 생각났다. 주벨라 드 플림제라는 표범원을 원더철에서 봤을 때였다. 드 플림제는 객차를 어슬렁거리며 지금 브러틸러스가 하는 것처럼 허공에다 코를 킁킁거렸고, 아기 데이브에게 달려드는 눈빛은 공허하고 포악했다.

"여기서 나가야 해." 모리건이 속삭였다. "우리를 공격할 거야."

"뭐라고?" 엘로이즈가 코웃음을 치며 말했다. "아니, 공격 안 해. 술에 취했는지 몰라도 선생님은 선생님이야."

그 순간 모리건의 주장을 증명하기라도 하듯, 길 잃은 고양이가 곰원의 앞을 가로질러 가려 하자 브러틸러스는 난폭하게 내치며 우레와 같이 으르렁거렸다. 고양이는 급히 길을 벗어나 나무 위로 사라지며 야옹 울었다.

엘로이즈가 깜짝 놀라 입을 틀어막았다.

모리건은 브러틸러스가 다가오는 길목에서 벗어날 방법을 궁리했다. 그림자에 숨어 옆길로 빠르게 건너갈까 생각했지만, 그 방법은 좋지 않았다. 이곳은 원더철역이었다. 역 주변은 야간 시합이 벌어지는 트롤경기장처럼 온통 환하게 불이 켜져 있었다. 두 사람이 서 있는 곳이 이 근처의 유일한 그림자 안이었다.

"주의를 분산시켜야 해." 모리건이 말했다.

엘로이즈는 그제야 상황의 심각성을 깨닫고 숨을 가쁘게 몰아쉬었다. "그런 다음엔?"

"그냥 다른 곳을 보게 해서 도망갈 틈을 만들어야 해."

"별거 아니네." 엘로이즈는 길 건너편 대각선 방향에 있는 우편함을 겨누었고, 표창은 목표물에 정확히 명중하며 요란하게 *쨍그랑거렸다.* 그 소리에 브러틸러스가 주의를 돌린 사이, 두 사람은 50미터 남짓 질주하여, 쓰레기가 수북이 쌓인 쓰레기통 뒤로 몸을 휙 수그렸다.

"이젠 어떻게 해?" 엘로이즈가 세 살이나 더 많았지만 모리건을 책임자라고 생각했는지 속삭이며 물었다.

"나도… 나도 모르겠어. 생각 좀 해 볼게."

모리건은 브러틸러스가 소리 난 방향으로 움직이길 바랐지만, 곰원은 아직도 연기가 피어오르는 거리 이정표를 보고 있었다. 조금 전까지 모리건과 엘로이즈가 서 있던 지점이었다. 곰원은 얼어붙은 듯이 서서 이정표를 빤히 바라보다가 킁킁대며 공기 냄새를 맡았다. 코가 바르르 떨렸다. 혼란스러운 표정을 짓던 곰원은 화가 난 듯 보였다. 맹렬하게 으르렁거리는 소리가 거리 전체를 가득 메웠다.

그 소리가 어찌나 가깝고 크고 갑작스러웠는지, 모리건과 엘로이즈 둘 다 깜짝 놀라 펄쩍 뛸 정도였다. 그러다가 누가 부딪혔는지, 아니면 진동 때문이었는지, 쓰레기통 뚜껑이 미끄러지면서 요란하게 쟁그랑거리며 바닥에 떨어졌다.

브러틸러스는 소리가 나는 쪽으로 몸을 돌리며 가슴 깊은 곳에서부터 울려 퍼지듯이 나직하게 으르렁거렸다. 모리건은 입이 바짝 말랐다. 쫓기는 우니멀이 느꼈을 태고의 공포가 배 속을 휘감았다.

곰원은 다시 공기를 킁킁거렸다. 그러더니 뒷발로 일어서서 우렁차게 울부짖었다. 모리건은 그의 눈이 선명한 녹색으로 빛나고 있다는 걸 알 수 있었다.

마치 누군가 입안에 들어가서 브러틸러스의 목을 꺾으려 한 것처럼 그는 커다란 머리를 사납게 앞뒤로 흔들더니, 곧장 모리건과 엘로이즈를 향해 네 발로 질주했다.

"**도망쳐**!" 모리건이 말했다.

두 사람은 텅 빈 도로 한가운데로 달려갔다. 모리건은 힘껏 뛰느라 가슴이 타올랐다. 귓가에는 부츠가 조약돌에 부딪혀 달그락거리는 소리만 가득했다. 그리고 누군가 뒤떨어진 곳에서 자신의 이름을 부르짖는 소리를 듣고 나서야 엘로이즈가 옆에 없다는 사실을 깨달았다.

모리건은 뒤돌아섰다. 바닥에 내동댕이쳐진 초록 머리 여자 아이와 그쪽을 향해 쏜살같이 달리는 거대한 곰원이 눈에 들어왔다. 엘로이즈는 넘어지다 다쳤거나 공포로 얼어붙은 게 틀림없었다.

브러틸러스가 엘로이즈 바로 앞까지 다가왔다. 모리건은 몇 마디 음을 흥얼거렸다. 따끔따끔 손가락에 원더가 모여드는 게 느껴졌다. 하지만 공황에 빠진 머리에서는 어떤 계획도 떠오르지 않았다. *일어나, 엘로이즈,* 모리건은 필사적으로 생각했다. *움직여!*

그런데 믿을 수 없을 만큼 비현실적인 일이 일어났다. 브러틸러스는 마치 엘로이즈가 눈에 보이지 않는 것처럼 바닥에 엎어진 여자아이를 그대로 지나쳐 모리건을 향해 달렸다.

그래서 모리건은 생각할 수 있는 유일한 선택을 했다. 몸을 돌려 계속 달렸다. 엘로이즈에게 아무 일 없기를, 일어나서 어디라도 도움을 청하러 갈 수 있기를 바랐다.

모리건은 할 수 있는 한 빠르게 도망쳤다. 이 거리 저 거리를 지그재그로 달렸고, 예측하기 어려운 쪽으로 방향을 틀기도 했다. 하지만 곰원은 더 컸고 더 빨랐으며, 모리건과 점점 가까워졌다. 모리건이 곰원보다 빨리 달릴 수는 없었다.

머리로 이겨야 했다.

모리건은 두뇌를 최대한 가동하며, 지나온 모든 것과 도움이 될 만한 모든 것을 떠올렸다.

브롤리 레일. *승강장도 없고, 우산도 안 가지고 왔지.*

나무. *나무는 따라 올라올 거야.*

소화전. *어떻게 하는 건지 몰라.*

교묘한 길.

잠깐.

교묘한 길. 적색 경보.

적색 경보의 교묘한 길은 *매우 위험한 함정으로 진입 시 상해를 입을 가능성이 있음*을 뜻했다. 모리건은 선택해야 했다. 교묘한 길로 들어가 뭔지 모를 위험을 감수할지, 아니면 몸이 지친 뒤에 키가 9척은 되는 포악한 곰원에게 잡혀 주머니칼만

한 손톱으로 공격당하게 될 *정해진* 위험을 받아들일지. 모리건은 아직 자신을 보호할 만큼 원드러스예술을 충분히 배우지 못했다. 인페르노 정도는 써 볼 수 있지만, 그것으로 무엇을 해야 할지 떠오르지 않았다. 브러틸러스는 어딘가 이상했다. 그에게 필요한 건 도움이지, 그릇된 불덩이가 아니었다.

그런 선택은 할 수 없었다.

모리건은 속도를 늦추지 않고 방향을 틀어 작은 길로 들어갔다. 그곳에 무엇이 도사리고 있든 맞설 준비가 되어 있었다. 적색 경보를 지나 3미터나 갔을까 싶은 순간, 사방에서 물이 쏟아져 나와 골목길을 가득 메우고 모리건의 코와 입과 귀를 뒤덮었다. 모리건은 폭풍우를 만나 배에서 떨어진 사람처럼 구르고 또 굴렀다. 파도가 연신 덮쳤고, 간신히 수면 위로 머리를 들 때마다 또다시 파도와 부딪혔다.

모리건은 곰이, 아니 곰원이 헤엄을 칠 수 있는지 몰랐지만 브러틸러스보다 자신이 유리하다는 건 알았다. 모리건은 교묘한 길이 어떤 원리로 움직이는지 알고 있었다.

교묘한 길을 통과하고 싶다면, 길이 어떤 끔찍한 수를 쓰더라도 그 함정에 몸을 맡기는 수밖에 없었다. 그렇게 하도록 내버려 두고, 계속 나아가야 했다. 그러다가 더는 버티기 힘들고, 이제 모든 게 끝이라는 생각이 들 때쯤이면… 그제야 길은 사람을 놓아줄 터였다.

적어도 전에 만났던 교묘한 길들은 그랬다.

모리건은 맹공격에 맞서려던 행동을 멈추고, 수면 위로 고개를 들려던 시도도 그만두었다. 다가오는 파도에서 도망치려 하지 않고 그 속으로 헤엄쳐 들어갔다. 물에 빠져 죽거나 휩쓸려 떠내려갈 것 같았다. 잡고 매달릴 만한 게 아무것도 없었고, 그 무엇도 모리건을 안전하게 지켜 주지 않았다.

갑자기 다리 아랫부분에서 화끈거리는 통증이 느껴져 모리건은 물속에서 소리를 질렀다.

초록색 불빛이 번쩍였고, 피가 자욱하게 배어 나왔다.

발을 버둥거리자 단단한 무언가가 닿았다. 브러틸러스 브라운이었다. 브러틸러스의 얼굴이 모리건의 얼굴 위로 어렴풋이 다가왔다. 쩍 벌린 입속의 거대한 이빨과 흉포하게 달아오른 녹색 눈이 언뜻 스쳤다가 모리건과 함께 물속으로 굴러떨어졌다. 브러틸러스가 모리건을 후려치려 했지만 빗나갔다. 그리고 다시 파도가 덮치고 지나간 뒤 사라졌다.

피 맛이 나고 짠맛도 났다. 가슴이 아팠다.

폐 속에는 공간이 전혀 남아 있지 않았고, 팔다리도 움직이지 않았다. 모리건은 골목의 바닥으로 돌처럼 가라앉았다. 그리고, 아, 이거였다. 끝났다. 진짜 끝이었다. 그러고는—

공기였다.

모리건은 마침내 물속에서 숨을 헐떡이며 나왔다. 귀청이 터질 듯한 *쉬익* 소리와 함께 돌연 바다가 갈라지면서, 모리건은 목이 메어 자갈 바닥 위에 아무렇게나 쓰러졌다.

그 뒤로는 정적뿐이었다.

해냈다. 모리건은 함정을 끝까지 통과했다.

모리건이 해낸 일은 물에 빠져 죽는 것이었다.

옷이며 머리며 장화는 말할 것도 없고 온몸이 소금물에 젖어 무거웠다. 모리건은 기침을 하며 소금물을 뱉어 냈다. 들썩거리며 공기를 들이마실 때마다 숨이 막히고 물방울이 튀었다. 목이 타는 것 같았다.

하지만 곰원은 보이지 않았다.

호흡이 안정되자 모리건은 억지로 몸을 일으켜 앉았다. 그 간단한 동작에도 몸이 움찔할 만큼 힘이 들어가고 아팠다. 왼쪽 바짓가랑이가 찢어진 게 보였다. 무릎 위에서부터 종아리 중간까지 크고 깊은 발톱 자국이 나 있었다. 아직 피가 흘렀다. 아드레날린을 다 써 버려서인지, 이제야 다리 전체가 욱신거렸다. 다른 사람의 도움 없이 일어설 수 있을지 자신이 없었다.

하지만 더 큰 문제는 그곳이 어디인지 전혀 모른다는 사실이었다. 자신이 알고 있는, 처음 들어왔던 곳으로 돌아갈 수는 없었다. 거리는 어두웠고, 모리건은 추위에 떨었다. 주위에 도움을 줄 사람도 아무도 없었다…….

그리고… 조금 전까지 곰원의 공격을 받고 물에 *빠졌다* 나온 터였다. 맙소사!

모리건은 불쑥 울고 싶어졌다. 정말로 울음이 터져 나올 것만 같았다. 옷이 다 젖은 채로 바닥에 주저앉아 우는 모습이라니. 머릿속에서는 그렇게 해 봐야 현실적인 방법이 나오는 것도, 집이 가까워지는 것도 아니라는 작고 분별력 있는 소리가 들렸다. 하지만 작고 분별력 있는 소리는 아주 멀리 있었다. 솔직히 모리건은 그 소리가 꺼져 주길 바랐다.

모리건은 눈을 감고 벽돌담에 등을 기댔다. 숨이 짧고 얕게 터지듯 올라왔다. 너무 피곤했다.

모리건은 그냥 자고 싶었다. 딱 1분만.

눈이 파르르 떠졌다가 다시 감겼다.

밤이 어둑어둑 조용히 깊어졌다.

11장

병문안

모리건은 깊고 평온한 바다 밑바닥에 있었고, 모든 게 좋았다. 영원히 그곳에 머물 수 있다면 그렇게 했을지 모른다. 하지만 모리건의 조용한 평화는 깨졌다.

목소리 하나가 고요함 가운데로 떨어졌다. 저 멀리서 조약돌이 수면을 두드리는 소리 같았다.

일어나, 그 목소리는 말했다. *아무도 너를 도와주러 오지 않아.*

누가 있었나? 아니면 모리건의 머릿속에서 나온 목소리인가? 어느 쪽이든 모리건은 관심 없었다. 공허라는 어둡고 따뜻한 담요에 감싸인 모리건은 그 속으로 더 깊이 파고들고 싶을 뿐이었다.

일어나, 목소리가 다시 말했다. *여기서 죽고 싶지 않으면.*

"저리 가." 모리건이 쉰 목소리로 속삭였다.

정적이 흘렀다. 모리건은 서서히 의식이 돌아왔다. 규칙적이고 안정적으로 되풀이되는 자신의 호흡을 인식했지만, 아직은 따뜻한 고치 안에서 옅은 잠을 자고 있었다.

마음대로 해, 목소리가 말했다.

발소리가 희미하게 멀어졌다. 그러는 사이에 모리건은 천천히 의식 위로, 위로, 위로 떠올랐다.

눈이 파들파들 떠졌다. 모리건은 혼자였다.

떨리는 숨을 한차례 깊게 내뱉고, 한 번 더 내쉬었다. 모리건은 턱을 단단히 앙다문 채, 다치지 않은 다리에 무게를 실으려고 애쓰며 골목 벽을 지지대 삼아 서서히 몸을 일으켰다. 거의 다 일어섰다고 생각한 순간 버티던 다리에 힘이 빠지면서 옆으로 미끄러졌고, 모리건은 자갈밭에 쿵 하고 넘어졌다.

　모리건은 다리를 타고 섬광처럼 번진 통증에 비명을 지르고, 동상처럼 가만히 서서 고통이 무지근한 둔통 정도로 가라앉을 때까지 한참을 기다렸다. 혹시 멀리서 목소리나 발소리 같은 게 들리지 않는지 열심히 귀를 기울이며, 마법처럼 도와줄 사람이 나타날 때까지 가만히 기다려 볼까 생각했다.

　하지만 거리는 고요했다. 머릿속의 목소리가 옳았다. 올 사람은 아무도 없었다.

　"일어나." 모리건은 이를 악물고 자신에게 말했다. "**일어. 나.**"

　모리건은 10여 분 동안 수도 없이 신음을 흘리고 부들부들 떨며 스스로 모질게 채찍질해 다시 일어섰다. 느릿느릿 신중하게 움직이면서 눈으로는 계속 알아볼 만한 거리 이정표나 지형물이 있는지 찾았다. 자신이 어디 있는지 알게 되면, 집으로 가는 길을 찾을 수 있을 거란 확신이 들었다. 그건 모리건이 잘하는 일이었다.

　모리건은 머릿속으로 네버무어 지도를 그려 보았다. 보통 그렇게 하면 마음에 묘한 위안이 되었다. 무질서하고 혼란스럽게 펼쳐진 도시의 모습이 좋았고, 그럼에도 불구하고 기억하고 터득할 수 있었다. 괴물도 길들이기 나름이었다.

　하지만 지금은 뭔가 이상했다. 머릿속 거리는 뒤죽박죽되고, 모리건은 지도에 집중할 수가 없었다.

　골목을 나와 가까스로 반 블록 정도 걸었을 때, 거리 한가운데 있던 맨홀 하나가 휙 열렸다.

"*지금 뭐지?*" 모리건은 그 자리에서 몸을 흔들며 신음했다. 하수구 비늘괴물 영역 한가운데의 적색 지대로 들어온 건가? 오늘 밤 *다시 한번* 죽을 고비를 넘겨야 하나?

하지만 하수구에서 올라온 여섯 명은 검은 옷을 입고 땀에 젖은 얼굴을 한 협회 회원들이었다. 그들은 장비를 땅에 떨구고 서로 하이파이브를 나눈 다음, 물병을 단숨에 들이키고 기진맥진하여 바닥에 쓰러졌다.

"모리건?" 귀에 익은 목소리가 들리며, 타데의 헝클어진 빨간 머리가 눈앞에 나타났다. 충격을 받은 듯한 타데의 얼굴을 보니, 짐작은 했지만 모리건의 몰골이 정말 끔찍한 모양이었다. "모리건, 이게, 너 다리가, 피가 나잖아! *어떻게 된 거야?*"

"그냥 긁힌 거야." 모리건은 항상 누가 봐도 긁힌 상처가 *아닌* 상처에 관해 그렇게 말해 보고 싶었다. 기회가 왔을 때 그런 대답을 할 수 있는 기지가 남아 있다는 사실이 상당히 기분 좋았다. 하지만 타데에게 자랑스럽게 씩 웃음을 던지자마자, 곧 웃음이 기운 없이 증발해 버리는 게 느껴졌다.

"워, 워, 이제 안심해." 개빈 스콰이어스가 말했다. 그리고 갑자기 바닥이 가까워진 순간 억센 팔 한 쌍이 허리춤을 잡았다. 개빈에게서 역한 하수구 냄새가 훅 끼쳤다.

"냄새가… 지독해요."

"그래. 이 아이는 병원에 가야 해. 매클라우드, 신호탄을 쏴
라. 의사를 이리로 데리고 오자."

"싫어요." 모리건이 말했다. 주변 거리가 메스꺼울 정도로
기울어져 있었다. "호텔."

"정신이 혼미해 보여." 또 다른 목소리가 말했다. 여자였다.
"우리가 병원에 데려다줄게, 얘야. *병원에*. 걱정하지 말고—"

"**호텔**." 모리건이 소리치더니 불분명한 정신으로 덧붙여 말
했다. "둘레키온. 뒤켈리온. 듀켈… 로인." 그러다가 세상이 옆
으로 움직였고, 까맣게 사라졌다.

———◆———

모리건이 깨어난 곳은 호텔 듀켈로인이 아니었고, 그렇다고
다른 어떤 호텔도 아니었다.

처음에는 집에 왔다고 생각했다. 85호 침실이 모리건에게
또 짜증이 나서 침대를 이상하고 불편한 판자로 바꿔 버린 줄
알았다. 하지만 아니었다. 가만히 보니 원드러스협회 부속병원
에서 침대로 쓰는 물건인 듯했다.

그날 밤의 사건을 짜 맞추기까지는 몇 분의 시간이 걸렸다.
뇌가 천천히 기지개를 켜며 의식을 되찾았다. 넘치던 물이 생
각났다. 브러틸러스 브라운의 공격을 받았던 기억이 떠올랐

고… 타데가 거기 있었나? 그 덕에 병원에 오게 된 건가?

왼쪽 다리에는 붕대가 깨끗하게 감겨 있었는데, 맥박이 뛸 때마다 무지근하게 욱신거렸다. 무릎을 굽혀 보려고 했지만 안 됐다. 통증이 발끝까지 타고 내려가는 바람에 악 소리만 새어 나왔다.

"긁힌 상처가 정말 심각하더라, 얘야. 끔찍한 밤을 보냈겠구나." 지루해 보이는 얼굴의 간호사가 아침 식사를 가져오며 느긋하게 말했다.

절제하고 또 절제해서 말하면 그렇다고, 모리건은 생각했다. 천천히, 조심조심, 베개에 몸을 받치고 일어나 앉아 방을 둘러봤다. 병실 안의 다른 병상 중 절반은 주인이 있었다. 대부분 협회의 성인 회원들이었고, 학생도 한두 명 있었다. 모리건은 병원에 온 게 처음이었다. 병원은 아주… 청결했다. 하얗기도 했다. 그리고 살짝 이상한 냄새가 났다.

"엄청 좋은 밤은 아니었죠." 모리건은 골골거리는 목소리로 간호사의 말에 맞장구쳤다. "곰원에게 쫓기다 물에 빠졌으니까요."

"오, 그래." 간호사는 별 관심이 느껴지지 않는 말투로 대답했다. 그는 모리건의 손목을 들어 맥박을 잰 다음 서류철에 기록했다. "끔찍한 일이야. 그렇고말고. 저쪽에 있는 루퍼 부인은 욕조에서 나오다가 미끄러졌단다. 다들 끔찍한 밤이었어."

"어젯밤에 들어온 사람이 또 있나요? 엘로이즈라는 여자애요."

"초록 머리에 호들갑스러운 여자애 말이니? 응, 그래. 충격을 받아서 처치를 해 줬어." 간호사는 몸을 앞으로 숙이더니 눈을 홉뜨며 소곤댔다. "담요를 둘러 주고 집에 보냈지."

그러니까, 죽은 척하는 게 현명한 전술*이었던* 거다. 모리건은 갑자기 몰려온 통증에 움찔했다. 자신도 그 생각을 했더라면 얼마나 좋았을까 싶었다.

"내가 여기 있는 건… 음, 아는 사람이 있나요? 내 후원자나……."

"생강 머리 친구? 바람둥이 같은? 자기가 재밌다고 생각하는 그 남자?"

"그 사람 맞아요."

"얘야, 그 사람은 나가 있으라고 할 수밖에 없었단다." 간호사가 분개하며 말했다. "그렇게 안절부절못하고 빙빙 도는 사람은 정말 처음 봤다니까! 네가 일어나면 연락한다고 했으니, 이제 그 사람한테 가서—"

"**모그!** 모그, 깨어났구나! 나 여기 있다!" 주피터의 목소리가 채 열리지도 않은 이중문 뒤에서 쩌렁쩌렁 울렸다.

"—알려 줘야 해." 간호사가 다시 눈을 홉뜨며 다음 환자에게 넘어갔다.

주피터의 머리카락은 이상한 각도로 한쪽에 뻗쳐 있었고, 눈은 밤새 한숨도 못 잔 사람처럼 풀려 있었다. 주피터는 성큼성큼 세 걸음 만에 방을 가로질러 와서 모리건을 뼈가 으스러져라 감싸 안았다.

"난, 주피— 알았어요, 알았다고요." 모리건은 짜부라진 채로 주피터를 잠깐 그대로 두었다.

주피터를 만난 모리건은 처음부터 끝까지 모든 이야기를 쏟아 내면서 들쭉날쭉 헷갈리는 기억을 하나로 정리했다. 이야기하며 끔찍했던 기억을 하나하나 더듬을 때마다 주피터의 얼굴은 점점 창백해졌고 손톱은 점점 짧아졌다. 교묘한 길에서 물에 빠진 부분에 다다랐을 때는, 낑낑거리는 이상한 소리를 내며 침대 발치에서 앞뒤로 오락가락 서성였다. 불안해하며 턱수염을 연신 손가락으로 빗질하기도 했다.

"하지만 아시다시피." 모리건은 아무렇지도 않은 듯 어깨를 으쓱이며, 주피터가 자리에 앉아 침착을 되찾기를 바라며 말했다. "나는 괜찮아요. 괜찮다고요. 모든 게 다 괜찮아요."

주피터는 붕대 감은 다리를 날카롭게 쏘아볼 뿐, 굳이 모리건의 말이 옳다는 대답 같은 건 하지 않았다. 그러더니 스윽 병원을 나서며, 브러틸러스 브라운이 사람들을 더 해치기 전에 찾아내겠다고 맹세했다.

모리건은 그게 좋은 생각일까 싶은 마음에 문으로 달려가는 주피터에게 말했지만, 그는 더 나은 계획을 궁리할 수 있는 정신 상태가 아니었다. 모리건은 주피터에게 손을 흔들며 체념하듯 한숨을 쉬었다. 아침이면 주피터가 브러틸러스를 즉석 인민재판에 넘겨 응당한 죗값을 치르게 하거나, 아니면 죽도록 얻어맞았거나 할 것이다. 물론 두 번째가 더 그럴싸했다.

모리건은 한 번도 느껴 본 적 없는 깊은 피로에 눈을 감았다.

주피터는 다음 날 아침 좀 더 차분해져서 돌아왔다. 어느 정도는 병원에 동행한 챈더 여사 덕분이었다. 챈더 여사는 파랑새 합창단을 만들어 모리건에게 어서 회복하라는 노래를 불러 주었고, 베개 부풀리는 일을 돕기 위해 다람쥐들을 데리고 왔다. 하지만 다람쥐들은 베개 부풀리는 법을 모르거나, 아예 신경 쓰지 않았다. 그 대신 침대 옆 탁자를 돌아다니며 포도를 훔쳐 먹고 늘 하던 대로 아수라장을 만들었다. 보다 못한 간호사 팀이 챈더 여사에게 데리고 온 동물들을 내보내거나 이곳을 나가라고 요구했다.

부속병원은 원협 회원이나 직계 가족만 출입할 수 있기 때문에 듀칼리온 직원들은 주피터와 챈더 여사에게 초콜릿과 과일, 책, 꽃, 카드, 헬륨 풍선 같은 걸 잔뜩 챙겨 보냈다. 그중에는 잘근잘근 씹었던 흔적이 있는 고무 장난감도 있었는데, 손으로 꽉 쥐면 기관지염에 걸린 오리처럼 쌕쌕 소리가 났다(핀이 보낸 것이었다). 잭은 손으로 쓴 카드를 보냈는데, 모리건이 입은 부상을 동정하는 내용이었다. 하지만 그와 동시에 언젠가 곰에게 공격받을 수밖에 없는 운명이라며, 곰이 오는 것도 보지 못한 영락없는 바보라고 조롱했다.

"아니, 진짜 곰이 아니라 곰원이었다니까." 모리건은 카드를 침대 옆 탁자에 세워 두며 투덜거렸다. "과연 누가 바보일까, 잭?"

챈더 여사는 자신의 새로운 오페라 〈저주〉의 리허설 뒷이야 기로 모리건과 주피터를 즐겁게 했고, 다리가 낫는 대로 모리 건을 네버무어 오페라하우스 대기실에 데려가 주겠다고 약속 했다. 하지만 모리건은 오페라계의 로맨스나 경쟁에는 별로 관 심이 없었다. 모리건이 듣고 싶은 이야기는 오로지 브러틸러스 브라운의 소식뿐이었다. 모리건은 예의에 어긋나지 않게 조심 하며 화제를 바꾸었다.

"그분이 그러니까… 주벨라 드 플림제하고 비슷한 것 같지 않아요? 의식을 잃고 어딘가에 쓰러져 있진 않을까요?" 모리건 이 조용히 물었다. 챈더 여사는 충격을 받았는지 꺅 하고 작은 비명을 질렀다.

"나도 그게 궁금하던 차였어." 주피터는 수긍했다. "원로님 들과도 이야기했고, 스텔스하고도 얘기해 봤어. 자기들이 조사하고 있다고 장담하긴 했는데…” 주피터는 보이지 않는 물음표를 남기며 말을 맺었다. 모리건은 주피터가 의혹을 품고 있다는 걸 이해했지만, 그 말을 하고 싶지는 않았다.

퇴원은 일주일쯤 지난 뒤에야 할 수 있었는데, 그사이 꾸준히 손님이 찾아왔다. 어느 날 오후에 들른 소피아는 몇 시간 동안 모리건의 침대 발치에 서서 지하 9층 유령의 시간에서 들여다본 더없이 믿기 힘든 일들을 나직이 들려주었다. 치어리 씨는 정성을 쏟아부어 만든 초콜릿 비스킷과 919기 동기들을 모두 데리고 왔다. 타데는 모리건이 기절했던 극적인 순간의 이야기를 하고 또 할 수 있다는 데 무척 신난 것 같았다. 모리건은 자신이 구급차에 실려 갈 때 개빈 스콰이어스에게 눈이 예쁘다고 말했다는 타데의 이야기를 좀처럼 *믿기 힘들었다.*

호손과 케이든스는 그 뒤로 매일 찾아왔다. 봄 전야인 모리건의 열세 번째 생일에는 케이든스가 간호사 팀과 다른 환자들에게 최면을 걸어 복슬복슬하고 활발한 강아지 한 마리를 몰래 들여왔다.

“개를 키운다는 말은 없었잖아!” 모리건이 깜짝 놀라며 강아지를 턱 밑까지 바짝 끌어안았다. 강아지가 목을 핥았다. “이름이 뭐야?”

“나도 몰라.” 케이든스가 말했다. “내 개가 아니야. 열차역에서 봤는데 네가 좋아할 것 같아서.”

"나한테… 강아지를 사 준 거야?"

"빌려 왔어." 정확하게 고쳐 말한 뜻을 알아들은 모리건의 경악한 얼굴을 보며 케이든스가 눈을 굴렸다. "에이, 다시 *데려다줄* 거야. 생일 축하한다, 배은망덕한 친구야."

호손은 모리건에게 무지갯빛이 아른거리는 은백색의 용 비늘을 주었다. 지하 5층 용 우리에서 주운 다음 반짝반짝 윤이 나게 닦은 것이었다.

"*하늘 위의 화산*이 지금 미친 듯이 비늘을 갈고 있거든. 꼭 가지고 있어. *화산*은 페더급 챔피언인데, 올해 토너먼트에서 우승하면 **어마어마하게** 값이 나갈 거야."

호손은 그 주 내내 골더스의 밤 이야기를 다시 해 달라고 졸랐는데, 이날도 예외가 아니었다. 모리건은 의무처럼 이야기해 주었지만 말하는 것에 질렸고, 케이든스도 듣는 것이 지겨웠다.

"―그런데 눈이 온통 초록색으로 번뜩였고, 곧장 우리한테 달려왔어. 내가 엘로이즈한테―"

"잠깐, 기다려." 호손은 발을 침대 끝에 걸친 채, 그날 아침 주피터가 생일 선물로 두고 간 커다란 과자 상자를 뒤적이며 말했다. 케이든스는 두 사람을 무시하고 조용히 추리소설을 읽었다. "그 사람 눈이 초록색으로 번뜩였다는 건 뭐야? 그 말은 처음 하는 거잖아."

모리건은 잠시 말을 멈추고 미간을 찌푸렸다. "그래, 뭐. 방금 생각났어. 잘 모르겠다. 그게…" 다시 말을 멈춘 모리건은 불현듯 어떤 기억이 떠올랐다. "잠깐, 호손. 주벨라 드 플림제 기억나? 그 여자 눈도 그렇게 초록색으로 반짝이지 않았어? 마치… 마치 누군가 몸 안쪽에서 불을 켠 것처럼 말이야."

"몰라." 호손은 어깨를 으쓱였다. "초록색 눈이 반짝이는 건 못 봤어."

케이든스는 책을 읽다 말고 관심을 보이며 고개를 들었다. "주벨라 드 플림제가 누군데?"

모리건은 원더철에서 표범원과 마주쳤을 때 겪었던 이상한 일에 대해 들려주었다. 호손이 한 번씩 끼어들어 극적으로 이야기를 거들었다.

"—그런데 그 여자가 남자 어깨에 달려들어서—"

"호손, 침대 밟고 서지 마. 여긴 병원이야."

"—그때 그 여자가 고개를 들고 울부짖는데—"

"아니지, 안 그랬어. 고양잇과는 울부짖지 않아. 네가 생각하는 건—"

"*아오오오오올!*"

"제발 울부짖는 소리 좀 내지 말아 줘."

마침내 이야기의 마지막에 다다르자, 케이든스는 모리건이 둘 *다* 초록 눈이었다는 사실을 기억하기 전부터 했던 생각과 정확히 일치하는 말을 꺼냈다.

"좀 이상하지 않아? 두 워니멀이 난데없이 사람들을 공격했다고? 그건 워니멀답지 않아." 케이든스는 읽던 책을 완전히 내려놓고 몸을 앞으로 내밀었다. "그 둘이 어떤 식으로든 연관성이 있다고 생각해?"

모리건은 생각에 잠겨 고개를 끄덕였다. "그래. 어쩌면. 주피터 아저씨 말로는, 골더스의 밤 이후로 브러틸러스 브라운을 본 사람이 아무도 없대… 주벨라도 아직 의식이 돌아오지 않았거든. 만약에 아무도 브러틸러스를 보지 못한 이유가—"

"아직 시신을 찾지 못해서 그런 거라면?" 케이든스가 모리건의 말을 대신 끝맺었다.

"그래! 음, 아니, 시신이 아니지. 그렇게 말하면 꼭… 그러니까 내 말은… 주벨라도 죽지는 않았잖아." 모리건이 호손을 돌아보았다. "정말 초록색 눈을 못 봤다고?"

"글쎄, 정확히 말하면 나는 아기 데이브가 사나운 표범원한테 얼굴을 물어뜯길까 봐 그게 더 걱정이었어. 마음이 다른 데가 있었던 거야, 안 그래?"

"맞아." 모리건이 강아지의 귀를 긁어 주며 말했다. "그런 것 같아."

모리건은 다음에 주피터를 만나면 이 이야기를 꼭 해야겠다고 마음먹었다.

병원에 입원해서 신기하기만 했던 마음은 그 주가 끝나가면서 훌쩍 닳고 닳았다. 음식은 지겨웠고, 침대는 불편했다. 모리건은 밤새도록 거의 잠을 이룰 수 없었다.

무엇보다 귀찮았던 일은 모리건이 다쳤다는 소식이 무척 흥미로웠는지, 일반 학교에서 마력 학교까지 모든 학생 무리가 꼬치꼬치 캐물으며 참견하고 싶어 했던 것이다. 간호사 팀은 이 또한 업무의 연장선일 뿐이라고 암시를 걸며 오가는 학생들을 극도의 체념으로 관리했다. 마법사 학생들에게는 치유 부적을 꼭 살균하게 했고, 투시력을 사용하는 학생들이 모리건의 기운이 얼마나 회복됐는지 확인하러 오면 불빛을 어둡게 바꾸었다. 사흘째 되던 날 흥분한 외과생들과 공학생들이 몰려와 (주피터가 친절하게도 문 앞까지 안내했다) 다친 다리를 제거하고 스스로 생각할 수 있는 새 다리를 만들어 주겠다고 제안했을 때도 팀은 눈 하나 깜짝하지 않았다.

거의 일주일 동안 상상할 수 있는 범위 안의 치료란 치료는 모두 받게 한 뒤, 간호사 팀은 환자가 집에 갈 준비가 되었다고 선언했다.

"아마 그 사람들도 나름대로 도움을 줬을 거예요." 모리건은 퇴원을 하기 위해 선물과 카드를 챙기면서 그렇게 상황을 정리했다. 그리고 치료가 거의 끝난 발톱 자국을 살펴보며, 조금은 흉터가 남기를 바랐다.

"오, 그럼. 그럴지도 모르지." 간호사 팀은 눈을 굴리며 동의했다. "어쩌면 네 상처를 꿰매 주고 깨끗하게 닦아 주고 하루 두 번씩 붕대를 갈아 줬던 늙은 바보가 도움이 됐을지도 모르고. 그걸 누가 알겠니?"

모리건은 팀에게 자신이 받은 꽃과 초콜릿을 모두 건넸다.

12장

해픈챈스와 유포리아나

3년, 봄

유명한 작곡가 구스타프 모나스틴의 최신 오페라 〈저주〉가 처음 무대에 오르는 날, 네버무어 오페라하우스의 로비는 마치 신문의 사회면이 살아 움직이는 것 같았다. 귀족들은 명사들과 어울렸고, 연극계의 별들은 패션계의 우상들과 함께 거닐었다. 참석자 명단에 이름을 올린 사람들은 딱 프랭크가 침을 흘릴 만한 인물들이었다.

도시에서 잘나가는 워니멀 단체들도 대거 참석해서 챈더 여사의 상대역으로 주연을 맡은 무스윈 테너 시어볼드 마렉에게 힘을 실어 주고 축하해 주었다. 챈더 여사의 말에 따르면, 시어볼드 마렉은 *거의* 본인만큼 유명한 워니멀이었다.

"물론 우리하고 같이 일하는 워니멀 연기자가 몇 명 더 있단다." 챈더 여사가 모리건에게 말했다. 모리건은 챈더 여사가 정교한 반짝이 의상으로 갈아입는 것을 돕는 중이었다. 분장실 밖 어딘가에서 무대 담당자가 공연 시작 15분 전임을 알리는 신호를 주었고, 멀리서 관현악단이 몸풀기로 연주하는 소리가 닫힌 문을 통해 들렸다. "늑대원인 히브리데스 오텐다흘은 너도 이름을 들어 봤을 거야. 6년 겨울에 나하고 〈릴리벳의 애가〉를 같이했지. 비벌리 밀러 부인은 유명한 오리윈 메조소프라노야. 재능이 출중했는데! 지금은 오페라를 그만뒀단다. 다른 데도 아니고, 관광 카바레 식당에 빼앗겼지 뭐야. 상상이 가니?"

모리건은 조그맣고 성가신 오팔 단추와 씨름하느라 제대로 듣지 않았다. 챈더 여사가 그날 저녁 마지막으로 의상 담당자를 교체할 때 손을 든 자신의 결정에 후회가 밀려들기 시작했다(평소 챈더 여사를 돕던 의상 담당자는 심한 감기로 쓰러졌다). 오페라하우스에 도착하자마자 챈더 여사가 맡은 역할이 *의상을 열두 번이나 갈아입는다는* 사실을 알았다. 그것도 1막에서만 그랬다. 병원에서 퇴원하고 2주 동안 다리가 많이 좋아졌지만, 여전히 약간 뻣뻣했고 가끔은 통증이 요동쳤다. 모리건은 너무 많이 뛸 일이 없기만 바랄 뿐이었다.

"하지만 시어볼드는… 정말 굉장해." 챈더 여사가 분통을 집어 들고 얼굴 전체에 구름처럼 분가루를 날리며 말했다. "무스원은 바리톤 음성이 인상적이라고 생각하는 사람도 있을 *거야*. 하지만 그토록 아름다운 테너 음성이 저렇게 큰 뿔이 달린, 오!" 챈더 여사는 거울로 무언가를 보고 깜짝 놀랐다. "모리건, 애야. 소매에 실밥이 풀린 것 같구나. 팔을 이렇게, 그렇지. 이제 조심조심. 너무 세게 당기지 마라. 풀릴지도 몰라. 실 한 땀도 스팽글 하나도 비뚤어져선 안 돼. 우린 이 명예를… 주벨라에게… 주벨라의 아름다운……."

챈더 여사는 눈물이 솟구치자 흐느낌을 감추기 위해 손으로 입을 가렸다. 모리건은 살짝 당황한 나머지 꼼짝도 못 하고 어쩔 줄 몰라 했다.

워니멀 사회와 예술 공동체가 대거 몰려와서 오페라 〈저주〉의 개막을 지원한 데는 또 다른 이유가 있었다. 크리스마스이브의 운명적인 사건이 벌어지기 전에, 주벨라 드 플림제는 혼자서 모든 의상을 디자인했다. 드 플림제가 눈 속에서 발견된 지 몇 주가 지났지만, 신문에는 드 플림제가 원더철에서 보인 이상 행동이 한 줄도 실리지 않았다(이 때문에 모리건은 주피터가 미심쩍어 한 것처럼 원협이 그 일을 쉬쉬하려 한다고 생각했다). 표범원의 설명하기 힘든 혼수상태를 다루기보다 이 유명 인사의 생애를 모든 각도에서 *강박적*으로 재조명하는 데 열중했다. 패션계와 오페라계 사람들은 하나같이 시즌이 시작되기도 전에 의상을 미리 보기 위해 프리뷰에 줄을 섰고, 드 플림제의 예술적 천재성이 잘 드러난 화려하고 지적인 작품이라는 찬사를 아끼지 않았다.

모리건은 도움이 될 만한 것을 찾아 방을 두리번거렸다. 마침내 휴지 상자가 눈에 들어왔다. 모리건은 침몰하는 배 위의 구명조끼인 양 그걸 움켜잡고 챈더 여사 앞에 내밀었다.

"주벨라는… 오늘 밤 챈더 여사님이 속상해하는 걸 바라지 않을 거예요." 챈더 여사가 거울을 들여다보며 살포시 위로 어린 미소를 지었다.

"그래." 챈더 여사가 코를 훌쩍였다. 그리고 모리건에게 미소로 화답하며 휴지를 한 장 뽑았다. "그래, 네 말이 맞아, 얘야. 오늘은 기념의 밤이야! 쇼는 계속되어야 한다는 말도 있잖아." 챈더 여사는 우아하게 자리에서 일어나 위엄 있는 자세를 취했다. "나 어떠니?"

모리건은 급하게 숨을 들이마셨다. 짙은 자주색과 한밤중 같은 검은색이 어우러지고 선명한 금속성 광택으로 가득한 실크 드레스를 입은 악녀 유포리아나가 눈부시게 빛나는 모습으로 눈앞에 서 있었다. 챈더 여사의 발 주변에 기름처럼 고인 옷감이 피부 위를 떠다니는 것처럼 보였다. 어깨를 덮은 흑장미

망토는 고운 은실로 수를 놓았고 복잡한 구슬 장식을 달았다. 머리에는 위로 동그랗게 말린 높다랗고 우아한 왕관을 썼는데, 한 쌍의 뿔을 닮은 그 왕관은 주벨라가 직접 단단한 오닉스(* onyx, 줄무늬가 있는 마노석 – 옮긴이)를 손수 조각해 만든 것이었다.

모리건은 너무도 경이로워 말도 잘 나오지 않았다.

"너무 아름다워요." 마침내 모리건이 말하자, 챈더 여사가 활짝 웃었다.

———— ∙ ————

사실대로 말하면 모리건은 오페라를 봐도 별로 즐겁지 않을 것 같았다. 주피터와 프랭크, 마사, 피네스트라와 함께 특별석으로 가는 대신 무대 뒤에서 챈더 여사를 돕겠다고 기쁘게 자원한 이유는 그 때문이기도 했다. (네버무어 오페라하우스에 모리건과 후원자에게 마련된 특별석이 있다는 사실을 알고도 이제는 왠지 놀라지 않았다. 특별석 문에는 후원자의 이름이 붙어 있었고, 그 밖의 모든 것이 구비되어 있었다.)

잭은 학교 공부가 너무 많다는 이유로 안타까워하며 개막일 밤 공연 초대를 거절했지만, 모리건에게 오페라는 꽤 지루하니까 졸지 말고 재밌어하는 표정을 연습해 두라고 몰래 귀띔했다.

하지만 조명이 켜지고 유포리아나가 첫음절을 노래했을 때,

모리건은 마법에 걸린 기분이었다. 무대 뒤에서 지켜본 마음을 울리는 음악과 감정 연기는 가슴을 뚫고 파고들어 심장을 찌르는 듯했다.

모리건은 준비 작업으로 정신없고 긴박한 무대 뒤에서 유포리아나 여왕의 이야기 조각을 하나씩 짜 맞췄다. 유포리아나는 백성이 두려워하고 증오하는 여인이었다. 버릇없는 어린 공주였던 시절에 유포리아나는 한 음유시인에게 무례하게 굴었고, 그의 이상한 음악과 언어를 비웃었다. 음유시인은 공주가 남은 평생 만나는 모든 사람에게 오해를 받을 것이라고 저주를 걸었다.

몇 년 후, 오해라는 저주를 받아 증오와 억울함으로 가득했던 유포리아나 여왕은 어느 날 시어볼드가 연기한 해픈챈스라는 여행자와 첫눈에 사랑에 빠진다. 하지만 유포리아나가 사랑을 증명하기 위해 하는 일마다 잘못되어 비극을 부른다. 입에서 나오는 말은 해픈챈스가 알아듣지 못하는 이상한 언어로 변했다. 여왕이 건넨 장미는 가시로 뒤덮여 남자의 손가락을 찌르고 피 흘리게 한다. 여왕은 마구간에서 가장 훌륭한 말을 선물하지만, 말은 남자에게 가자마자 머리를 걷어찬다(말을 연기한 배우는 실제 말원이었는데, 모리건은 그가 *매우* 설득력 있게 고난도의 연기를 잘 소화해 냈다고 생각했다). 하지만 모든 역경을 무릅쓰고 남자는 역시 여왕과 사랑에 빠진다.

챈더 여사가 연기하는 유포리아나의 비탄과 좌절이 손에 잡힐 듯 생생했다. 그 입에서 나오는 언어는 한마디도 알아들을 수 없었지만, 모리건은 어느 순간 감동으로 눈시울을 붉혔다.

"*나는 외로운 여행자일 뿐이오.*" 시어볼드가 해픈챈스가 되어 노래했다. "*그리고 나의 지친 마음은 길을 잃었소. 하지만 나는 그대에게서 어떤 대가를 치르더라도 쟁취해야 할 사랑을 찾았소.*"

"슐루덴베르디스 그롤 플람볼리쿠스, 멩크 플립 둘리애두 블럽 블럽 블럽." 첸더 여사의 유포리아나가 답가를 보냈다. (모리건은 마지막 부분이 실제 언어라기보다는 물고기가 물속에서 내는 소리와 더 비슷하다고 생각했다.)

중간 휴식 전의 마지막 이중주였다. 관객들은 넋을 잃었다. 모리건은 앞줄에서 실제로 흐느껴 우는 소리를 듣기도 했다. 챈더 여사와 무스원인 시어볼드가 화음을 이룬 목소리가 오케스트라와 함께 극적으로 높이 올라가며 1막의 피날레를 장식했다.

그사이, 모리건이 서 있는 곳의 맞은편 커튼 뒤에서 뭔가 소동이 일어났다. 모리건은 무대 의상을 입은 연기자들과 그림이 그려진 무대 장치를 유심히 둘러봤다. 말원 연기자가 미친 듯이 울어 대며 뒷발로 서서 발굽으로 쿵쿵 바닥을 구르고 있었다. 대여섯 명은 족히 되는 무대 담당자들이 말원을 진정시키려고 애쓰는 중이었다.

"*그대에게 내 목숨을 걸고 맹세하노니, 그대에게 내 심장을 주겠노라고.*" 무대 앞쪽으로 내려가 노래하고 있는 시어볼드는 커튼 뒤에서 무슨 일이 일어나는지 전혀 몰랐다.

"*휠룽크 메르크-베제르크 크린딩글리스, 윔블리 플루휠 훔벤 프프프휘휘휘르르르르휘휘르뤄르르르르트.*" 챈더 여사도 진심을 담아 답가를 불렀다. (마지막 부분은 혀를 내밀고 입술을 부르르 떨며 길게 야유하는 소리처럼 들렸다.)

말원은 사납게 머리를 흔들며 귀청이 찢어질 듯 날카롭게 울부짖었지만, 그 소리는 점점 커지며 고조되는 오케스트라의 음악에 파묻혔다. 모리건은 맥박이 빨라지는 것을 느꼈다. 대기 중이던 단원 몇 명이 모리건 뒤로 모여 걱정스러운 목소리로 조그맣게 이야기를 나눴다.

"빅터가 뭘 하는 거지?" 모리건 뒤의 목소리 하나가 소곤거렸다. "다시 무대에 올라가려는 거야?"

"이 장면에선 올라가면 안 되는데!"

"*말원*을 쓰니 이런 일이 생기지." 유포리아나의 경비병 의상을 입은 연기자가 투덜거렸다. "전문 배우가 아니잖아. 내가 그 역할을 맡을 수도 있었는데."

음유시인을 연기했던 남자가 조롱하듯 코웃음을 쳤다. "저 역을 맡으려면 발굽이 있어야 해, 스티븐, 이 멍청이야. 아! 저런! 도대체 뭐에 씌인 거야?!"

너무 순식간에 일어난 일이라 아무도 손쓸 수 없었다. 모리건은 말원이 무대 위로 맹렬히 질주해 페인트를 칠한 무대 장치를 뒤엎고, 챈더 여사에게 달려 내려가는 광경을 말없이 지켜봤다.

유포리아나 여왕의 오닉스 왕관이 소름 끼치는 쿵 소리와 함께 쓰러진 챈더 여사의 머리에서 굴러 떨어졌다. 이 장면이 공연의 일부인지 혼란스러워하는 분위기였지만, 곧 오케스트라가 연주를 멈췄다. 시어볼드가 미친 듯이 빙글빙글 돌고 있는 동료 말원에게 소리쳤다. "빅터! *뭐 하는 거야?*" 챈더 여사는 죽은 듯이 조용하게 쓰러져 있었다.

모리건은 목구멍 어딘가에서 심장이 쿵쾅거리는 기분이었지만, 주먹을 꼭 쥐고 억지로 원더를 불렀다. 오늘은 호손과 아기 데이브와 함께 꼼짝 못 하고 서 있었던 크리스마스이브의 기차 안과는 다를 터였다. 골더스의 밤과도 다르리라. 그때는 *다시* 행동하기엔 너무 느렸고, 결국 죽어라 뛸 수밖에 없었다. 이번에는 충격에 빠지고 겁에 질려 무엇이든 미약한 기술조차 쓰지 못한 채 가만히 서서 아무것도 하지 않는, 그런 일은 없을 것이다. 들킬까 봐 걱정할 시간이 없었다.

"*모닝타이드의 아이는 명랑하고 순하지……*"

원더가 즉시 몰려왔다. 지금껏 가장 빠른 속도였다. 원더는 모이고, 모이고, *또 모이고* 모여들었다. 공포가 모여드는 것만큼 맹렬하게 빨랐다. 모리건은 커튼을 붙잡고 마음을 조금 가라앉히려고 애썼다. 마치 바다 한가운데 서서 덮쳐 오는 원더에너지의 파도를 맞는 느낌이었다.

"빅터, 제발 멈춰!" 무대감독이 무대 위로 급히 올라오며 두 팔을 뻗었다. 빅터는 날카롭고 무서운 소리를 냈다.

모리건이 자리에서 흔들렸다. *"이븐타이드의 아이는—* **안돼!"**

말원이 뒷다리로 일어섰다. 높이 들어 올린 발굽을 쓰러져 있는 챈더 여사의 머리 위로 내리기 직전이었다.

모리건은 빅터가 있는 방향으로 짧고 빠르게 불을 뿜어낼 생각이었다. 딱 빅터를 놀라게 할 만큼만, 그래서 누군가 챈더 여사를 위험에서 구할 시간을 벌 수 있도록.

하지만 그렇게 되지 않았다. 불은 짧고 빠르게 *발사됐고* 그만큼 효과가 있었지만, 거기에서 멈추지 않았다. 갑작스럽게 무시무시한 *쉬익* 소리가 나더니 모리건이 잡고 있던 커튼에 불이 붙었다. 불은 마치 복수심으로 들끓는 생명체처럼 놀라운 속도로 번졌다. 극장이 비명으로 가득 찼다. 처음에는 무대 뒤에서 비명이 터졌고, 그다음에는 마침내 이 상황이 오페라의 일부가 아니라는 사실을 깨달은 관객 사이에서 비명이 터져 나왔다.

빅터는 마지막 순간에 챈더 여사에게서 돌아서더니, 돌연 맹렬한 목적이 생긴 것처럼 한숨도 뜸 들이지 않고 곧장 불을 향해 돌진하기 시작했다.

커튼이 화염의 벽처럼 무너져 내리면서 연결되어 있던 장비가 엄청난 굉음과 함께 떨어졌다. 그 소리에 말원은 더 거칠게 화를 냈다. 그냥 화가 아니었다. 그는 흉포했고, 스스로 통제할 수 없는 광란의 에너지로 가득했다. 모리건은 자신이 공포에 질린 와중에도 다른 사람의 공포를 느낄 수 있었다. 빅터가 이리저리 몸을 던지는 모습은, 마치 그 안에 있는 다른 무언가를 밖으로 나오게 하려는 발악 같았다. 말원의 흰 눈이 보였다. 그는 자신에게 일어나고 있는 일 때문에 겁에 질려 있었다.

그리고 그때, 다시 나타났다. 말원의 눈 뒤에서 위험하게 번뜩이는 초록 불빛이었다. 주벨라처럼. 브러틸러스가 그랬듯이. 모리건은 자신도 모르는 사이에 말원을 쫓아 무대 위로 달려나갔다.

말원은 무언가에 홀린 곡예마처럼 무대에서 뛰어내렸다. 불을 피해 비상구로 몰려가고 있던 관객들은 말원이 극장의 중앙 통로를 전속력으로 질주하자 황급히 옆으로 비켜섰다. 출구는 닫혀 있었지만, 빅터는 화물열차 같았다. 그는 그대로 문으로 돌진해 비명과 부서진 나뭇조각만 남긴 채 그곳을 빠져나갔다.

불과 1초도 안 되는 사이에 관객들은 다시 공포에 사로잡혔다. 무대에서 가장 가까운 특별석에서 거대한 회색 털공이 튀어 오르더니 좌석을 몇 개씩 가볍게 뛰어넘어 중앙 통로로 떨어졌기 때문이다. 피네스트라는 거의 1초도 머뭇거리지 않고 미친 말원을 뒤쫓기 위해 부서진 문을 향해 쏜살같이 달려 오페라하우스를 빠져나갔다.

주피터는 발코니에서 몸을 날려 무대 위로 뛰어내렸다(피네스트라처럼 우아하지는 않았지만, 최소한 팔다리는 부러지지 않았다). 그리고 곧바로 챈더 여사에게 가면서 오페라하우스 직원들에게 지시 사항을 외쳤다.

"저 불을 당장 꺼요. 소화기 더 없나요? 어서, *가져와요!*" 주피터가 무대감독을 가리켰다. "당신! 구급차를 불러요. 이 사람들을 전부 로비로 내보내고. 하지만 아무도 돌려보내면 안 돼요! 스팅크, 아니 경찰이 목격자 증언을 듣고 싶어 할 거예요. 챈더, 안 돼. 움직이지 말고, 가만히 있어요. 다 괜찮아요."

소프라노는 아주 미미하게 움직이면서 중얼거렸고, 섬세한 손을 머리로 가져갔다. 주피터는 그 옆에 무릎을 꿇고 앉았다. 그리고 모리건을 쳐다보면서 벨벳 재킷을 벗어서 접은 다음 챈더 여사의 머리 밑에 받쳐 주었다.

"괜찮니, 모그?" 주피터가 물었다.

모리건은 주피터를 보다가 챈더 여사를 바라봤다. 그리고 다 타서 잔해만 남은 무대를 쳐다보았다. 소화기 거품을 뒤집어쓴 채 여전히 군데군데 불이 붙어 있었다.

　모리건은 고개를 끄덕였다. 하지만 절대로 괜찮지 않았다.
이 중 어느 것도.

13장

"네버무어 오페라호오스의
워니멀 쇼크"

"대단해. 정말 대단해."

소파 침대 위에서 쿠션과 담요에 둘러싸인 챈더 여사는 신문을 펼쳐 들고 있었다. 주변에서는 금빛 연기가 뭉게뭉게 소용돌이쳤다. 원래는 자신의 스위트룸에 있어야 할 시간이었다. 의사가 적어도 3일은 침대에서 나오지 말라고 했지만, 챈더 여사는 정오가 되자 지루해졌다. 자신을 가마에 앉은 여왕처럼 긴 등받이 의자에 실어 스모킹팔러로 데려가 달라고 고집을 부렸다. 듀칼리온에는 그런 부탁을 기꺼이 들어주고 싶어 하는 헌신적인 직원으로 가득했다. 직원들은 선택받는 영광을 차지하기 위해 달려들었고, 결국 젊은 관리인 한 명과 부주방장 사이에 주먹다짐까지 일어날 뻔했다.

"뭐가 대단해요?" 모리건이 챈더 여사의 쿠션 위에 다섯 번째로 털썩 뛰어들며 물었다. "오페라 리뷰 기사예요?"

"리뷰?" 챈더 여사가 씩씩거리며 말했다. 손목은 부러지고 머리는 반쯤 붕대를 감고 있었지만, 챈더 여사는 모든 면에서 전날 밤 우아한 유포리아나 의상을 입었을 때만큼이나 여왕 같아 보였다. "*리뷰라고? 무슨 리뷰?* 〈저주〉의 리뷰는 단 한 건도 없어. 「파수꾼」에도 없고, 「모닝 포스트」에도, 「*거울*」에도 없어." 챈더 여사는 네버무어에서 지저분하기로 일등인 타블로이드 신문 1면을 내밀었다.

모리건은 얼굴을 찡그리며, 헤드라인을 이해해 보려고 애썼다. "철자가 잘못―"

"그래, 그 사람들은 이게 *재미있다고* 생각하겠지." 챈더 여사는 코를 훌쩍이며 불쾌한 신문을 옆으로 던졌다. "기사 내용이 온통 말원이랑 그… 그런 얘기들이야. 내 연기에 관한 건 한마디도 없어. 시어볼드에 관해서도 그렇고! 심지어 드 플림제의 의상은 *언급조차* 하지 않았어."

모리건은 바닥에 떨어진 신문을 집어 들고 읽기 시작했다.

얼굴이 점점 더 찌푸려졌다.

네버무어 오페라호오스에서 벌어진 워니멀 쇼크!

(＊ OPERA HORSE, House를 Horse로 고쳐 말장난을 의도한 것 – 옮긴이)

최고의 소프라노 가수 챈더 칼리 여사가 어제 구스타프 모나스틴의 오페라 〈저주〉 개막 공연 무대에서 과격 워니멀의 포악한 묻지 마 공격을 받아 부상을 당했다. 불만을 품은 말 배우 빅터 올더쇼('말' 역할)가 1막 피날레 장면에서 여주인공을 잔인하게 짓밟았으며, 이를 지켜보던 이들은 공포를 느꼈다고 토로했다.

많은 사람이 공격의 동기를 추측했다.

극단 단원인 스티븐 롤린스–헌팅턴은 이렇게 말했다. "빅터는 야심이 아주 큰 친구죠. 의욕이 넘치고요. 내 말은, 더 큰 배역을 차지하려고 무슨 짓이든 할 사람이라는 거예요. 솔직히 그 친구가 어떻게 '말' 역할을 맡았는지 아무도 몰라요. 많은 사람이 내게 말했죠. 내가 그 역할에 더 잘 어울렸다고. 물론 극장에서 경력도 내가 훨씬 더 많고요. 어떻게 된 일인지, 그걸 알고 싶네요."

모리건이 신문에서 시선을 들었다. "그럼, 경찰은 이 일이 고의적이었다고 보는 거예요? 그 말인이, 빅터가 챈더 여사님을 *일부러* 공격한 거라고요?"

"경찰은 그렇게 생각 안 한단다, 얘야." 챈더 여사가 말했다. "경찰의 판단에 관한 건 한마디도 없지. 이 기사에는 「거울」이 어떤 여론을 형성하고 싶어 하는지 가감 없이 드러나 있어. 오늘 아침에 이 사건에 대한 내 입장을 얘기하고 싶어서 신문사에 연락해 봤지만, 역시나 관심이 없었어. 「거울」은 질 높은 탐사 보도로 이름을 떨친 적이 없단다. 오히려 기회가 있을 때마다 워니멀을 비방하는 것으로 *아주* 유명하지. 빅터만 불쌍하게 됐어."

"그 사람들은 왜 워니멀을 싫어해요?" 모리건은 기사를 한 번 더 훑어보며 물었다. "내가 크리스마스 때 원더철에서 드 플림제를 만났던 일을 얘기했을 때 주피터 아저씨도 같은 말을 했어요. '타블로이드 신문들은 워니멀이 위험한 행동을 했다는 이야기를 아주 좋아하지'라고요."

챈더 여사는 한숨을 푹 쉬더니, 머리에 감긴 붕대를 고치며 얼굴을 움찔했다. "얘야, 너도 누구보다 잘 알잖니. 사람들은 자기가 두려워하는 걸 싫어하고, 이해하지 못하는 걸 *대부분* 두려워한단다. 내 생각에는 워니멀이 여전히 수수께끼 같은 존재라서 위협적으로 여기는 사람들이 있는 것 같아. 특히 전부 그런 건 아니지만 기성세대일수록 더 그렇지."

"어째서요?"

"그야, 물론 우리 *젊은 세대*(챈더 여사는 모리건보다 적어도 스무 살은 더 많았기 때문에, 모리건은 이 부분에서 눈을 너무 휘둥그레 뜨지 않으려고 애썼다)에게 워니멀은 언제나 사회의 일부지. 워니멀의 권리라는 게 상당히 새로운 개념이라는 걸 우리는 곧잘 잊고 살지만, 불과 8~9연대 전까지만 해도 워니멀을 애완동물처럼 키우는 게 합법이었단다."

모리건은 처음 듣는 얘기였다. "애완동물이라니. 그러니까… *애완동물처럼요*? 워니멀 같은? 목줄도 하고 가죽끈도 달고, 그리고 또, 깜찍한 이름도 지어 주고 그렇게요?" 모리건은 말하는 것만으로도 속이 메스꺼웠다.

"음, 그리고 때로는 마녀에게 봉사하는 동물로 여겨지기도 했어." 챈더 여사가 암울한 얼굴로 말했다. "다행히 지금 우리는 좀 더 공정하고, 더 많은 것을 깨우친 연대에 살고 있지. 어떤 사람들은 여전히 우리가 어둠 속에 있기를 바라지만." 챈더 여사는 「거울」을 노려보았다. "모리건, 얘야. 몸이 으슬으슬 춥구나. 저 쓸모없는 물건을 난로에 던져 넣어 줄래?"

모리건이 잠에서 깼을 때 피네스트라와 주피터는 둘 다 어딘

가 가고 없었다. 잭이 점심시간에 기숙학교에서 집으로 돌아왔을 때도 둘은 여전히 나타나지 않았다.

잭은 주말까지는 집에 올 예정이 없었는데, 「거울」의 기사를 보고 챈더 여사가 괜찮은지 확인하고 싶어 했다. 병상에 누운 소프라노는 "세상에서 제일 사랑스럽고 사려 깊은 소년"이라 칭하며, 잭에게 자신의 찻주전자에 물을 채울 영광을 선사했다.

"어젯밤 일에 관해 약간 혼동이 있는 것 같아." 그날 오후 늦게 잭이 모리건에게 말했다. 두 사람은 로비에서 시간을 보내며 카드 게임도 하면서 주피터가 돌아오기를 기다렸다. 모리건은 후원자가 문을 열고 들어오자마자 묻고 싶은 게 많았다. "어떤 신문은 극장에 불이 나는 바람에 말원이 깜짝 놀라서 뛰쳐나가다 챈더 여사를 쓰러뜨렸다고 하고, 어떤 신문은 누가 일부러 불을 냈다고 하고. 아, 그리고… 9야?"

"고 피시(* Go fish, 서로 패를 유추해 상대방이 든 카드의 숫자나 글자를 맞히는 게임으로, 상대가 내 카드의 숫자를 틀리면 '고 피시'를 외침. – 옮긴이)." 모리건이 입속에서 볼 안쪽 살을 잘근잘근 씹으며 말했다. 잭은 신음 소리를 흘리며 이미 카드가 수북한 손에 카드 한 장을 더했다. "그런 일이 전부 다 있긴 했지… 순서는 틀렸지만. 퀸 있어?"

잭이 입을 비죽거리더니 모리건에게 카드를 던졌다. "그럼 네가 그랬구나? 그 불?"

"맞아."

잭은 웃어야 하나 말아야 하나 망설이는 얼굴이었다. "그냥… 그냥 네버무어 오페라하우스에 불을 지르고 싶었던 거야? 아니면…….."

모리건이 눈을 굴렸다. "바보 같은 소리 하지 마."

"뭐, 난 모르잖아?" 잭이 몸을 앞으로 숙이며 목소리를 낮췄다. "어떻게 된 거야?"

모리건은 빅터가 갑작스럽게 공격했던 것과 그 뒤에 일어난 일을 설명했다.

"어떻게 해야 할지 모르겠더라고." 모리건이 말했다. "그래서 그냥… 모르겠어, 내가 빅터를 놀라게 하거나 뭔가 할 수 있을 거라고 생각했어."

"음, 너무 겁에 질려서 그래." 잭이 골똘히 생각하며 말했다.

"웃기지 마."

잭이 히죽히죽 웃었다. "7?"

"고 피시. 작은 불만 나가야 했는데… 뭐, 그렇게 된 거야. 불이 났지."

"불은 번지거든." 잭이 말했다. "그걸로 유명해."

"시끄러워. 에이스?"

"고 피시. 어쨌든 효과는 있었던 것 같네." 잭이 지적했다.

"빅터를 쫓아냈잖아."

모리건은 움찔 놀랐다. 불 때문에 혼란스러워하면서 동요하던 빅터가 극장 문을 부수고 빠져나가던 모습을 떠올렸다. "그런 것 같아."

"그런데 그거 우연의 일치가 아닌 거지?" 잭이 우울한 얼굴로 다시 몸을 똑바로 하고 의자에 앉았다. "드 플림제, 브러틸러스 브라운. 그리고 이번 일까지. 우연일 리가 없어. 뭔가 아주 이상해."

모리건이 하고 싶은 말이었다. 그리고 주피터가 지금 밖에 나가서 이게 정확히 무슨 일인지 알아보고 있을 거란 느낌이 왔다.

———◆———

핀은 조금 뒤에 듀칼리온으로 돌아왔지만, 주피터는 함께 오지 않았다. 핀은 주피터가 어디로 갔는지 알지 못했다. 어쩌면 말하지 않는 것일지도 몰랐다. 모리건과 잭은 성묘가 로비로 어슬렁어슬렁 걸어 들어온 순간 그쪽으로 달려갔고, 핀이 총총걸음으로 나선형 계단을 올라가는 내내 뒤를 졸졸 따라갔다.

"온종일 어디 갔던 거야?" 잭이 캐물었다.

"알 거 없어 대로에Nunya Business Boulevard." 피네스트라가 말했

다. "아름다운 곳이지. 지금도 가고 싶어."

"오페라하우스를 나간 뒤에는 어떻게 됐어요?" 모리건이 물었다. "그 워니멀은 잡았어요, 못 잡았어요?"

"그렇다고 할 수도 있고. 챈더 여사는 어디 있지?"

"스모킹팔러에." 잭이 핀을 사이에 두고 모리건의 반대쪽에서 튀어나오며 말했다. "그렇다고 할 수도 있다고?"

"너희 둘, 나를 *포위해야겠어*?" 피네스트라가 투덜거리며 눈을 굴렸다. "정확히 말하면 내가 잡을 필요가 없었단 뜻이야. 몇 블록이나 쫓아갔는데, 그 성가신 녀석이 만든 난장판을 피해 다니느라 다리가 부러질 뻔했다고. 교통사고도 두 번이나 내고 상점 앞도 세 군데나 부셔 놓고. 마지막에 막다른 골목으로 몰아넣었을 때도 벽돌담을 부수려고 했다니까."

모리건이 움찔했다. 모리건은 브러틸러스 브라운의 섬광을 봤다. 마치 무언가를 파괴하고 싶어 하는 것 같은, 무심하고 폭력적인 분노였다. 분명 *모리건*을 파괴하려 했다.

"자기도 심하게 다쳤어." 핀은 스모킹팔러에 들어가면서 계속 말했다. "사방에서 피가 났지. 그런데도 일어나더니 또 벽을 부수려고 하고, 또 시도하고."

"*뭐라고?*" 잭이 말했다. "아니 왜—"

"그 말원은 제정신이 아니었어." 소파 침대에서 조용한 목소리가 들리더니, 쿠션 더미 속에서 프랭크의 머리가 불쑥 나타

났다. 챈더 여사는 긴 의자에서 잠들어 있었다. "우리 모두 극
장에서 다 봤어. 누구나 알 수 있었어. 그 친구는 완전히 정신
이 나갔다고."

핀은 난로 앞 깔개를 발톱으로 긁었다. "벽을 네 번이나 들이
받았어. 꼭 큰 혼란을 일으키고 싶어 하는 뭔가가 몸 안에 들어
가 있는 것 같았다고. 그러다가 돌아서서 나를 보더니 그냥…
포기했지. 바닥에 엎드리더라고."

"만약 성묘가 어두운 골목에서 나를 막다른 곳으로 몰았다
면" 하고 잭이 말했다. "아마 나도 포기하고 엎드렸을 거야."

"아니야, 그런 게 아니었어." 핀이 시나몬롤처럼 몸을 동그
랗게 말며 말했다. "날 두려워하지 않았어. 내가 자기를 *쫓아왔
다*는 것도 그제야 알았던 것 같아. 그러니까 그냥 미쳐 날뛰었
던 거야. 나한테 달려들 수도 있었을 텐데… 그렇게 못했을 뿐
이지. 가진 걸 하나도 남김없이 다 써 버렸으니까. 눈에서 생명
의 기운이 다 빠져나갔어. 눈도 깜박이지 않았지. 숨도 다 넘어
가고."

"주벨라 드 플림제처럼." 모리건이 말했다. "드 플림제는 눈
속에 반쯤 파묻힌 채 발견됐잖아요. 그러고 나서 어떻게 됐어
요, 핀?"

성묘는 입을 쩍 벌리고 하품하며 날카로운 이빨을 한가득 내
보였다. 그리고 졸린 듯 어깨를 으쓱였다. "스텔스가 나타나서

255

데려갔어."

"스텔스가요?" 모리건이 비명을 지르듯 말했다. "스텔스는 뭐래요? 어디로 데리고 갔어요?"

"모르지." 핀이 말했다. "스텔스라니까. 그 사람들은 친절하게 시간을 내서 설명 같은 걸 해 주지 않아."

모리건과 잭은 시선을 교환했다. 원드러스협회의 고위급 극비 수사부가 연루되었다면, 뭔가 이상한 일이 벌어지고 있는 게 분명했다.

모리건은 이맛살을 찌푸리며 마음을 달래 주는 우유와 꿀 연기를 깊이 들이마셨다. 핀의 설명을 들으니 골더스의 밤이 생각났다. 갑자기 그때로 되돌아간 기분이 들었다. 광분한 곰원. 폐소공포를 느끼게 했던, 끝없이 덮쳐 오던 끔찍한 파도. 갑작스럽게 느껴지던 타들어 가는 듯한 다리의 통증. 번뜩이던··· 초록빛의 섬광.

"핀, 빅터의 눈을 봤어요?" 모리건이 물었다. "눈이 이상하진 않았어요?"

핀이 그 물음에 어리둥절한 표정을 지었다. "눈? 그런 건 못 느꼈는데."

"정말요?" 모리건이 다그쳐 물었다. "확실해요? 눈이··· 초록색으로 변했다거나, 아니면 별처럼 반짝였다거나—"

"확실해." 성묘는 졸린 듯 한 번 더 하품하고는 기지개를 켠 다음 깔개 위에서 데구루루 굴렀다. "이제 다 괴롭혔으면, 난 오늘 못 잔 낮잠 일곱 번을 지금부터 해치우고 싶은데."

14장

할로우폭스

주피터가 그날 밤에 돌아왔는지는 모르지만, 어쨌든 모리건은 만나지 못했다. 모리건이 주피터를 본 건 다음 날 아침, 멀찍이 떨어진 곳에서였다. 원협 회원 전체가 집회소에 불려 가중요한 발표를 듣는 자리였다.

좋은 소식은 아니었다.

퀸 원로는 연단에 올라서서 말했다. "지금까지 몇 주 동안 우리는 네버무어에서 일어난 일련의 사건이 우리와 관련 있다고 믿고 조용히 조사를 했습니다. 지금은 그 믿음이 확신이 되었지요."

"어떤 사건은 여러분도 알 겁니다. 예를 들어, 알 수 없는 질병에 걸린 디자이너 주벨라 드 플림제 사건도 그중 하나입니다. 우리 하급생 한 명이 최근 공격받았다는 사실을 이미 알고 있는 학생들도 있을 겁니다. 그에 관한 소문이 떠돌고 있다는 것 역시 알고 있습니다." 이 말을 들은 919기 동기들이 일제히 고개를 돌려 모리건을 바라봤지만, 모리건은 똑바로 앞만 주시했다. "많은 사람이 의심했던 부분을 확인하게 되어 유감입니다만, 그 사건의 공격자는 우리 회원 가운데 한 명이었습니다. 교사였지요."

좌중이 조용해졌다. 이 끔찍한 발표에 충격을 받은 사람들은 잠시 말을 잃었다. 그러다가 점점 수군거리기 시작했다. 경악에 물든 사람들은 반감을 드러내며 가해자가 누구일지 추측했다.

"세 번째 사건은 지난 주말에 발생했습니다." 퀸 원로가 목소리를 높였다. "여러분도 뉴스 보도를 봤을 겁니다. 이번에도 협회 회원 한 명이, 네버무어 오페라하우스에서 일어난 폭력적인 공격의 피해자가 됐습니다. 다행히도 두 사건 모두 부상이 경미했고, 피해자들은 완전히 회복됐습니다."

모리건은 무지막지한 발톱 자국이 남은 흉터를 타고 분한 마음이 찌르르 번지는 것을 느꼈다.

"*경미했다고?*" 모리건이 나지막이 말했다. "되게 관대하시네."

호손이 모리건을 보며 씩 웃었다. "다리가 잘린 건 아니니까. 안 그래?"

퀸 원로가 말을 이었다. "하지만 우리가 조사한 사건은 이것뿐만이 아닙니다. 사실 지금까지 거의 10여 건의 사건이 있었고, 그 수는 계속 증가하고 있습니다. 이러한 공격은 네버무어 시민에게 큰 위협이 되고 있습니다. 우리는 대책 본부를 설치해 최대한 신속하고 철저하게 문제를 처리하려고 합니다. 대책 본부는 앨리어스 사가 원로님의 감독하에 주피터 노스 대장이 이끌고 있습니다. 노스 대장에게 지금까지 조사한 내용을 모두에게 알려 달라고 부탁했지요. 주브?"

케이든스가 모리건 쪽으로 몸을 숙였다. "아저씨가 연관된 거 알고 있었어?"

"완전히 몰랐어." 모리건이 시인했다. "날 잘 살펴봐 봐. 내가 전혀, 하나도 놀라지 않는 거 보이지?"

"아저씨는 이미 맡은 일이 400개 정도 되지 않아?" 호손이 물었다.

모리건은 한숨을 쉬었다. "맞아. 아저씨한테 필요한 건 책임질 일을 하나 더 만드는 거거든."

이 일 때문에 주피터는 또 얼마나 자주 듀칼리온을 비울까,

모리건은 궁금했다.

주피터가 스위치를 탁 쳤다. 그러자 입체형의 거대한 네버무어 지도가 연단 위에 나타났다. 지도가 어찌나 밝은지 실내 전체를 환히 비쳤다. 도시 곳곳에 점점이 흩뿌려진 붉은빛이 보였다. 모리건은 그중 한 점이 그랜드대로의 서쪽 끝이라는 것을 바로 알아챘다. 네버무어 오페라하우스가 있는 곳이었다. 텐터필드 원더철역 바깥쪽에도 점이 하나 있었다. 브러틸러스 브라운이 모리건과 엘로이즈를 쫓아왔던 지점이었다. 세어 보니 지도 위에는 그것 말고도 아홉 개의 점이 더 있었다.

정말 그렇게 많은 공격이 있었던 걸까? 저걸 어떻게 비밀에 부쳤을까?

"우리 모두 이 일이 매우 이례적이고 우려되는 행동이라는 데 동의할 거라고 생각합니다. 특히 우리 가운데서 벌어진 일들은 더욱더 그렇지요." 주피터가 말했다. "우선, 이게 조직적인 공격이나 모방 범죄는 아니라고 말씀드립니다. 스텔스는 그 가능성을 수사 초기에 배제했습니다. 어제 우리의 전임 우니멀 학자인 발레리 브램블 박사와 원협 부속병원에서 나온 말콤 루트위치 박사가 한동안 의심해 왔던 문제를 확인했지요."

"공격자들은 모두 알려진 바 없는, 매우 공격성 높은 바이러스에 감염됐습니다. 이 바이러스는 정상적인 뇌 기능을 정지시키고, 변덕스럽고 폭력적인 행동을 유발합니다. 제가 무엇보다 강조하고 싶은 부분은 *자신도 모르게* 그런 행동을 하게 된다는 겁니다."

주피터는 진지하게 말을 이었다. "지금쯤 많은 분이 깨달았으리라 생각하는데, 공격자들에게는 또 다른 공통점이 있습니다. 모두 워니멀이라는 점이지요."

"그게 브램블 박사와는 무슨 관계가 있는 거죠?" 뒷자리에서 누군가 큰 소리로 물었다. "브램블 박사는 우니멀 학자입니다. 워니멀은 우니멀과 달라요. 이런 말을 몇 번이나 더 해야 하는 건지 모르겠네요."

여기저기서 박수가 터져 나오고, 몇몇 사람은 환호를 보냈다. 모리건이 자리에 앉은 채로 몸을 돌려 이의를 품은 사람을 찾아보니, 비주류 워니멀 회원이었다. 초록빛이 도는 피부와 툭 튀어나온 노란 눈으로 보아 도마뱀원인 것 같았다.

언짢아하는 분위기가 커지자 브램블 박사가 자리에서 일어났다. "은연중에 모욕을 느꼈다면 사과드립니다, 그레이브스 씨." 브램블 박사는 한 손을 가슴에 얹으며 말했다. "그 말이 맞아요. 나는 워니멀 전문가가 아닙니다. 하지만 우니멀에서 발원해 워니멀 개체군으로 옮겨 간 질병이 많습니다. 이번에도 같은 상황일 가능성이 있지요. 저는 기절하는 미어캣 증후군이나 말 경주 독감, 심지어 여우 천연두에서도 비슷한 증상을 확인한 적이 있습니다. 우리가 무시해서는 안 되는—"

"이건 기절하는 미어캣 증후군하고는 아무런 관계가 없어요." 좌석 중간에서 작은 목소리가 말했다. 모리건은 누가 말했는지 알 수 없었지만, 조그마한 중산모를 쓴 작은 털북숭이 신사가 옆자리에 앉은 회원의 머리 꼭대기에 올라서서 "미안해요. 괜찮으시면, 고마워요, 배리"라고 중얼거리는 게 보였다.

미어캣원은 목청을 가다듬고 브램블 박사와 회원들에게 말했다. "우리 루실 아주머니가 기절하는 미어캣 증후군으로 돌아가셨어요. 끔찍한 질병이죠. 아주머니가 기절할 때마다 우린 다시 깨어날지 어떨지 알 수 없었어요. 그러던 어느 날… 깨어나지 못하셨죠. 아주머니가 정말 보고 싶군요. 난 아주머니가 닥치는 대로 사람들을 공격하고 다니는 포악한 우니멀인 것처럼 얘기하는 걸 보고만 있지는 않을 겁니다!"

"옳소, 옳소." 뒷자리에 앉아 있던 도마뱀원이 말하자, 여기저기서 더 많은 박수와 환호가 쏟아졌다.

"브램블 박사의 얘기는 그런 게 아니에요." 주피터가 소음 속에서 소리쳤다. "분명히 말씀드리자면, 우리는 아무것도 모르기 때문에 그 무엇도 배제할 수 없어요. 우리는 이 일의 진상을 규명하기로 했고, 어떤 단편적인 정보라도 찾을 수 있는 건 모두 써먹을 겁니다."

"우리는 이 바이러스가 어떻게 전파되는지 몰라요. 하지만 질병은 퍼지고 있습니다." 주피터는 지도를 가리키며 멈추지 않고 말했다. "*빠르게요*. 이건 우리가 알고 있는 바이러스 사상자들입니다. 붉은 점은 바이러스가 최고조에 달했을 때의 감염자들 위치를 나타냅니다. 바이러스가 몸에서 빠져나가기 전, 그러니까 워니멀들이 의식불명 상태에 이르기 전으로 보입니다. 우리가 정점으로 보는 지점이기도 합니다. 이 정점의 순간은 어떤 워니멀에게는 몇 분, 또 어떤 워니멀에게는 최대 한 시간까지 지속되는 것 같습니다. 이때의 특징을 보면, 폭력적이고 제정신이 아니며 통제할 수 없는 공격적 행동을 합니다. 그 행동은 때로는 사람을 향하고, 때로는 공공재를 대상으로 일어납니다. 그리고 때로는 자기 자신을 향하기도 하고요. 이런 광란의 정점과 뒤이은 의식불명 상태로 인해, 이 질병은 감염된 워니멀뿐 아니라 그 주변의 모두에게 위험 요소가 됩니다."

"죄송하지만, 노스 대장." 치어리 씨가 손을 번쩍 들었다. "*사상자*라는 표현을 쓰셨는데, 사망자도 있다는 말씀인가요?"

"사망은… 아니에요. 없어요. *사상자*는 잘못된 표현일 수도 있습니다." 주피터가 왼쪽 관자놀이를 문질렀다. 피곤해 보였다. 그는 최고원로위원회가 앉아 있는 쪽을 바라보며 잠시 망설였다. 무언가를 말하기 전에 허락을 구하는 것 같았다. 모리건은 퀸 원로가 말없이 고개를 끄덕이는 모습을 목격했다.

"감염된 워니멀들, 그러니까 우리가 알고 있는 감염자들은 왕립 라이트윙 워니멀 병원에서 이곳 원협 부속병원의 격리병동으로 이송해 보살피면서 따로 추적 관찰하고 있습니다. 다행인 건, 이제 바이러스가 없는 것처럼 보인다는 점입니다. 문제는 그들이, 달리 뭐라고 표현할 수 있을지 모르겠는데, 비어 있다는 것이고요."

집회소 안의 정적이 걸쭉하게 우린 육수처럼 짙어졌다. 주피터의 말은 허공을 떠돌았고, 그 무거운 충격이 모든 이들의 머리 위에서 위협적으로 떨어졌다.

"그 질병이, 우리는 할로우폭스*Hollowpox*라고 부르는데, 할로우폭스가 몸을 떠날 때 거의 모든 것을 다 가져가는 것으로 보입니다. 저 같은 위트니스가 아니면 그게 명확하게 보이지는 않겠지요. 하지만 그 워니멀들은 *그저 의식불명인 게 아니라*… 뭐랄까… *텅 비었어요.* 자아 감각도 없고, 뇌 활동도 없어요. 완전히 무반응이에요. 이런 현상이 일시적일 수도 있다는 희망을 가지고 있지만, 지금으로서는 확실히 알 수 없습니다."

모리건은 전날 핀이 묘사했던 빅터의 모습을 떠올렸다. *눈에서 생명의 기운이 다 빠져나가고, 눈도 깜박이지 않았으며, 숨도 다 넘어갔다고,* 피네스트라는 말했다.

웅성웅성 수군거리는 소리가 쏟아졌고, 사람들은 주변을 둘러보기 시작했다. 협회에는 워니멀 회원이 인간 회원만큼 많지는 않았지만, 오늘은 갑자기 평소보다 더 눈에 띄는 것 같았다. 모리건은 황소원인 사가 원로를 유심히 바라보았다. 그의 표정은 헤아리기 어려웠다.

"묻고 싶은 게 많을 겁니다." 주피터의 말이 끝나기 무섭게 숲을 이루듯 수많은 손이 쑥쑥 올라왔다.

"인간한테는 어떤가요?" 누군가 큰 소리로 물었다. "우리도 이 병에 걸릴 수 있나요?"

"우리가 어떻게 하면 그 병을 막을 수 있죠?" 여전히 옆 사람의 머리 위에 앉아 있던 미어캣원이 물었다.

"공격을 멈추려면 어떻게 해야 합니까?"

"자원봉사자가 필요하진 않습니까, 노스 대장?"

"치료법은 있나요?"

주피터가 두 손을 들어 보였다. "한 번에 한 명씩만 부탁드립니다. 첫째로, 할로우폭스는 인간 숙주에게 침투하는 성질이 없거나, 어쩌면 침투를 못하는 것일 수도 있습니다. 워니멀의 몸에서만 활발한 활동이 가능한 것 같아요. 하지만 다시 말씀드리자면, 어떤 가능성도 배제하지 않고 있습니다."

"왜냐면 아무것도 *모르니까*." 919기가 앉은 곳에서 몇 줄 뒤 떨어진 자리에서 바즈 찰턴이 야유했다. "쓸데없이 모르는 것만 가득하군."

케이든스가 넌더리를 치며 조그맣게 투덜거렸다. "*맙소사,* 잠자코 있는 법이 없지."

모리건은 코웃음을 쳤다. 케이든스가 자신과 주피터만큼이나 자기 후원자를 싫어해서 다행이었다. 바즈 찰턴은 정말 *끔찍했고*, 모리건의 모든 경멸을 한 몸에 받을 만했다.

다른 한편으로는, 친구가 안타까웠다. 모리건은 다른 사람들이 존경하는 훌륭한 후원자가 있다는 게 자랑스러웠다. 하지만 케이든스는 바즈 찰턴과 억지로 엮여 있었고, 바즈 찰턴은 케이든스에게 전혀 관심이 없었다. 아니, 자신이 끌어모은 어마어마한 수의 지원자와 학생 누구에게도 관심이 없었다. 그런 사람을 후원자로 두기에는 케이든스가 너무 아까웠다.

"맞아요." 주피터가 맞장구치며 바즈 찰턴의 눈을 똑바로 바라봤다. "이 일은 우리 모두 처음 마주하는 완전히 새로운 위협입니다. 당신이 더 쓸 만한 정보를 알고 있다면, 찰턴 씨, 아무려면 어때요. 올라와서 우리에게 들려주시죠."

바즈 찰턴은 주피터의 제안을 무시한 채 자기 말을 계속했다. "그 병이 워니멀만 걸리는 거라면, 워니멀을 전부 같이 격리하는 건 어때요? 아주 간단하죠. 우리는 빼놓고 자기들끼리 공격하겠죠."

갑자기 **쿵** 소리가 들렸다. 사람들은 겁을 집어먹은 채 말없이 사가 원로를 바라보았다. 사가 원로는 커다란 발굽으로 연단을 구르고 벼락이 떨어질 것 같은 얼굴로 바즈를 노려보고 있었다.

"왜요?" 바즈 찰턴이 애써 결백하다는 표정을 지어 보였다.

"나쁜 뜻으로 한 말은 아니에요, 사가 원로님. 그게 그저… 아시겠지만……."

바즈 찰턴은 말꼬리를 흐렸고, 사가 원로는 그가 맥없이 자리에 주저앉는 모습을 잠자코 바라봤다.

"앞서 퀸 원로께서 할로우폭스 대책 본부를 언급하셨지요." 주피터가 말을 이어 갔다. "스텔스의 리버스 경위와 사가 원로님 그리고 제가 함께 공격을 억제하고, 충격을 줄이고, 다시 사건이 발발하기 전에 예방할 수 있도록 충분히 공부하며 노력하고 있습니다. 브램블 박사님과 루트위치 박사님은 질병의 증상과 원인을 조사 중이며, 홀리데이 우는 대중의 주의분산을 위해 힘쓰고 있습니다."

"그런데 홀리데이는 일을 잘 못하고 있네요?" 바즈 찰턴이 다시 입을 열었다. "이번 주말 신문에 난 기사를 우리가 전부 다 읽게 된 걸 보면."

주피터가 무슨 말을 하려고 했지만, 홀리데이 우가 직접 나섰다.

"그럼 다른 공격 사건에 관해서도 아는 게 있으면 말씀해 보시죠, 바즈?" 홀리데이 우는 자리에서 일어나거나 뒤를 돌아보는 것조차 귀찮다는 듯이 냉정하게 말했다. "아는 게 없다는 건 늘 알고 있지만요. 그게 다 내가 잘 잠재웠기 때문이에요. 이렇게 하면 어떨까요? 나는 내 할 일을 하고, 당신은 당신 할 일을 하는 거예요… 무슨 일을 하는지는 모르겠지만. 아마도 역한 냄새를 풍기고 멍청한 말을 할 수밖에 없는 그런 일이겠죠."

웃음이 터져 나오면서 집회소의 긴장감이 조금 풀어졌다. 모리건은 심지어 사가 원로마저 슬며시 큭큭 웃고 있는 걸 발견했다.

"감염된 워니멀들은 어쩌죠, 노스 대장?" 웃음소리가 잦아들자 귀에 익은 조용한 목소리가 물었다. 모리건이 고개를 돌려 보니 자리에서 일어난 소피아가 앞발 하나를 들고 있었다. 모리건은 무슨 일로든 웃어서 좋다고 생각한 것에 죄책감을 느꼈다. "비어 있다고 말씀한 그 워니멀들 말이에요. 그들은 어떻게 되나요?"

"아직은 모릅니다." 주피터는 심호흡을 한 번 하고 나서 대답했다. "하지만 환자들은 안전하고, 부속병원에서 매우 유능한 인력들이 돌보고 있습니다. 그리고 우리는 치료법을 찾기 위해 열심히 노력하고 있다는 걸 단언합니다."

15장

고사메르 정원

　그날 오후 지하 9층에서 모리건과 소피아는 『유령의 시간』을 휙휙 넘겨보며 루크가 계획해 둔 수업을 찾으려고 애썼다. 처음 있는 일은 아니었지만, 그날도 공부방은 텅 비어 있었다. 모리건은 다들 일하러 갔거나 수업을 들으러 갔으리라 짐작했다. 이따금 찻숟가락으로 찻잔을 젓는 소리와 조심스럽게 목을 가다듬는 소리 말고는 놀라울 정도로 쥐 죽은 듯 조용했다.

　정적이 특히 무거운 이유는, 코끼리만큼 큰 어떤 주제를 꺼내지 않으려고 서로 회피하고 있었기 때문이다. 결국 모리건이 참지 못하고 입을 열었다.

"소피아의 비기는 뭐예요?"

묻고 싶은 게 많았지만 이 질문은 아니었다. 모리건이 묻고 싶었던 건 *걱정돼요, 소피아? 할로우폭스에 걸릴까 봐 무서운 가요? 사람들이 치료법을 곧 찾아낼 수 있을까요?* 같은 것이었다. 하지만 여우원은 아침의 *C와 D* 집회에 대해 한마디도 언급하지 않았고, 모리건은 소피아를 속상하게 할까 봐 먼저 그 이야기를 꺼내기가 불안했다. 어쨌든 요점만 말하면, 모리건은 걱정됐다. 모두 걱정하고 있었다.

"나? 나는 죽은 걸 살아나게 해." 소피아는 앞발로 태연히 책장을 훑으며, 마치 세상에서 제일 재미없는 정보를 전하는 것처럼 말했다. 꼭 *나? 나는 치즈 샌드위치를 만들어라고 말하는* 것 같았다.

모리건은 눈을 껌벅였다. "지금… 미안하지만, 방금 그 말은 *죽은 걸―*"

모리건이 전에 없던 호기심을 한껏 드러내자, 소피아가 고개를 들고 미안한 듯이 웃었다. "아, 아아, 아니야. 흥분하지 마. 알고 보면 그렇게 대단한 건 아니야. 사람이나 워니멀에게는 효과가 없거든. 큰 우니멀한테도. 작은 우니멀도 그렇고."

"어디에 효과가 있어요?"

소피아가 생각하는 얼굴로 말했다. "음… 곤충? 설치류 일부? 식물은 대부분 돼. 크기가 작고, 죽은 지 얼마 안 됐다면 말이야. 요컨대 너한테 무슨 수를 쓰더라도 부활시켜야 하는 곤충이나 쥐나 떨기나무가 있다면, 내가 필요할 거야."

"아아, 그렇구나. 멋져요." 모리건은 실망한 기색을 내보이지 않으려고 애썼지만 턱도 없었다.

"별로 멋지지 않아." 소피아가 조용히 웃으며 말했다. "다른 사람들도 알고 나면 그런 표정을 지어. 그래, 그거. 예의 바르고 의기소침한 표정. 걱정 마. 기분 나쁘지 않으니까."

모리건은 미안했다. "아니에요. 멋져요! 솔직히 말하면 나는 죽은 식물을 살리기는커녕 살아 있는 식물도 제대로 돌볼 줄 모르거든요."

"고마워, 참 다정하구나." 소피아는 조금 밝아진 얼굴로 말했다. "유용하게 쓸 때가 있을 거야. 나름대로 말이야."

"코널은 어때요?"

"아, 코널의 비기는 *훌륭해*. 코널은 영매야. 죽은 자와 대화를 해." 소피아는 말을 멈추고 잠깐 어딘가를 힐끗 보더니 소곤거렸다. "음, 죽은 자와 말을 할 수는 있어. 더는 하지 않지만."

"왜 안 해요?"

"들리는 말로는, 언젠가 코널이 저승과 접촉하고 있을 때 뭔가 안 좋은 일이 생겼다나 봐."

"안 좋은 일이요?" 모리건이 팔꿈치를 괴고 몸을 앞으로 내밀며 물었다. "무슨 일인데요?"

"나는 물어본 적 없어." 소피아는 공부방에 다른 사람이 없는지 다시 확인하려는 듯이 어깨 너머로 뒤를 흘깃거리더니, 조용히 말을 이었다. "하지만… 그 일로 코널이 겁을 먹은 건 틀림없어. 수년 동안이나 한사코 비기를 사용하지 *않으려고 했거든*. 나는 무슨 일이 있었는지 별로 알고 싶지 않아. 코널은 쉽게 겁먹는 사람이 아니니까." 소피아가 『*유령의 시간*』 책의 한 쪽을 톡톡 두드렸다. "여기 있다. 이거야. 반 오프호벤의 방에서 열리는 고사메르 정원. 네 마음에 쏙 들 거야."

❖

원드러스예술학교, 프라우드풋 하우스 지하 9층, *반 오프호벤*	브릴런스 아마데오, 엘로디 바우어, 오웨인 빙크스 위빙 초급 수업, 지도 아마데오, 학생 바우어와 빙크스	종료 연대, 2년 봄, 두 번째 수요일 13:00~15:47 Ⓐ

반 오프호벤(원더스미스 에멀린 반 오프호벤의 이름으로 만든 방)까지는 약간 걸어야 했다. 처음 며칠 동안은 원드러스예술학교의 이상한 구조 때문에 완전히 겁을 먹었었다. 하지만 그 공간

273

의 근본적인 원리를 이해하게 되면서 길을 찾는 것이 쉬워졌다.

루크는 중앙 복도에 열 개의 웅장한 아치가 늘어서 있다고 모리건에게 설명했다. 아홉 번째 아치까지는 각각 최초의 원더스미스 이름을 붙여 만든 널찍한 내실 아홉 곳으로 연결됐다 (열 번째 아치가 이어지는 곳은 학술 모임의 공부방이었다). 아홉 개의 내실에는 각각 두 *번째* 내실로 통하는 다른 아치문이 있었다. 거기에는 다음 세대 원더스미스의 이름이 있었고… 두 번째 내실 역시 다음 세대 원더스미스의 이름이 붙은 다른 내실로 연결됐으며… 그렇게 마치 가계도의 가지가 뻗어 가듯 계속 이어졌다.

이 중 어떤 가지는 열두 개가 넘는 내실로 깊숙이 이어졌다. 사실 모리건이 가장 깊이 들어가 본 곳은 아치문 열네 개를 지나 나타난 *제미티*라는 방이었다. 원더스미스 오드부이 제미티의 이름을 따서 지은 곳이었다. *제미티* 안에는 또 다른 아치문이 아니라, 지하 9층에 처음 왔던 날 봤던 것과 같은 잠긴 나무문이 있었다. 문에는 **한계의 방**이라는 글씨가 돌에 새겨져 빛나고 있었다. 그곳이 가지의 종착역이었다. (모리건은 혹시나 하는 마음으로 문에 인장을 대어 보았지만, 역시 아무 일도 일어나지 않았다.)

"언젠가 여기에 내 이름이 붙은 방도 생길까요?" 모리건이 물었다.

"내가 알기로는 원더스미스가 백 살이 되면 그렇게 된다고 해. 아니면… 음, 죽은 다음에. 두 경우 중 하나가 먼저 일어나면 그때 생길 거야." 소피아가 설명했다.

모리건은 고개를 옆으로 갸울였다. "1번이 되기를 빌어야겠네요."

"그래야지." 여우원이 동의했다. "난 이제 가 봐야 할 것 같아, 모리건. 지하 6층에서 강의가 있어. 혼자 할 수 있겠니?"

"당연하죠. 전에도 유령의 시간을 혼자 방문한 적이 있어요."

소피아는 안심하는 표정이었다. "좋아. 하지만 네 속도를 *잃지 말아야 해*. 한 번에 모든 걸 다 하려고 하면 안 돼. 알겠지?"

"약속할게요."

지하 9층이 제대로 관리되던 시절에 *반 오프호벤*은 여러 내실 중에서도 가장 웅장한 곳이었을 거라고, 모리건은 생각했다. 현재는 폐허가 된 대성당의 유령 같은 분위기가 감돌았다. 부서진 석조 아치의 거대한 잔해와 반쯤 부서진 대리석 조각상들이 나뒹구는 계단이 그곳에 있었다.

모리건은 허공에서 작은 은색 빛을 발견하고 그 틈을 살짝 열어젖혀 유령의 시간으로 들어갔다. 모리건의 짐작이 맞았다. 지난 시간의 *반 오프호벤*은 오묘하고 아름다웠다. 아무렇게나 뻗어 나간 건조물의 구조가 매우 정교해서, 그것이 더는 존재하지 않는다는 생각에 마음이 아플 정도였다.

고사메르 정원.

그곳은 수많은 어떤 정원과도 달랐다. 천 명의 예술가가 입체적으로 구상해 천 개의 상상력을 뽐내며 그린 천 개의 정원 그림과도 달랐다. 천장까지 자란 나무들에 은빛과 금빛의 열매가 달려 있고, 무지개 덩굴은 뱀처럼 움직였다. 꼬불꼬불한 해바라기 초원은 모리건의 키를 훌쩍 넘겨 머리 위로 솟아 있었고, 아주 자그마한 정원에는 묘하게 생긴 작고 빨간 독버섯이 올라와 있었다.

수업을 이끄는 사람은 브릴런스 아마데오였다. 위빙의 대가이며, 이미 모리건이 가장 좋아하는 선생님 중 한 명이었다. (한 번도 만난 적 없는데 가장 좋아하는 선생님이라니, 어쩌면 꽤 이상한 일이었다. 선생님은 모리건의 이름을 몰랐고, 모리건은 그와 대화를 나눠 본 적도 없었다. 그럴 수밖에 없는 것이 아마데오가 죽은 지 백 년이 넘었… 하지만 모리건은 그런 부분은 너무 깊이 생각하지 않으려 했다.)

"고사메르 정원은 700살도 더 되었단다." 모리건이 도착했을 때, 브릴런스는 설명을 하고 있었다. 브릴런스는 나슬나슬하고 기이한 데이지가 늘어선 길로 학생들을 이끌었다. 데이지 꽃은 보이지 않는 바람에 한들거렸고, 밝은 분홍색 호박벌들이 그 위로 구름처럼 모여들어 윙윙거렸다. 모리건은 뒤처지지 않으려고 노력하면서도, 걸음을 멈추고 그 모든 *것*을 구경하고 싶었다. "그곳의 식물과 꽃과 우니멀은 절대 죽지 않아. 덩굴과 나무는 통제할 수 없을 정도로 무성해지는 법이 없지. 우리 주변의 고사메르 실을 엮어서 전부 다 손으로 만든 곳이란다."

"누가 만들었어요?" 일곱에서 여덟 살 정도 되어 보이는 남자아이가 물었다.

모리건은 유령의 시간 안에서 어린아이들을 보는 게 익숙하지 않았다. 현재의 원드러스협회는 열한 살이 되어야 들어갈 수 있었다. 하지만 소피아의 설명에 따르면, 옛날에는 원더스미스가 죽을 때마다 고위직의 원협팀이 전 영토를 샅샅이 뒤져 그 뒤를 이을 원더스미스로 태어난 아이를 찾아다녔다고 했다. 때로는 며칠, 때로는 몇 달, 때로는 몇 년이 걸리는 일이었다. 하지만 언제든지 아이를 찾아내면, 그 가족은 아이를 프라우드풋 하우스에서 양육하고 다른 원더스미스가 훈련하도록 기꺼이 내주었다는 것이다. 사람들은 그것을 최고의 영예로 여겼다.

모리건은 소피아와 루크와 코널에게 *자신이* 원더스미스 누구의 자리를 잇고 있는 것인지, 최초의 원더스미스 중 자신의 선조라 할 만한 사람은 누구인지 물어보았지만 실망스럽게도 세 사람 모두 대답하지 못했다. 코널의 말로는, 에즈라 스콜 세대 이후에 원협은 그런 아이들을 찾는 일을 중단했다. 더는 추적하지 않는다는 얘기였다.

모리건은 궁금했다. 조금은 씁쓸하지만, 어릴 때부터 원드러스예술을 공부했다면 지금쯤 어떤 원더스미스가 되어 있었을까 하는 생각이 머릿속을 맴돌았다.

"우리가 다 같이 만들었어." 브릴런스가 어린 남학생에게 말했다. "원드러스예술학교에서 훈련받았던 모든 이들이. 연대를 통해 공유한 공동의 캔버스라고 생각하면 돼. 원더스미스들은 이 영광스러운 곳에서 오랫동안 원드러스예술인 위빙을 연습했어. 다른 모든 사람의 지난 실수로부터 안전한 이 고치 같은 곳에서 말이야." 브릴런스는 눈을 반짝였다. "여기를 봐, 이것 좀 보렴… 이걸 꽃이라고 불러도 되겠지?"

학생들이 웃음을 터뜨렸다. 모리건도 그 이유를 알 수 있었다. "꽃"은 축 늘어진 기이한 모양의 코끼리 귀와 비슷했다. 온통 회색이었으며, 질기고 억센 모습이었다. 아주 어린아이가 꽃을 상상해 표현한 것 같았다. 발가락 사이에 끼운 회색 크레용 하나로 그려야 했을 때의 그림처럼 말이다.

"이 꽃이 알피크 안타레스의 가장 초창기 작품으로 알려져 있다고 하면 믿겠니?" 브릴런스가 꽃을 보며 애정이 듬뿍 담긴 미소를 지었다.

모리건은 알피크 안타레스가 누구인지 전혀 몰랐지만, 아이들은 모두 아는 게 분명했다. 그들 세 사람은 온 얼굴에 기쁨을 표하며 숨을 죽였다. 마치 제일 좋아하는 유명인이 같은 방에 있다는 말을 들은 것 같았다.

"그때 고작 아홉 살이었어." 브릴런스는 좀 더 나이 많은 남학생에게 고개를 끄덕이며 말했다. "지금의 너와 같은 나이였지, 오웨인. 첫 번째 위빙 행위치고는 나쁘지 않아. 다들 그렇게 생각하니?"

브릴런스는 아이들을 데리고 구불구불한 길을 따라 더 내려갔다. 가끔 벨벳 같은 장미 꽃잎을 만지기도 하고, 손을 연못에 넣고 가볍게 움직이며 빛나는 생물들이 잔물결을 일으키게 만들기도 했다. 아이들은 뒤따라가며, 입을 떡 벌리고, 사방을 두리번거렸다. 모리건도 그들 사이에 끼어서 똑같이 압도당한 기분을 느꼈다.

"우리는 이 정원에 들어온 모든 원더스미스에게 똑같은 과제를 나누어 주려고 해." 브릴런스가 설명했다. "이 과제는 놀랍도록 쉽게 할 수 있어. 그런데 *잘하기란* 대단히 어려워… 그리고 완벽하게 하는 건 불가능에 가깝지. 하지만 바로 그 점 때문에 고사메르 정원이 있는 거란다. 실수하고, 실패하고, 연습하고. 그럼 시작해 보자. 먼저 원더부터 불러 볼까."

모리건은 브릴런스 아마데오의 지시를 따랐다. 기쁘게도, 다른 아이들이 하는 건 모리건도 전부 할 수 있었다. 브릴런스는 놀라운 교사였다. 인내심이 많고 정확했으며, 언제든 필요하면 기꺼이 속도를 늦추거나 반복해 주었다.

"위빙은 상상력을 확대하고 축소하면서 생각, 창의성, 물질을 한데 엮어 우리의 현실을 조작하고 창조하며 비전을 실현하는 기술이야. 위빙을 할 때는, 고사메르에서 실을 당겨 재배열하는 거야. 그렇게 세상에 영향을 미치거나……." (브릴런스는 시범을 보이기 위해 말을 잠시 멈추고, 가볍게 손목을 튕겨 앞뒤로 흔들리던 거대한 덩굴을 멀리 보냈다.) "…세상을 새롭게 만드는 거지."

가늘게 실눈을 뜨자, 보일락 말락 하게 금빛이 도는 하얀 원더의 실이 무언의 명령에 따라 이리저리 날아다니는 광경이 보였다. 모리건은 곧 원더를 소집하기 위해 노래를 제대로 다 부를 필요가 없다는 사실을 깨달았다. 원더는 주인의 모든 명령에 귀를 쫑긋 세우고 있는 개처럼 모리건을 유심히 주목하고 있었다. 이렇게 끊임없이 소통하는 상황에서, 몇 음만 흥얼거리면 원더가 손끝으로 모여들었다.

에즈라 스콜이 그랬던 것처럼, 모리건은 생각했다. 그런 깨달음을 타고 묘하게 놀라움과 만족감이 뒤엉켜 찾아왔다.

수업이 끝날 무렵, 모리건을 포함한 학생들은 각자 자신만의 어설픈 가짜 꽃을 만들어 냈다. 불안정하고 정확도도 떨어지긴 했지만. 모리건은 자신의 작은 화단에서 빨간 장미를 만들기 위해 노력했다. 하지만 결과물은 막대기 위에 달린 토사물 같은 초록빛의 필박스 모자에 더 가까웠다.

그럼에도 불구하고, 막대기 위에 달린 토사물 같은 초록빛의 필박스 모자라 해도 *모리건*의 것이었다. 우쭐한 기분이 들었다. *내가 만들었어*, 모리건은 바닥에 앉아 필박스 모자를 바라보며 그런 생각을 했다. 자신이 강하고 똑똑하며 예술적인 감각도 있는 사람처럼 여겨졌다. 꼭 브릴런스 아마데오처럼.

유령의 시간이 끝나자, 유령 선생님과 유령의 반 친구들과 아름다운 고사메르 정원이 정지 화면처럼 지지직거리며 멈추더니 녹아내리듯 스르르 사라졌다. 모리건은 허공의 커튼을 걷고 나가는 것보다 자신이 방문한 유령의 시간이 희미하게 사라지는 걸 보는 게 더 좋았다. 시간은 더 오래 걸렸지만, 가만히 그 자리에서 자신을 둘러싼 세상이 부드럽게 변화하는 모습을 지켜보고 있으면 뭔가 차분해지는 기분이었다.

다시 *반 오프호벤*에 홀로 남게 되자, 그제야 피로가 몰려왔다. 아니, *탈진에 가까웠다.*

이곳을 나가야 했다. 일어나서 공부방으로 돌아가든지 해야 하는데… 몇 시쯤 됐을까? 어쩌면 이제 홈트레인으로 돌아가야 하는지도 몰랐다.

일어나, 모리건은 속으로 말했다. 하지만 변하는 건 없었다.

너무 피곤했다. 몸이 생각대로 따라 주지 않았다.

골더스의 밤이 떠올랐다. 그때 모리건은 골목 바닥에 주저앉아 뼛속까지 젖은 채로 몸을 떨었다. 다리는 피가 나고 욱신거렸다. 하지만 그때는 최소한 뭐가 문제인지 알고 있었다. 일어서고 움직이는 데 방해가 되는 게 무엇인지 구체적으로 알고 있었다. 그건 추위와 출혈과 통증이었다.

이번에는 느낌이 달랐다. 몸에 무슨 일이 일어난 게 아니라, 몸에서 무언가 없어진 것처럼 진이 빠졌다. 그냥… 사라진 것 같은 느낌이었다.

거기에 얼마나 오래 *앉아* 있었을까? 온몸이 쑤셨다. 너무 춥고 너무 배고팠다. 평생 한 번이라도 뭘 먹은 적이 있었던가?

"속도 조절을 못했구나, 그렇지?"

모리건은 천천히 고개를 들었다. 루크가 위에 우뚝 솟아 있었다.

"소피아가 주의를 줬다던데. 다음에는 좀 더 귀를 기울이도록 해."

루크는 반응을 기대하지 않는 것 같았다. 너무 피곤해서 어떤 반응도 하기 힘들었던 모리건에게는 다행이었다. 대신, 치킨 수프 한 그릇을 들고 있던 루크는 담요를 툭 떨어뜨려 어설피 어깨에 둘러 주고는 모리건 옆에 앉았다.

두 사람은 꽤 편안한 침묵 속에 앉아 있었다. 숟가락이 그릇에 부딪히는 소리만 달그락거렸다. 루크는 상당히 만족스러운 얼굴로 빈방을 둘러보며 혼자만의 생각에 빠져 있었다. 제법 시간이 지나 수프를 거의 다 먹었을 즈음, 마침내 모리건은 말할 수 있을 만큼 기력을 차렸다.

"다른 사람들은 어디로 가요?" 모리건이 물었다.

"으응?" 루크가 몽상에서 깨어나며, 갑작스레 날카로운 눈빛으로 모리건을 돌아봤다. "다른 사람들 누구?"

"알잖아요." 모리건이 웅얼웅얼 말했다. 아무도 없는 방에서 주임 교사의 모든 관심을 한 몸에 받는 게 불편했다. 스포트라이트 조명 아래 서 있는 기분이었다. "다른 사람들이요. 디어본하고 머가트로이드 말이에요." 모리건은 자신이 선을 넘었나싶어 허겁지겁 수프를 한 입 더 밀어 넣었다.

하지만 루크는 기분이 상한 것 같지 않았다. "아… 우리는 다여기 있어." 루크가 모호하게 말했다.

모리건이 침을 꿀꺽 삼켰다. "항상 말이에요?"

루크가 고개를 끄덕였다. "항상. 다만… 우리 중 누군가는 다른 사람들보다 더 여기 있지. 나는 잘 나오지 않아."

"왜 안 나와요?"

"나올 이유가 없잖아. 어쨌든 적어도 최근까지는 그럴 이유가 없었지."

모리건은 다음 질문을 하기 전에 잠시 머뭇거렸지만, 마침내지금이 기회라 생각하며 마음을 굳혔다. "그 안에 몇 명이나 있어요?"

루크의 한쪽 입꼬리에서 조그마한 근육이 실룩였다. "그런걸 물어보는 사람은 네가 처음이구나."

"세 명 말고 더 있어요?" 모리건이 재차 물었다.

"아… 그러지 않을까 싶어."

"어떻게 모를 수가 있어요?"

루크는 고개를 한쪽으로 기울이더니 다시 다른 쪽으로 갸웃하며 골똘히 생각에 잠겼다. "여러 개의 인형이 포개진 인형 세트를 본 적 있니, 원더스미스? 하나를 열면 그 안에 다른 인형이 또 있고, 그 인형을 열면 그 안에 또 있고, 그 안에 또 있고…" 루크가 말끝을 흐렸고, 모리건은 고개를 끄덕였다. "그 인형 중 하나가 자기 안에 얼마나 많은 인형이 들어 있는지 알 수 있을까?"

모리건은 이유를 설명할 수는 없었지만, 그 말에 소름이 끼쳤다.

"답은 '아니오'야. 당연히 알 수 없어. 확실히 알지는 못하는 거지. 하지만 가끔은, 유심히 주의를 기울여 보면 느껴지기도 해… 이 안에서 부스럭거리는 게." 루크는 머리를 가볍게 가로저었다. "누가 아니? 우리가 영원히 함께할지."

모리건은 잠시 생각했다. 인형이 아니라, 나무에 달린 나뭇가지처럼 차례로 이어지는 지하 9층의 내실들을 생각했다. 마지막 방에 가려면 우선 다른 방을 전부 거쳐야 했다. 지름길은 없었다.

"그럼 디어본은 루크를 모른다는 말인가요?"

루크가 얼굴을 찌푸렸다. "모르겠어. 확실히 나하고 만난 적은 없어. 변하는 중에는 말이야. 그러니까 내가 머가트로이드를 '만났다'고 말할 수 있는 방식이 그런 거잖아. 우리는 만나야 할 이유가 전혀 없었어." 루크는 모리건을 힐끔 보았다. "끔찍한 사람이라고 들었어."

모리건은 수프를 뱉을 뻔했다. "그분은, 음… 별로기는 해요."

"그래, 소문이 그렇더라."

— ◆ —

집으로 돌아가는 열차에서, 919기 아이들의 관심은 온통 할로우폭스에 쏠려 있었다. 아이들의 대화 내용은 할로우폭스와 관련된 소문이나 이론 같은 것이 전부였다. 원협 안에서도 부속병원에 격리된 워니멀이 정확히 누구인지, 그들이 얼마나 위험한지, 드 플림제처럼 유명한 워니멀 중에 또 감염된 사례는 없는지 등을 두고 추측이 무성했다.

"거기 코끼리원이 있다고 들었어. 916기의 어떤 남학생이 코끼리원을 쓰러뜨리는 걸 도왔다던데. 스텔스가 단체로 밟혀 죽을 뻔한 걸 그 남학생이 구한 거지." 마히르가 말했다.

"윽, *뭘 고디야*." 타데가 신음을 흘리며 말했다. "코끼리원은 없어. 고디는 그 바보 같은 이야기를 믿게 하려고 온종일 사람들한테 매달렸다고. 나는 거대한 뱀원이 닥치는 대로 살인을 저지르고 한 가족을 산 채로 먹어 버리는 바람에 그 사람들이 배를 가르고 나와야 했다고 들었어."

"타데!" 치어리 씨가 말했다. "그 끔찍한 얘기는 사실이 아니야."

"나도 들은 얘기예요, 차장님."

대화가 빙빙 돌자 모리건은 집중하기가 어려웠다. 할로우폭스가 걱정되는 것도 *사실이었지만…* 그날 오후에 있었던 일이 계속 머릿속에 맴돌았다. 브릴런스 아마데오가 생각났다. 고사메르 정원과 그곳에 만들어 두고 온 자신의 자그마한 흔적도 떠올랐다.

모리건은 정말로 원더스미스가 되고 있었다. 그 생각을 하면 바보처럼 웃음이 나왔지만, 다들 끔찍한 질병에 관해 이야기하고 있었기 때문에 그 생각은 저 깊이 넣어 두어야 했다.

"오늘은 뭘 했어, 모리건?" 램이 조용히 물었을 때, 홈트레인은 919역에 도착했다.

모리건은 이름을 부르는 소리에 화들짝 놀랐다.

"아! 음… 꽃을 만들었어."

"멋지다."

16장

특별 수업

경고판이 나타난 건 그 주가 다 가기 전의 어느 날 아침이었다. 평소 동호회 가입 서류와 분실물 안내문으로 빼곡했던 프라우드풋 하우스의 벽과 게시판이 갑자기 나타난 흑백 포스터로 도배되었다. 케이든스가 포스터 한 장을 획 뜯어내더니 919기 동기들에게 큰 소리로 읽어 주었다.

할로우폭스

당신은 괜찮습니까?

할로우폭스란 무엇인가?
치명적 위험이 될 수도 있는 질병으로,
워니멀에게서 워니멀로 빠르게 전파되는
바이러스에 의해 발병합니다.

나도 혹시 감염일까?
워니멀 가운데, 극심한 주의분산이나 건망증,
급격한 식욕 증가, 불면증을 겪고 있거나
가만히 앉아 있지 못하는 증상이 있는 경우,
또는 성격에 맞지 않는 공격성이 발현된 사례가 있는 경우,
<u>감염을 의심해 보아야 합니다.</u>

위의 증상 중 한 가지라도 나타났다면,
브램블 박사나 루트위치 박사,
또는 원드러스협회 부속병원 관계자와
<u>즉시 상담하세요.</u>

마음 깊이 새기고
우물쭈물하지 말고

도움을 청하세요.

"이거 네 후원자 생각이야?" 마히르가 모리건에게 물었다. "아직 대책 본부를 맡고 있어?"

모리건은 케이든스가 들고 있던 포스터를 가져왔다. "그렇긴 한데… 이건 아저씨 취향이 아닌 것 같아. 색깔도 없고. 느낌표도 없잖아."

모리건은 포스터를 눈으로 다시 읽었다. *주의분산, 건망증, 식욕 증가. 불면증. 공격성.* 눈에 관한 내용은 전혀 없었다. 주피터가 깜박 잊은 걸까? 모리건은 아저씨에게 다시 말해 줘야겠다고 머릿속에 저장해 두었다.

그날 아침 첫 수업은 〈네 얼굴에 그거 뭐야?〉의 연수 수업으로, 몇 주 전 가벼운 주의분산을 다루었던 고급반 수업 〈무슨 냄새지?〉의 후속 과정이었다. 동기 중 손재주가 날랜 아칸은 당연하게도 〈무슨 냄새지?〉에서 최고 점수를 받았다. 호손 역시 능숙하게 소규모의 아수라장을 만들어 냈고, 아무도 놀라지 않았다. 마히르는 복화술하듯이 목소리를 내는 재주가 있었고, 램은 사람들에게 복잡한 길을 물으며 이리저리 말을 돌리는 기술이 뛰어났다. 프랜시스조차 생일 케이크에서 뛰쳐나오는 행동을 꽤 잘했다.

하지만 정말 뜻밖의 재주를 발견한 건 아나였다. 아나가 때에 맞춰 울음을 터뜨리는 능력은 타의 추종을 불허했다(선생님은 낯설지만 친절한 사람의 도움을 구할 때와 스팅크에게서 벗어날 때 반드시 필요한 기술이라고 했다). 아나는 우는 척할 필요도 없었다. 단지 눈물이 나는 슬픈 일을 기억해 내는 데 매우 능숙했다.

919기 아이들은 오늘의 연수 수업과 지금까지 배운 기술을 연습할 기회를 무척 기대했다. 하지만 모리건은 약간 불만을 느꼈다. 전부 다 엄청난 시간 낭비처럼 보였다.

인파가 북적이는 건물 안에서 **"불이야"**라고 소리치는 법을 굳이 왜 배워야 하는지 알 수 없었다. 지하 9층에 내려가면 *진짜* 불을 만들 수 있는데? 아니면, 그 시간에 고사메르 정원에서 조금씩 자라고 있는 자신의 소산물을 돌볼 수 있는데? 잔잔한 물에서 파도를 일으키는 위빙 기술을 가르치는 데시마 코코로와 비교했을 때, 사소한 주의분산 교사에게서 무엇을 배울 수 있지? 확실히, 원더스미스로서 기술을 쌓는 게 다른 무엇보다 더 중요하지 않나?

하지만 모리건이 차장인 치어리 씨에게 이 이야기를 했을 때, 치어리 씨는 일반 학교의 기술과 마력 학교의 기술도 여전히 유용하다며 다방면에 골고루 다재다능한 사람이 되는 것이 중요하다고 대답했다.

그리고 원드러스예술학교의 주임 교사인 루크에게 이 이야기를 했을 때, 루크는 이건 단거리 경주가 아니라 마라톤이라는 것을 명심하라고 대답했다.

이어서 여우원인 소피아에게 이 이야기를 했을 때, 여우원은 완만하게 진행하면서 속도를 조절하고 조심하는 게 중요하다고 대답했다.

하지만 모리건은 머릿속에서 이 모든 대답을 삼켜 버리고 에즈라 스콜이 마지막으로 만났을 때 했던 말을 들었다.

너는 생쥐가 아니야, 모리건 크로우. 너는 용이야.

— ◆ —

"사람들한테 왜 초록색 눈에 관해 말하지 않는 거예요?" 모리건은 그날 저녁 식사 자리에서 주피터에게 물었다.

"으응? 아, 그래. 네가 말했지… 그 눈." 주피터는 아스파라거스 줄기 끝을 씹으며 생각에 잠겼다. "모그, 네가 본 게 정확히 어떤 거지?"

모리건이 짜증스러운 듯 신음 소리를 냈다. "전에 *말했잖아요……*."

"다시 말해 봐."

"셋이 다 똑같았어요. 주벨라도 브러틸러스도 빅터도. 이상하게 들리겠지만 누군가 그 사람들 머릿속에 있는 전구를 켜서 눈이 밝게 빛나는 것처럼 보였어요." 모리건은 잠시 말을 멈추고 접시 위의 음식을 눌러 댔다. "그냥… 아저씨가 집회에서도 언급하지 않고, 포스터에도 증상으로 넣지 않아서요."

"아, 그건 내가 만든 게 아니야. 흑백이라니, 진짜 내 취향이 아니지. 그건 브램블 박사가 기획한 건데, 우리끼리 얘기지만 잘 만들었다고 보긴 힘들 것 같아. 증상으로 나열한 건 감염자의 가족과 친구들에게 물어서 *짐작*으로 대충 꿰맞춘 거야. 대답이 상당히 모호하고 상반되기도 해서, 다들 확신이 없는 것 같았지. 발병 전에 어떤 뚜렷한 증상이 있는 건지 잘 모르겠어."

"그래도 브램블 박사님한테 눈에 관해 *이야기한 거죠*? 그건 짐작이 아니잖아요. 내가 봤어요. 세 번이나."

주피터는 포크를 내려놓고 한 손으로 턱을 괴더니 식탁 맞은 편에서 모리건을 진지하게 바라봤다. "박사에게 말도 했고, 우린 그 문제를 진지하게 받아들이고 있어. 그런데 모그, 지금까지 그런 눈을 봤다는 다른 목격자가 아무도 없어."

"하지만 아저씨는 나를 믿잖아요. 아니네요?"

"그럼." 주피터가 단호하게 말했다. "나는 네가 진실을 말하고 있다고 믿지."

주피터의 세심한 표현은 모리건의 마음을 움직였다. 모리건은 얼굴을 찌푸렸다. "내가 진실을 말한다고 믿지만… 내가 진짜로 봤다고는 믿지 않는 거죠? 내가 상상 속에서 봤거나 그런 거라고 생각하는 거죠?"

"아니야. 네가 봤을 가능성이 충분히 *있다*고 생각해. 하지만 그걸 본 사람이 너 하나뿐이야." 주피터는 굴러다니는 콩알 하나를 포크로 찍으려고 애썼지만 끝내 잡지 못했다. "하지만 그것 때문에 포스터에 증상을 넣지 않은 건 아니야, 모그. 나는 그 문제를 대책 본부, 그리고 원로님들과 함께 논의했어. 우리는 '빛나는 초록 눈' 이야기는 하지 않는 게 좋겠다고 결론을 내린 거야. 잘못된 인식이 생겨날까 봐 걱정됐거든."

"그게 무슨 말이에요?"

"사람들은 이미 겁을 먹고 있어." 주피터가 말했다. "벌써 감염자를 통제할 수 없는 질병의 피해자가 아니라 *공격자*로 보는 태세야. 그런데 만약 감염자가 *빛나는 초록 눈*을 가졌다고 한다면, 몇몇 멍청이들은 악마에게 홀렸다거나 하는 터무니없는 주장을 할 게 뻔해."

"*멍청이*들이 뭐라고 생각하든 무슨 상관이에요?"

"모그, 문제는 그들의 멍청한 주장을 믿어 줄 다른 멍청이를 얼마든지 찾아낼 수 있다는 거야. 그런 사람들이 어떤 말을 하고 다니는지 너도 알잖니. 우리 주변에도 2미터마다 하나씩 꼭 그런 멍청이가 있단다."

"멍청이가 아니라 거미(* 미국 자연사박물관 거미 연구실의 저명 곤충학자에 따르면, 거미는 우리 주변 약 1.8미터 이내에 거의 항상 존재한다고 함 – 옮긴이)겠죠."

"뭐가 됐든, 아직 그 이야기는 비밀에 부칠 거야. 증상이 발병 중에만 나타나는 거라면, 그렇게 큰 문제는 아닐 테니까. 감염자가 마구 날뛰고 있을 때는 초록 눈으로 판별해야 할 필요가 없잖니."

그 말은 충분히 이해가 갔다. 모리건은 포크로 구운 닭고기를 살짝 찔렀지만 먹지는 않았다. "어쨌든 그래서 어떻게 되고 있어요? 대책 본부 말이에요. 브램블 박사님은 치료법을 곧 찾으실 것 같아요?"

"그렇지 않은 것 같아. 감염자의 수도 계속 올라가고 있고." 주피터는 여전히 한 손에 고개를 괸 채 잠시 눈을 감았다. 모리건은 주피터가 잠들었다고 생각했지만, 그가 갑자기 똑바로 일어나 앉는 바람에 그 생각을 날려 버렸다. 주피터는 우울해 보였고 지쳐 보였다. "문제는 감염된 워니멀이 발병의 정점에 달했을 때나 바이러스가 환자한테서 나간 *다음에야* 감염자를 찾을 수 있다는 거야. 그러니 무슨 연구를 하겠어? 최소한 일부라도 공격이 일어나기 전에 막을 수 있다면… 하지만 누가 감염됐는지, 어떻게 감염됐는지도 모르는 마당에 그건 불가능해. 도시에 있는 모든 워니멀을 감시할 수는 없으니까."

"왜 사람들에게 알리지 않아요?" 모리건이 물었다. "그러면 누가 이상한 행동을 하는 걸 봤다고 했을 때 가서 조사하면 되잖아요."

"조만간 알려야 할 거야." 주피터도 인정했다. "하지만 그때부터는 전혀 새로운 문제가 발생해. 상상해 봐. '여러분, 병에 걸렸을지 모를 워니멀을 조심하세요. 난폭하게 여러분을 공격할 수도 있습니다. 참, 공격하기 *전까지*는 누가 감염자인지 몰라요. 사실 우리도 발병 징후를 잘 모르거든요. 감염이 됐든 아니든, 누구나 평소에도 쉽게 느낄 수 있는 *지극히* 정상적인 증상일 거라고 그저 짐작만 할 뿐이에요. 행운을 빌어요!' 홀리데이 우라면 이 경고를 얼른 널리 알리고 싶어 하겠지." 주피터는 어이없다는 듯 짧게 웃었다.

주피터가 이렇게까지 낙담한 모습을 본 건 처음이었다. 모리건은 무슨 말을 건네야 할지 몰라 컵에 물을 한 잔 따라 주피터 쪽으로 밀어 주었다. 주피터는 물컵을 받으며 고맙다는 미소를 지었다.

"감염된 사람들을 본 적 있어요?" 모리건이 물었다. "그 후의 모습은 어때요? 아저씨가 볼 때, 그러니까⋯ 있잖아요. 위트니스가 봤을 때요."

주피터는 닭고기를 한입 크게 물었다. 모리건은 그게 어떻게 대답해야 할지 생각할 시간이 필요하다는 뜻이라는 걸 알았다.

"말로 표현하기 힘들어, 모그. 나도 이런 건 보지 못해서. 텅 빈 사람들에 관한 이야기를 들은 적은 있는데, 위트니스 사이에 오가는 어두운 동화 같은 거란다. 우리가 아는 사람의 친구가운데 한 명은 완전히 *텅 빈 낯선 사람*을 반드시 만난 적이 있다는 이야기인데… 그게 실제로 일어날 수 있는 일이라고 믿지 않았어. 지금까지는." 주피터는 지금도 잘 믿기지 않는다는 듯이 고개를 저었다.

모리건이 미간을 찌푸렸다. "그게 무슨 소리예요? '텅 빈 사람들'이요?"

주피터가 접시를 옆으로 밀어내고 몸을 젖히며 말했다. "나는 사람들을 볼 때 진짜 그들을 봐. 그러니까, 전체적으로 온전하게, 그 사람만의 고유한 모습이 나한테는 보여. 예를 들어 오늘 오후에는 챈더 여사와 이야기를 나누었는데, 챈더 여사의 머리에는 노래가 박혀 있었어. 노래가 챈더 여사의 귀 주변에서 나방처럼 파닥거렸지. 뭔가에 화가 나 있었는데, 그것 때문에 얼굴에 가볍게 검은 그림자가 드리워졌어. 그 이면은 짙고 슬픈 푸른색에 덮여 있었고. 마치 바닷속에 있는 것처럼. 아마도 친구 주벨라에게 느끼는 슬픔인 것 같아."

"그 너머에는 친절이 자리하고 있어. 창문 없는 방에서 타오르는 촛불처럼 흔들림 없는 친절이 흉골 바로 옆 부분에 있어. 어떤 사람의 친절은 섬광처럼 잠깐 스쳐 지나갈 뿐이지만, 챈더 여사의 친절은 언제나 그 자리에 있는 영원불변의 불빛이야." 주피터는 가운데 공간을 잠시 응시했다. "그 너머에는… 글쎄, 그 너머는 자주 들여다보지 않아. 그 깊은 층은 열어 보기가 어려워. 사람들은 자기도 모르게 그곳을 잠가 놓은 채 꼭 끌어안고 있단다. 거기는 초대받지 않는 한 넘어가지 않는 경계선이야."

"하지만 부속병원에 있는 워니멀들은… 아무것도 없어. 겉으로 보이는 것도 없고, 그 안에도 아무것도 없어. 과거도 없고, 현재도 없지." 주피터가 나직이 말했다.

"그럼… 그러니까, *잠든 거* 아닐까요?" 모리건이 추측을 꺼냈다. "사람들도 잠잘 때는―"

"잠든 게 아니야. 다른 무엇도 아니야. 혼수상태에 빠져도 여전히 사람다운 요소를 모두 가지고 있단다. 여전히 꿈을 꾸고 육체적인 고통을 느끼고, 다른 사람이 남기고 간 흔적도 남아 있지. 사랑하는 사람이나 적이 남긴 흉터와 자국이 있어. 과거가 그대로 남아 있단다. 하지만 이 워니멀들은 마치… 블랙홀 같아. *그 안에 아무것도 없어*."

주피터는 눈을 둥그렇게 떴다. 눈동자가 크고 검었다. 그는 겁에 질려 있었다. 모리건은 팔의 솜털이 쭈뼛 곤두서는 것을 느꼈다.

"솔직히, 모그, 나라면 속이 텅 비느니 죽는 게 나을 거야."

그 후 몇 주 동안, 사람들의 주의는 분산할 수 있을지는 몰라도 할로우폭스를 억제할 수는 없다는 것이 분명해졌다.

결국 *C와 D* 집회는 이내 할로우폭스 집회가 되었다. 다른 문제는 모두 뒤로 밀려났다. 크리스마스 이후 매주 적어도 한 차례는 공격이 있었고, 그 수가 점점 증가하더니 2~3일에 한 번씩 새로운 소문이 나돌았다. 코뿔소원이 식료품점에서 난동을 부렸다든가 고양이원이 사람 얼굴을 캣타워처럼 긁어 놓았다는 얘기였다.

홀리데이 우는 사람들이 단편적인 정보를 짜 맞추기 시작하면 머지않아 진실이 드러날 것이라고 경고했다.

한편, 지하 3층 부속병원의 격리병동은 이미 만원이었다. 두 번째 병동도 가득 차기 일보 직전이었다. 병원 인력도 부족해 열두 시간씩 교대로 근무하고 있었는데, 어느 날 간호사 팀이 집회소로 쳐들어와 동료 간호사들을 이끌고 파업에 들어가겠다고 으름장을 놓았다. 이에 원로들은 의학 전문 지식을 갖춘 협회 회원을 모집했고, 자격이 되는 회원들이 일곱 포켓 전역에서 망설임 없이 모여들었다.

심지어 몇몇 학생들도 도움 요청을 받았다. 의료 활동 경험이 있는 상급생은 일반 병동에서 책임 있는 자리로 승급되었고, 아나 같은 하급생은 시간표의 상당히 많은 일정이 병원 업무로 변경되었다.

919기에게는 잘된 일이었다. 아나가 감염 워니멀에 관한 정보를 물어다 주는 직속 정보원 역할을 했기 때문이다. 조용하고 눈에 띄지 않는 성격의 아나는 엿듣기에 적격이었다.

"우리 같은 보조들은 볼 수가 없어. 우린 격리병동에 못 들어가. 하지만 간호사 두 명이 탕비실에서 하는 얘기를 들었어." 919역에서 홈트레인을 기다리는 동안 아나가 동기들에게 말했다. "어제 그러더라고. 워니멀 세 명이 그 전날 밤에 들어왔는데, 오소리원 가족이었대. 제일 어린 오소리원이 고작 우리 나이라는 거야! 정말 끔찍해."

모리건은 왠지 모르게 이 소식이 몹시 충격적이었다. 어차피 할로우폭스가 어린아이나 어른을 구분할 리 없었다. 하지만 같은 나이의 누군가가 병원 침상에 누워 있다고 생각하니 기분이 훨씬 더 좋지 않았다. 머릿속에서 주피터가 그 환자들을 묘사했던 말이 계속 떠올랐다. *겉으로 보이는 것도 없고, 그 안에도 아무것도 없어. 과거도 없고, 현재도 없지. 블랙홀처럼.*

홈트레인 919호가 역에 도착했고, 치어리 씨는 평소처럼 아이들에게 손을 흔들었다. 아이들이 우르르 홈트레인에 올라탔다. 구리 주전자는 벌써 끓고 있었다. 마히르는 짝이 맞지 않는 여러 종류의 머그잔에 티백을 집어넣었고, 램은 아이들의 기호에 맞춰 각설탕을 나눠 주었다. 이제 서로의 취향 정도는 다들 잘 알고 있었다. 프랜시스는 비스킷 단지를 돌렸다.

"이 생강쿠키 정말 맛있어요, 차장님." 프랜시스가 인정한다는 듯 말하고 한 조각을 뚝 부러뜨렸다. "부러지는 느낌도 좋고. 맛도 향도 좋아요. 이건… 육두구인가?"

"나는 몰라, 프랜시스." 치어리 씨가 곰 모양 생강쿠키를 깨물어 먹으며 말했다.

프랜시스가 살짝 실망한 표정을 지었다. "직접 구운 게 아니에요?"

"아니야, 프랜시스. 보통 사람들처럼 가게에서 샀어."

"어제는 어디 있었어?" 가방을 바닥에 아무렇게나 던진 호손이 늘 앉던 곳에 자리를 잡으며 모리건에게 물었다. "아팠어?"

"뭐라고? 아니야, 학교에 있었어."

"하지만 아침에 홈트레인을 안 탔잖아."

"오후에도! 온종일 너를 못 봤어." 케이든스가 살짝 나무라는 기색으로 보탰다. "우리가 얼마나 걱, 그러니까 호손이 너를 걱정했단 얘기야. 그 얘기는 그만할래. 정말 따분해."

"아, 아니야. 음, 어제는 아침 일찍 브롤리 레일을 탔어." 모리건이 하품을 참으며 말했다. "유령의 시간 수업이 5시였거든. 그리고 늦게까지 있어야 했어."

"5시라니!" 호손이 말했다. "아침에도 그런 시간이 있다고?"

모리건이 눈을 굴리며 말했다. "하하 정말 웃긴다."

전부 다 사실은 아니었다. 학교에 일찍 *와서* 늦게까지 머물

렀던 건 맞지만, 주임 교사나 다른 누가 시켜서 그렇게 한 건 아니었다. 그 전날 든 생각이었는데, 루크가 매주 세심하게 시간표를 배정하고 여전히 일반 학교와 마력 학교 수업을 여러 개 들어야 하지만… *엄밀히 말하면 그 외* 유령의 시간에 방문하지 못할 이유가 전혀 없었다.

그래서 그날 오후, 수업이 끝나고 지하 9층의 괴짜들도 돌아가고 난 뒤 모리건은 『유령의 시간』책을 뒤적거려 최초의 원더스미스였던 리 장과 함께 90분 동안 예정에 없던 영광스러운 시간을 보냈다. 리 장은 베일 기술을 선보이며, 마치 카멜레온의 피가 섞인 인간처럼 정확하게 주변의 색깔과 질감으로 자기 몸을 숨겼다. 그 마법에 빠진 모리건은 저녁 시간이 다 되어서야 레일포드를 타고 집으로 돌아갔다.

물론, 모리건은 리 장을 *지켜보기만* 했다. 자신을 조절했고 조심했으며, 주의받았던 모든 사항을 지켰다. 루크도 불만스러워하지 않았을 테고, 모리건도 딱히 문제가 생길 거라는 생각은 하지 않았지만… 그래도 이 특별 수업 계획을 혼자만 알고 있고 싶었다. 아직은.

"그래서 원더스미스 학교에서는 뭘 가르쳐 줘?" 호손이 계속해서 물었다. "눈을 부릅떠서 어른 50명을 한 번에 죽이는 법도 배웠어?"

"어른 100명이지." 모리건이 호손의 말을 정정했다. "그리고 그 어른의 친구들까지 몽땅."

"또 시작이야. *제발* 하지 마." 아나가 신음하듯 말했다. 짜증이 난 것처럼 말하려고 했지만, 실제로는 조금 겁먹은 얼굴이었다.

"벌써 괴물도 만들었어, 모리건?" 타데도 입을 열었다. "이빨이 많았으면 좋겠다."

"독이 든 입김도." 케이든스도 보탰다. "그리고 지독한 **냄새**도."

모리건이 싱긋 웃었다. "전부 훌륭한 생각이야. 적어 둘게."

"네버무어를 정복할 날짜는 정했어?" 마히르가 진지하고 사무적인 말투로 물었다. "내 생각에는 월요일이 제일 좋을 것 같아. 모두 주말을 보내고 나서 아직 피곤할 테니까, 저항이 별로 세지 않을 거야."

"탁월한 지적이야." 모리건이 살짝 움직이며 편안한 자세를 취했다. "정복 일정표에 넣을게."

"네버무어를 한 번에 전부 정복할 생각이야?" 아칸이 마이크를 쥔 것처럼 모리건에게 손을 내밀었다. "아니면 자치구별로 하나씩 하나씩?"

"자치구별로 하는 게 좋겠다고 늘 생각했어." 모리건이 말했다. "그래야 관리하기 쉬울 것 같아. 비스킷 좀 건네줄래?"

"치어리 차장님, 저것 좀 못 *하게* 해요!" 아나가 징징거렸다. 몇 주 동안 똑같은 장난이 반복되고 있었는데(물론 시작은 호손이었다), 919기 동기들 가운데 아나만 유일하게 재미를 느끼지 못했다.

반면에 모리건은 자신이 원더스미스라는 사실로 동기들이 장난을 걸어오는 게 기뻤다. 자신을 두려워하는 것보다 훨씬 나았다. 모리건은 언젠가 새침하고 겁 많은 아나가 두려움을 잊고 장난에 동참할지 모른다는 희망을 놓지 않고 있었다.

━━━◆━━━

모리건은 그날도 수업을 마치고 학교에 남았다. 마지막 수업이 끝났을 때 모리건은 호손을 통해 치어리 차장에게 집에 혼자 가겠다는 말을 전한 다음, 기대되는 유령의 시간에 관한 정보를 베껴 적은 종이쪽지를 손에 꼭 움켜쥐고 지하 9층으로 뛰어 내려갔다.

장소	참석자 및 일정	날짜 및 시간
원드러스예술학교, 프라우드풋 하우스 지하 9층, 킹스턴	그리젤다 폴라리스, 데시마 코코로, 라스타반 타라제드, 마틸드 러챈스, 브릴런스 아마데오, 오웨인 빙크스, 엘로디 바우어 그리젤다 폴라리스가 원드러스예술 루이네이션Ruination을 시연	종료 연대, 9년 봄. 아홉 번째 목요일 15:25~16:42 Ⓐ

수업은 대단히 즐거웠다. 여태까지 모리건이 들었던 최고의 수업 중 하나였다. 들어 본 적도 없는 원드러스예술에 더해 그리젤다 폴라리스라는 원더스미스는 지금껏 보았던 누구보다 재능이 뛰어났다.

그러나 이런 이유로 이 유령의 시간이 더없이 기억에 남는 수업이 된 건 아니었다.

모리건은 다른 원더스미스 사이에 서서 매우 정교한 파괴 행위를 시연하는 그리젤다를 지켜보았다. 나이가 너무 많아서 퀸 원로의 증조할머니로 착각할 뻔했지만, 그리젤다의 움직임은 놀라울 정도로 우아하고 민첩했다.

루이네이션은 위빙과 정반대의 기술이었는데, 뜻밖에도 무언가를 제대로 파괴하는 데는 거의 위빙만큼의 정밀함과 주의가 필요해 보였다. 그리젤다는 비범한 위빙 기술로 아무런 준비 없이 건물을 만드는 시범을 보이며 수업을 시작했다. 수백 개의 유리창으로 만들어진 작고 완벽한 온실은 자그마한 크리스털 궁전처럼 주변의 모든 빛을 반사하고 굴절시켰다. 그리젤다는 모리건이 지금껏 위빙의 절대 기준으로 생각했던 브릴런스 아마데오보다 더 빠르고 정밀했다.

"누구나 창에 돌을 던질 수 있지." 그리젤다는 학생들에게 말했고, 직접 그렇게 행동했다. 그리젤다가 주먹만 한 크기의 돌을 던지자 유리창 하나가 산산이 조각났다.

"하지만 루이네이션이라는 기술은 외부의 무력을 쓰는 게 아니야. 내면에서 무언가를 풀어내고, 그것의 구성 요소를 모두 분리한 다음, 그 조각들을 부수는 거야. 계속해서, 그 무언가를 변형해, 그것이라고 알아볼 수 없을 때까지. 가장 진실하고 가장 순수한 루이네이션 행위는 변형의 행위란다."

수업이 끝날 무렵 그리젤다와 학생들은 유리 구조물을 몇 번이고 거듭해서 부쉈고, 결국 구조물은 희고 고운 모래 더미로 변형됐다.

브릴런스처럼, 그리젤다도 뛰어난 선생님이었다. 주의 깊고 인내심이 많았으며 칭찬에 후했지만 바로잡는 데는 신속했다. 그 시간에 완전히 푹 빠져 있던 모리건은 불시에 수업을 마칠 준비가 되어 있지 않았다. 옆에 서 있던 십 대 남자아이가 손을 들고 질문할 때도 그걸 알아차리지 못했다.

대신 모리건은 그리젤다만 바라보고 있었다. 그리젤다는 따뜻한 미소를 지으며 남자아이에게 말했다. "아주 좋은 질문이야, 스콜 군."

17장

소년 에즈라

그 이름은 어느 시간에도 없었다. 단 하나도.

그걸 생각도 못 하다니, 모리건은 자신이 믿을 수 없을 정도로 바보 같다고 느꼈다. 지하 9층에서 원더스미스의 역사라는 우물에 뛰어들면서도 *유사 이래 가장 사악한 자*라고 불리는 원더스미스의 과거 분신을 만날 거라 *상상조차* 못 하다니. 동료 원더스미스들을 이끌고 반란을 꾀하려 했던 자. 괴물 군대를 만들어 용기광장에서 대학살을 저질렀던 자. 윈터시 공화국으로 연기와 그림자 사냥단을 보내 저주받은 아이들을 모두 죽이려 했지만, 알 수 없는 정신 나간 이유로 모리건만은 살려 두기로 했던 자였다.

그자는 한때 모리건의 눈을 들여다보며 말했다. "나는 네가 보여, 모리건 크로우. 네 심장은 살얼음에 덮여 있어."

하지만 그 이름은 『유령의 시간』 책 어디에도 없었다.

고의로 누락한 것이다.

모리건은 늦게까지 지하 9층에 남아 있었다. 너무 늦어서 마사나 케저리가 수색대를 보낼지도 모르겠다는 생각이 들었다. 모리건은 가능한 많은 지면을 훑어보았다. 그가 네버무어에서 살았던 백 년 전의 연대들, 종료 연대와 동쪽바람 연대의 목록을 살펴보았다. 스콜과 같은 시대에 살았던 브릴런스, 오웨인, 데시마 같은 원더스미스의 이름도 찾아보았다. 모리건은 고사메르 정원에서 처음 수업받았던 날의 지면을 펼쳐 손가락을 짚으며 훑어 내리다 참석자 및 일정란에서 브릴런스 아마데오, 오웨인 빙크스, 엘로디 바우어의 이름을 찾아냈다.

하지만 그 수업에는 여학생 한 명과 남학생 두 명이 있었다. 그건 확실했다.

어떻게 그토록 관심을 두지 않았을까? 이미 만난 적이 있는데! 아마도 지금까지 수십 번은 십 대 소년이었던 스콜을 만났을 터였다. 그가 거기 있는 줄도 모르고 즐겁게 그의 역사를 건

너뛰었다.

모리건은 공책을 꺼내 스콜이 있으리라 확신하는 유령의 시간 세부 정보를 꼼꼼히 베꼈다. 공책 여섯 쪽을 가득 채우고 나서, 모리건은 적은 내용을 가방의 비밀 주머니에 집어넣었다.

이제 스콜 사냥을 시작할 것이다.

다음 날, 모리건은 점심도 거르고 지하 9층에 남아 자신이 만든 비밀 목록의 첫 번째 시간을 방문했다. 역시 짐작한 대로였다.

장소	참석자 및 일정	날짜 및 시간
원드러스예술학교, 프라우드풋 하우스 지하 9층, 윌리엄스	데시마 코코로, 오웨인 빙크스, 엘로디 바우어 원드러스예술 위빙 상급반	종료 연대, 12년 봄, 아홉 번째 금요일 12:15-12:53 Ⓐ

데시마 코코로가 위빙 기술로 원드러스예술학교의 많은 아치문 안팎을 강물로 리본처럼 엮자, 지하 9층의 거미줄처럼 뻗어 나간 내실들이 유령의 시간 안에서 웃음소리와 물살이 부딪히는 소리로 메아리쳤다.

그 모습은 특별하고 아름다웠으며 무시무시했다. 모리건은 교묘한 길에서 끊임없이 덮쳐 오던 파도가 떠올라 가슴이 조이는 느낌이었다. 하지만 그 느낌을 마음 깊은 곳으로 밀어 넣는 대신 데시마를 따라 복도를 뛰어가는 십 대 남학생에게 집중했다. 남학생은 데시마를 따라가면서 친구들과 함께 웃었다. 그리고 데시마의 행동을 흉내 내려고 노력했다(대부분은 실패했다는 점을 꼭 짚고 넘어가야겠다).

에즈라 스콜은 17세 정도로 보이는 상급생이었으며, 성인이었을 때와 닮아 가기 시작한 얼굴이 매력적이었다. 회갈색 머리카락은 이전 크리스마스 때 챈더 여사가 보여 주었던 사진 속 모습보다 제멋대로였고, 눈썹을 가르는 흉터는 아직 없었다. 하지만 골격이 각진 이목구비와 매끈하고 창백한 피부까지… 모든 게 낯익었다. 그런데 어쩐지 다른 사람 같았다. 열일곱 살의 스콜은 친구들과 어울릴 때와 학교를 흐르는 강을 보며 미친 사람처럼 좋아할 때 모두 근심 걱정 없이 활기차고 즐거워 보였다.

외모가 닮았다는 걸 빼면, 모리건은 그와 스콜이 같은 사람이라고 생각하기 힘들었다.

—•◆•—

장소	참석자 및 일정	날짜 및 시간
원드러스협회 교정, 푸념하는 숲 서쪽 끝 모퉁이, 최고령 노목 아래	라스타반 타라제드, 오웨인 빙크스, 엘로디 바우어 원드러스예술 위빙 초급반	종료 연대, 8년 봄, 열 번째 월요일 07:30-08:22 Ⓐ

다음 월요일 아침에 모리건이 나무 덤불 속으로 쿵쿵거리며 찾아갔을 때, 푸념하는 숲의 서쪽 끝 모퉁이에 서 있는 최고령 노목은 예상대로 심술궂었다.

"아, 나는 신경 쓰지 마." 모리건이 공중에 떠 있는 작은 은빛 문을 찾다 넓게 퍼진 뿌리에 걸려 넘어졌을 때 나무가 투덜거렸다. 몸통 속에서 앙상한 늙은 얼굴이 둥글게 휘며 비웃음을 머금었다. "내 오래된 뿌리에 치이지 마. 내 뿌리는 자리에 고정되어 땅속 깊이 박혀 있을 뿐이거든. 내가 깡충깡충 뛰어서 비켜 줄까? 깡충깡충 이얍."

"미안해요. 나는 그저 뭘 좀 찾고 있었어요. 신경 쓰지 말아요! 찾았어요."

모리건은 문을 활짝 열어 데시마가 지하에 강을 만들었던 때보다 4년 앞선 수업이 있는 시간 속으로 흘러 들어갔다.

거기에도 스콜이 있었다. 라스타반이 나무를 향해 한쪽 팔을 뻗은 채 실을 풀고 이해하기 위해 자연과 대화를 나누는 일에 관해 매우 진지하게 이야기하는 동안, 모리건과 같은 나이의 스콜은 엘로디에게 괴상한 표정을 짓고 있었다.

"에즈라, 그만해." 오웨인이 눈을 감고 손바닥으로 나무 기둥을 짚으며 씩씩거렸다. "여기 몇 명이 나무한테 귀를 기울이고 있잖아."

모리건은 푸념하는 숲에서 나무의 말을 듣는 데 왜 원드러스 예술을 써야 했는지 생각하느라 잠시 집중력이 흐트러졌다. 푸념하는 숲의 나무들은 항상 불평불만을 떠들어 대고 싶어서 안달이었기 때문이다. 하지만 오래된 나무를 자세히 살펴보니, 몸통에 앙상한 얼굴이 없었다. 주변 나무들 어디에도 얼굴은 보이지 않았다. 유령의 시간 안에서 푸념하는 숲은 푸념하는 숲이 아니었다. 모리건이 알던 그 숲이 아니었다. 정말 신기한 일이었다.

여기 몇 명이 나무한테 귀를 기울이고 있잖아. 에즈라가 오웨인의 등 뒤에서 엘로디를 보며 과장된 입 모양으로 중얼거렸고, 두 사람은 다 낄낄 웃기 시작했다.

곧장 에즈라에게 걸어간 모리건은 그의 밝고 즐거운 얼굴을 자세히 보기 위해 몸을 숙이며 얼굴을 찡그렸다. 아주 짧은 순간, 에즈라 스콜은 마치 모리건이 거기 있다는 것을 아는 듯이 눈을 똑바로 바라봤다. 목덜미의 털이 쭈뼛 서는 느낌이었다. 그리고 나서 에즈라 스콜은 아무 일도 없었던 것처럼 시선을 돌렸다.

—————◆—————

장소	참석자 및 일정	날짜 및 시간
원드러스예술학교, 프라우드풋 하우스 지하 9층, 코코런	브릴런스 아마데오 원드러스예술 베일 중급반	종료 연대, 9년 봄, 열 번째 수요일 14:21–14:38

이 수업에는 오웨인과 엘로디의 이름이 없었기 때문에 가능성이 크지 않았다. 하지만 모리건은 브릴런스가 원드러스예술 베일을 *자신에게* 가르치며 혼자 있을 것 같지는 않았다. 그 느낌이 너무 강해서, 모리건은 수요일 오후로 예정된 〈좀비 언어〉 수업을 빼먹었다. (모리건은 단지 수업 하나일 뿐이라고 생각했다. 어두컴컴한 강당의 많은 학생 속에서 한 명쯤 빠져도 티 나지 않을 것 같았다.)

이 유령의 시간은 17분이었고, 모리건이 본 몇 개 없는 반복되는 시간 중 하나였다. 그건 "수업"이라고 할 만한 게 아니었다. 에즈라는 나무 책상에 한 손을 올리고 말없이 그것을 응시하며, 카멜레온처럼 피부가 변해 나뭇결과 거의 똑같아질 때까지 열심히 집중했다.

에즈라와 브릴런스는 함께 침묵을 지켰고, 마지막에 브릴런스가 에즈라에게 미소를 지으며 나지막이 말했다. "잘했다, 얘야. 발전하고 있어. 네가 자랑스럽구나."

에즈라도 브릴런스를 향해 환하게 웃었다. 뺨을 살짝 붉힌 것을 보면 칭찬받아 신난 게 분명했다.

모리건은 구석에서 이 특별한 순간이 역사의 기록에서 건져 올려진 이유가 뭔지 헤아리기 위해 애쓰며 그들의 모습을 지켜봤다. 두 사람이 17분 동안 조용한 방에 앉아 있는 모습을 보는 것은 그다지 교육적인 가치가 없었다. 유령의 시간을 만든 사람이 누구인지는 모르지만, 아마도 어린 에즈라 스콜에게 모리건만큼이나 매료되었던 모양이다.

이 온화하고 행복하며 학구적인 소년이 어떻게 그런 괴물로 성장하게 되었을까? 모리건은 언젠가, 충분히 가까이서 지켜보면 그의 가면이 벗겨질 거라고 확신했다. 그가 어른이 되었을 때 드러낼 모습의 그림자를 볼 수 있으리라. 지금 이 모습 어딘가에 숨어 있을 테니까.

그럼에도 모리건은 이미 그 둘을 서로 다른 두 사람으로 생각하기 시작했다. 소년 에즈라와 괴물 스콜이라고.

———◆———

반복되는 유령의 시간은 주변으로 흩어져 사라지는 대신 영원히 재현되기 때문에 모리건은 허공의 작은 틈을 찾아 다시 밖으로 나와야 했다. 밖으로 나오자, 털로 덮인 자그마한 얼굴이 모리건을 올려다보고 있었다.

"안녕, 모리건." 소피아가 쾌활하게 인사했다. "지금 지하 6층 강당에 있어야 하는 거 아니니?"

"나는, 어⋯ 맞아요." 모리건은 잠깐 거짓말을 둘러댈까 생각했지만 무의미한 짓이라는 걸 금세 깨달았다. 모리건은 배짱을 끌어모은 다음, 공책을 펼쳐 소피아의 코앞으로 들이밀며 자신이 베낀 유령의 시간들을 보여 주었다. "에즈라 스콜을 찾고 있었어요."

여우원은 눈을 깜빡이거나 시선을 피하지 않았다. "그래, 그럴 거라 생각했어. 네가 여기에서 특별활동에 시간을 많이 들이고 있다고 코널이 그러더라."

"그럼, 아." 모리건은 반항심이 녹아 없어지는 기분이었다. 그럴 필요가 없었다. "미안해요."

"사과할 필요 없어." 소피아는 몸을 돌려 *코코런*을 나가며, 모리건에게 따라오라고 몸짓했다. "여기는 너의 학교야, 모리건. 나머지는, 코널도 나도 지하 9층 학술 모임도, 심지어 루크도 모두 여기에선 손님일 뿐이야. 원드러스예술학교는 원더스미스의 것이야. 너의 것이고, 그건 유령의 시간도 마찬가지야. 다른 사람들이 여기 있는 이유는 너를 교육하기 위한 거지. 우린 단지 네가 너무 무리하지 않기를 바랄 뿐이야."

"어째서 아무도 스콜에 관해 말해 주지 않았어요?"

"네가 이곳에 오기 전에, 우리 셋이 그 문제를 논의했어." 소피아가 인정했다. "코널은 너에 대해 나보다 훨씬 잘 알았지. 네가 감당할 수 있을 거라고 하더라. 하지만 내 생각에는 네가 너무 겁을 먹거나 집중하지 못할 수도 있다고 생각했어. 이곳에 아직도 스콜의 흔적이 그렇게나 많이 남아 있다는 걸 알게 되면 말이야."

"그래서 소피아가 그 이름을 지웠다는 거예요?"

"맙소사, 아니야!" 소피아가 펄쩍 뛰었다. "우린 절대로 『유령의 시간』 책을 훼손하지 않아. 온스털드 교수가 일부러 스콜이라는 이름을 책에서 빼 버렸어. 정밀 조사에서 책을 보호하려고 말이야. 온스털드 교수는 자신의 평생의 업적을 원로들에게 압수당하고 싶지 않았거든… 최악의 경우에는 파쇄될 수도 있었고. 스콜의 이름이 스치기만 해도 모든 게 재로 변하니까."

"하지만 원로님들도 유령의 시간 어딘가에 스콜이 있다는 건 알 텐데요?"

"너는 직접 보기 전까지 몰랐잖아." 소피아가 지적했다. "원로님들은 알고 *싶어* 하지 않을 거야. 코널이 얘기한 것처럼 원로들은 우리에게 질문하지 않고, 우리는 그들에게 거짓말하지 않지."

둘은 잠시 말없이 지하 9층 입구를 향해 걸었다. 그러다가 소피아가 물었다. "정말 으스스하지 않니? 그자와 한방에 있는 게?"

모리건은 어깨를 으쓱였다. "*실제로* 한방에 있는 건 아니잖아요. 그는 진짜 스콜이랑 별로 안 닮았어요. 음, 책으로 읽었던 모습 하고요." 모리건은 말을 마치며 너무 늦지 않게 덧붙였다. 소피아나 루크나 코널에게 자신이 스콜을 여러 번 만났다는 이야기는 하지 않았다. 꼭 이야기해야 하는지 분명한 판단이 서지 않았다. 머가트로이드가 알고 있으니까 루크도 알 것 같았다. 하지만 대화 중에 꺼내기엔 매우 어색한 소재였다.

"네가 나보다 훨씬 더 굳건하구나, 모리건. 나는 그 시기의 유령의 시간은 피하려고 애쓰거든. 그가 어린아이라 해도 다른 원더스미스와 함께 있는 모습을 보면 불안해." 소피아가 고개를 저으며 부드럽게 말했다. "그 원더스미스들은 그자의 *친구*였고, 유일한 가족이었어. 스콜의 부모가 어린 아들을 원드러스협회에 넘겨준 이후로는 그랬지. 정말 놀라운 일이야. 자신의 본성과 그 모든 증오심을 그렇게 감쪽같이, 그렇게 오랫동안 용케 감추었다고 생각하면."

"스콜이 다른 이들을 증오하는 것 같지는 않았어요." 모리건이 말했다. "언제나 행복해 보이는걸요."

통로 끝에 다다르자 소피아는 걸음을 멈추고 입구에서 모리건과 헤어져 공부방으로 돌아갈 준비를 했다.

"그래, 그게 바로 가슴 미어지는 일인 것 같아." 소피아는 골똘히 생각에 잠겨 말했다. "그들이 같은 방에서 함께 행복해하는 걸 보면, 전부 끝이 어땠는지 아니까."

"끝이 전부 어땠는데요?"

소피아가 약간 놀란 표정을 지었다. "모리건… 용기광장 대학살을 들어 봤니?"

모리건이 기억을 더듬으며 대답했다. "네, 동쪽바람 연대 9년 겨울에 스콜이 괴물 군대를 이끌고 네버무어를 장악하려고 했어요. 몇몇 사람이 용기광장에서 맞서며 스콜을 막으려 했고, 스콜은—"

모리건은 말을 멈췄다. 정보의 파편을 머릿속에서 짜 맞추다가 돌연 소름이 끼쳤다.

"스콜이 그 사람들을 모두 죽였어요." 모리건이 조용히 말을 마쳤다. "나머지 원더스미스들이었군요. 스콜이 그들을 이끌고 반란을 일으킨 게 아니었어요. 원더스미스들은 스콜을 막으려 했고… 스콜이 그들을 살해한 거였어요."

"그래." 소피아가 고개를 끄덕였다.

"엘로디도?"

"전부 다."

문득 수치심이 몰려왔다. 모리건은 용기광장 대학살에서 죽은 사람들이 누구였는지 전혀 궁금해하지 않았다는 사실을 깨달았다. 머릿속에서 그들은 얼굴도, 이름도 없는 익명의 군중일 뿐이었다. 스콜이 그들을 개인적으로 알고 있었으리라는 생각은 단 한 번도 해 본 적이 없었다.

"그 사람들이 에즈라 스콜을 막으려고 했다면," 모리건이 천천히 물었다. "모두 입을 모아 말하는 *용감한 사람들* 역시 원더스미스라면⋯ 왜 그토록 다들 원더스미스를 싫어하는 거예요? 에즈라 스콜이 *최악의* 원더스미스였다는 이유 하나로, 왜 그가 유일한 원더스미스였던 것처럼 행동하죠?"

소피아가 귀를 실룩거렸다. "그건 너무 오래전 일이고—"

"백 년이면 그렇게 오래전도 아니에요!"

"—또 역사책들이 너무 철저하게 편집되어서, 어떻게 그런 일이 일어났는지 정확하게 알기는 어려워. 하지만 우리는 그러고 나서⋯" 소피아는 잠시 말을 멈추고 적절한 단어를 생각했다. "용기광장에서 그 일이 있고 나서, 스콜과 괴물 군대로부터 사람들을 지켜 줄 원더스미스가 더는 없던 시기에⋯ 마치 그자가 승리한 것 같았던, 짧지만 어두컴컴한 암흑기가 있었어. 스콜이 네버무어를 장악했었지. 그리고 그때 원더스미스는 곧 에즈라 스콜과 같은 말이 되었고, 에즈라 스콜은 악의 또 다른 이름이 되어 버렸어. 사랑받고 존경받는 존재가 아니라 두려워해야 할 괴물 같은 것이 된 거야."

"도시의 고대 마법이 들고일어나 시민들을 보호하고 스콜을 영원히 추방했을 때, 사람들이 대답을 요구하고 복수와 응징을 하기 위해 가장 먼저 달려간 곳이 바로 원드러스협회였어. 스콜을 키우고 그렇게 성장시킨 곳이었으니까. 원더스미스를 싫어하게 된 도시에서 원드러스협회가 살아남으려면, 누구보다더 원더스미스를 싫어해야 했어. 원더스미스를 *가장* 싫어하는곳이 되어야 했던 거야."

"그렇게 원협은 스스로 변신했고, 그 김에 역사도 다시 썼지. 지하 9층을 폐쇄하고 파괴하고 명예를 떨어뜨리고, 천 년 동안이어진 원드러스 행위를 묻어 버린 거야."

모리건은 이 새로운 정보를 받아들이는 동안 잠시 말이 없었다.

"미안하다." 마침내 소피아가 말했다. 뒷발로 일어선 소피아가 모리건의 손목에 앞발을 가볍게 얹었다. "네가 이렇게까지심란해할 줄은 몰랐어. 그들에 대해 알고 있는 줄 알았어. 그자가 누구를 죽였는지."

웃긴 이야기는 전혀 없었지만, 모리건은 그 말에 하마터면웃음을 터뜨릴 뻔했다. 어떻게 알 수 있었을까? 유령의 시간은원드러스예술을 배우기에는 더없이 완벽한 도구지만, 그 사람들이 누군지는 *단 하나*도 가르쳐 주지 않았다.

소피아와 코널은 지하 9층의 역사를 알고 있었다. 하지만 친구가 배신했다는 걸 깨닫는 순간 오웨인과 엘로디가 어떤 표정이었는지, 모리건에게 보여 줄 수 있을까? 어머니처럼 자애롭고 친절한 브릴런스가 살해당하기 전에 에즈라에게 무슨 말을 했는지, 그리젤다가 마지막 순간까지 에즈라와 맞설 때 어떤 행동을 했는지, 말해 줄 수 있을까?

그리고 그 당시 최고원로위원회는 무슨 *생각이었는지*, 무고한 여덟 사람을 비난하고 원더스미스의 역사를 지우기로 한 결정을 어떻게 정당화할 수 있었는지, 누가 말해 줄 수 있을까?

"그걸 분명히 해야 했던 것 같아요." 마침내 입을 연 모리건은 숨이 막히는 기분이었다. 엘로디와 에즈라가 숲속의 오래된 나무 아래에서 낄낄 웃어 대던 모습이 떠올랐다. "다른 원더스미스들 말고 어느 누가 원더스미스를 막기 위해 노력이라도 해 볼 수 있을까요?"

18장

한낮의 도둑질

3년, 여름

소피아에게 명쾌한 허락을 받은 모리건은 『유령의 시간』 속에서 계속 향연을 즐겼다. 공책에도 점점 많은 목록을 베껴 넣다 보니 현재보다 과거에서 보내는 시간이 더 많아 보일 지경이었다.

치어리 씨를 비롯해 다른 919기 동기들과 차를 마시며 보낸 홈트레인에서의 아침은 무엇보다 소중한 시간이었다. 하지만 이제는 거의 불편한 시간이 되다시피 해서, 지하 9층으로 달려 내려가기 전에 통과해야 하는 일과처럼 되어 버렸다. 머지않아 모리건은 아침 일찍 나와서 오후 늦게까지 머물면서 홈트레인을 아예 건너뛰었다.

누군가는 자신을 이상하게 여길지도 모른다고 모리건은 생각했다. 대화할 수도 없고, 자신이 거기 있는지도 모르는 사람들과 그렇게 많은 시간을 보내다니 말이다. 하지만 외로움을 느끼기는커녕 요구하는 것도 없고 온화한 브릴런스 아마데오, 리 장, 그리젤다 폴라리스 등과 함께 지내는 걸 즐기게 되었다. 엘로디와 오웨인과 오드부이도 그랬다. 마치 그들과… 친구가 되어 가는 것 같았다.

심지어 에즈라조차도 그랬다. 그리고 그런 마음이 들 때마다 죄책감이 꿈틀거렸다.

정말이지 너무나 이상한 일이었다. 용기광장 대학살의 진실을 알고 난 뒤로, 그가 친구들에게 잔인하게 등을 돌렸다는 사실을 알게 된 뒤로, 모리건은 유령의 시간에서 그를 볼 때마다 자신이 증오로 들끓을 거라 생각했다. 하지만 그러는 대신 소년 에즈라와 살인자 스콜이 같은 사람이라는 걸 점점 더 믿기 힘들어지기만 했다.

에즈라는 지극히… 평범했다. 오웨인이나 엘로디를 놀리거나 존경스러운 그리젤다 폴라리스에게 "아주머니"라고 부르거나 자기가 한 농담에 웃거나 수업 중에 실수하고 스스로 답답해할 때마다 한층 더 평범해 보였다. 그리고 인간적이었다. 919기 동기 누구와도 다르지 않았다. *모리건 자신과도* 다를 게 없었다.

모리건이 등교 때마다 스콜을 지속해서 방문했다는 이야기를 호손과 케이든스에게 들려주자, 두 사람은 예상한 대로 반응했다. 호손은 놀라는 동시에 호기심을 드러냈고, 케이든스는 태연한 척했지만 놀라움과 호기심을 전혀 감추지 못했다.

"뭘 하고 있었는데? 어떻게 생겼어? 그 사람이 널 봤어? 유령의 시간 안에서는 네가 안 보이는 거지? 그 사람은 거기서 나올 수 없는 거지? 그걸 통해서 돌아다닐 수도 없겠지?" 호손은 결국 숨이 달려 질문을 멈췄다.

"그건 타임머신이 아니야, 호손, 이 멍청이야." 케이든스가 눈을 굴렸다. "그건 그냥, 뭐랄까, 역사 실록 같은 거 맞지, 모리건? 그렇지?"

모리건은 눈이 휘둥그레진 호손과 이마에 깊게 고랑이 파인 케이든스를 차례대로 바라봤다. 그리고 갑자기 친구들에게 이야기하는 게 미안해졌다. 역사 실록이든 아니든, 지금은 에즈라 스콜이 네버무어에 있다는 생각으로 친구들을 골치 아프게 할 때가 아닌 것 같았다. 919기 동기들은 *C와 D* 집회에도 참석해야 했고 할로우폭스 문제도 계속되고 있어 이미 걱정거리가 많았다.

바이러스는 생활의 모든 부분에 침투하기 시작했다. 호손의 엄마는 아기 데이브가 다니던 유치원을 끊어야 했다. 평소 무척 다정한 선생님이었던 라마원이 유치원 하원 시간에 한 무리의 부모를 공격했기 때문이다. 케이든스의 옆집에 사는 비주류 개구리원 이웃은 사흘 동안 실종됐다가 동네 공원의 오리 연못에서 혼수상태로 발견되었는데, 다행히 아직 살아 있었다. 현재 라마원과 개구리원은 둘 다 원협 부속병원에 있었다.

"맞아." 모리건은 미소를 지어 보이며 친구들이 안심하기를 바랐다. "*진짜* 스콜이 아니야. 그냥 역사 기록일 뿐이야."

"영화 보는 것처럼?" 호손이 낙천적으로 말했다.

모리건은 영화를 보는 것과는 전혀 *다르다*고 말하고 싶었다. 그날 아침, 모리건이 본 일곱 살의 에즈라는 오웨인만큼 불을 잘 뿜어내지 못했다. 어찌나 속상해하던지 모리건은 손을 뻗어 그를 안아 주고 싶을 지경이었다.

"그래." 하지만 모리건은 다른 대답을 했다. "비슷해."

❖

919기의 주의분산 연수 과정의 다음 수업 제목은 〈네 *뒤에 그거 뭐야?*〉였는데, 도시에서 실습으로 진행됐다. 선생님은 아이들을 세 조로 나누어 간단한 지시 사항과 함께 그랜드대로에 남겨 놓고 자리를 떴다.

1. 주의분산을 유도할 것.

2. 무언가를 훔칠 것.

3. 잡히지 말 것.

평화수녀회라는 곳에서 자란 아나는 순간 당황해서 미리 신에게 용서를 구하기 시작했다. 조별로 제각기 흩어지면서 케이든스가 하는 말이 들렸다. "나중에 돌려줄 거야, 아나. 불평 그만해."

모리건은 타데, 프랜시스와 한 조였다. 타데가 곧바로 조장으로 나섰다.

"좋아." 타데는 손짓으로 가까이 오라고 하더니 낮은 목소리로 말했다. "우리는 뭔가 인상적인 걸 훔쳐야 해. 우린 벌써 다른 두 조보다 불리하니까."

"왜 그렇게 생각하는데?" 프랜시스가 물었다.

타데가 프랜시스를 보더니 연극을 하듯이 크게 어깨를 으쓱였다. "생각해 봐. 다른 한 조에는 최면술사가 있고, 또 다른 조에는 아칸이 있지. 아칸의 비기는 *말 그대로* 도둑질이라고."

모리건이 코를 찡긋거렸다. "타데, 내 생각에 이건 경—"

"모든 건 경쟁이야."

프랜시스와 모리건은 서로를 힐끔 바라보며 타데가 그렇게 생각하도록 내버려 두는 게 좋겠다는 무언의 합의를 나누었다.

아이들은 한 블록 주변을 벗어나지 말아야 했고, 도둑질을 완료하면 다 같이 모여 원협에 보고해야 했다. 타데는 신중하게 목표물을 골랐다. 그곳은 중고품도시Secondhand City라는 널찍한 전당포였다.

"그럼 우린 얼마나 *인상적*이어야 하는 거야?" 모리건은 잡동사니가 가득한 복도를 오르내리면서 위태롭게 쌓인 가구, 골동품, 특이한 물건들을 바라보며 물었다.

프랜시스가 어깨를 으쓱거렸다. "자전거 어때? 아니면 갑옷은? 아아, 이 축음기는 어때? 항상 축음기를 갖고 싶었어."

모리건이 인상을 찌푸렸다. "우리가 계속 갖는 게 아닌 건 알지?"

프랜시스가 열렬한 표정으로 골동품 축음기를 바라봤다. "아, 맞다."

"너희는 잘못 생각하고 있어." 타데가 길게 엉킨 빨간 머리를 하나로 대충 묶고 소매를 걷어 올렸다. "우리는 최소한만 하려고 온 게 아니야. 대성공을 거둘 게 아니면 집에 가야지."

"아, 좋은 생각이야! 나는 집에 가는 데 투표할래." 모리건이 말하자 프랜시스가 웃음을 터뜨렸다.

셋은 10여 분이나 헛되이 복도를 뛰어다니며 수십 가지 제안을 내놓았고, 타데는 번번이 거절했다.

"저건 어때?" 프랜시스가 마네킹을 가리켰다. "옷을 입혀서 우리 일행인 척하면 되겠다. 여기서 바로 걸어 나가면 돼."

타데가 눈을 굴렸다. "세상에 그렇게 멍청한 생각은 처음 들었―"

"쉿." 통로 끝에 다다랐을 때 모리건이 팔을 들어 두 사람을 조용히 시켰다. 이어지는 통로 저쪽에서 목소리가 들렸다. 모퉁이 너머로 훔쳐보니, 남자 두 명이 서 있었다. 그 옆에는 기계 같은 커다란 금속 구체가 있었는데, 군데군데 녹슬어 보였다. 그건 거의 남자들의 키만큼이나 컸다.

"…벌써 다섯 군데에서 거래 제안이 들어왔어요. 물건 들어온 지 고작 일주일 만에. 진짜 수집가라면 탐낼 만한 물건이니까요."

고객은 미심쩍어하는 기색이었다. "이게 뭔데요?"

"레일포드잖아요?" 상대 남자가 대답했다. 아마 전당포 주인 같았다.

"내 눈에는 레일포드처럼 안 보이는데." 고객이 말했다.

전당포 주인이 목소리를 낮췄다. "그건 이게 현지 설계가 아니니까, 그렇겠지요? 이건 희귀 자산이에요. 진짜 윈터시당이 소유한―"

"아, 다른 거로 보여 줘요! 그건 그냥 녹슨 고철 덩어리야. 고철값으로 30크레드면 살게요."

"30이요? 이 양반이 농담도 잘하시네. 그건 1,000 밑으로는 안 팔아요."

"*1,000크레드? 제정신이에요?*" 물건을 보던 고객은 고개를 절레절레 흔들고 허허 웃으며 어슬렁어슬렁 자리를 옮겼다.

아이들은 전당포 주인이 남자 뒤를 쫓아 통로를 따라가는 모습을 지켜봤다. 두 사람이 시야를 벗어나자 프랜시스가 허겁지겁 기계 쪽으로 달려갔다. "레일포드 같긴 한데, 그러기엔 너무 작아. 그리고 이것 봐. 여기 프로펠러하고 모터가 달렸어. 이건 물을 건널 때 쓰는 배야."

모리건이 그 둘레를 돌며 손으로 금속의 외장재를 더듬었다. "이게 배라고?"

"이상하게 생겼지만 배야." 타데가 녹슨 손잡이를 흔들면서 말했다.

문이 열리며 작은 내부 공간이 드러났다. 좌석 한 개와 조종 사용 제어 장치가 보였다. 아이들이 모여 안을 들여다봤다.

타데와 모리건이 황급히 뒤로 물러서며 코를 막았다.

"웩, *냄새*. 바다풀이랑 죽은 물고기 냄새 같아." 타데가 말했다.

모리건은 구역질하지 않으려고 애쓰며 그런 것 같다는 뜻으로 고개를 끄덕였다. 그냥 바다풀과 죽은 물고기가 아니었다. 익숙하지만 뭐라고 분명하게 말하기 힘든 무언가였다. 그것은 일종의 진창 같은, 썩은 냄새였다. 모리건은 차마 코와 입에서 손을 뗄 엄두가 나지 않아 웅얼거리는 목소리로 말했다. "문 닫아, 프랜시스. 토할 것 같아."

프랜시스는 너무 흥분한 나머지 냄새를 알아채지 못하는 것 같았다. "배가 아니라 *잠수함*이야. 저걸 봐, 저건 잠망경이야! 그리고 저기엔 수중 음파탐지 장비가 있을 거야. 한 명을 태우고 나를 수 있는 개인 선박일 거야… 간첩들이 타는 것 같아!

"그런 걸 어떻게 다 알아?" 모리건이 물었다.

"이야와 증조할머니가 해군 장교로 퇴역하셨거든. 이야와 아킨펜와 제독이라고, 찾아보면 나와. 젊을 때 진짜 유명하셨어. 항해 선박에 관한 책은 도서관을 차려도 될 만큼 많이 가지고 계셔." 열정이 넘친 프랜시스가 문을 더 활짝 열려고 했지만, 타데가 쾅 닫았다.

모리건은 주로의 냄새라는 걸 알아차렸다. 네버무어 한가운데를 굽이굽이 흐르는, 어둡고 깊고 구불구불한 주로강의 익숙한 냄새였다.

"가끔 하일랜드에서 네버무어까지 강으로 이동하는 사람들이 있어." 타데가 말했다. "그 사람들이 간첩이라는 건 아니고." 타데는 기계 둘레를 돌며 여기저기를 두드렸다.

하지만 프랜시스는 이미 확신했다. "이 기술 좀 봐. 일반인이 쓰기엔 너무 비싼 거야. 간첩 말고 주로강을 꼭 물속으로 이동해야 하는 사람이 어디 있겠어. 거긴 강에 사는 독사에 대왕 가시 악마물고기에 백골이랑 물늑대 같은 게 득실거리는데."

타데가 프랜시스와 모리건 사이에 서더니 두 사람의 어깨에 손을 얹었다. 타데의 눈이 갑자기 반짝거렸다. "얘들아, 이거 야. 이걸 훔치는 거야."

모리건이 타데를 빤히 바라봤다. "타데… 농담하지 마. 저건 너무 커. 우리가 저걸 여기서 어떻게 들고 나가?"

"우린 세 명이잖아! 게다가 내가 세 사람 몫은 거뜬히 하니 까, 엄밀히 말하면 우린 다섯 명인 거야."

"엄밀히 말하면 세 명이지." 프랜시스가 바로잡았다.

타데는 흥분으로 얼굴빛이 발갛게 달아올랐다. "자자, 우리가 이걸 들고 원협에 돌아갔을 때 다들 어떤 표정일지 생각해 봐."

"*원협*으로 돌아가?" 모리건이 못 믿겠다는 듯 짧게 웃었다. "저걸 들고 원협까지 간다고? 타데, *무슨 수로*? 그러려면 온종 일이 걸릴 거야. 지하 9층까지 가려면 시간이―"

"윽, 또 지하 9층." 타데가 신음을 흘렸다.

"뭐라고?"

"지하 9층 얘기 좀 그만할래? 넌 요새 온통 그 *얘기*밖에 안 하잖아. 지하 9층이 이러쿵 원드러스예술이 저러쿵 와이니 빙 크스가 어떻고―" 타데가 답답해하며 낡은 탁자 다리 하나를 발로 찼다.

"오웨인 빙크스야―"

"지긋지긋하다고!" 타데 눈에서 불이 번쩍이는 것 같았다. "넌 개인용 비밀 학교에나 내려가 있지 그래? 이런 건 *우리끼리* 열심히 해서 실력을 다듬을 테니까. 어차피 원드러스협회가 *존재하는 이유도* 이런 실력을 기르기 위한 거잖아? 너는 *신경도* 쓰지 않는 것 같지만."

모리건은 분한 마음에 씩씩거리며 프랜시스에게 지원을 요청하는 눈길을 보냈지만, 프랜시스는 갑자기 바닥에 굉장히 재미있는 볼거리라도 생긴 것처럼 눈을 피했다. "하수도를 기어다니는 게 내 취미가 아니라서 정말 *미안하다.* 모든 사람이 다 타데 후퇴를 모르는 클랜 매클라우드 같을 수는 없어."

"취미 문제가 아니잖아? 우리에겐 해야 할 일이 있어. 우린 열심히 노력해서 스스로 쓸모 있게 만들고, 이 영토에 도움이 되어야 한다고!"

"우린 **열세 살**이야."

"내가 개빈 스콰이어스한테 나도 괴수 분과에 갈 수 있는지 물었더니 뭐랬는지 알아? 선배들과 함께하고 싶으면 우리 자신을 증명해야 한댔어. 우리 모두 다. *하나의 919기로서* 우리 자신을 증명해야 한다고." 타데가 쏜살같이 말했다.

"개빈 스콰이어스가 뭐라 하든 상관없어!"

"글쎄, 상관있을걸." 타데가 쏘아붙였다. "우리 가운데 자신을 가장 증명해야 할 사람이 바로 *너니까. 원더스미스.*"

독기를 가득 품은 타데의 말에 모리건은 움찔했다.

프랜시스는 불안한 얼굴로 모리건과 타데를 번갈아 보았다. "저… 저기, 우리 돌아가야 할 것 같아. 어디 마네킹이라도—"

"어이, 너희 셋. 이리 나와, 빨리!" 호손이 뛰어서 벌겋게 달아오른 얼굴로 가슴을 들썩거리며 전당포 입구에 선 채 얼른 나오라고 손짓하고 있었다. "어서 와. 너희도 들어야 해."

다른 919기 동기들은 이미 햇볕이 쏟아지는 그랜드대로에서, 모여든 인파 끝자락에 꼬인 매듭처럼 검은 망토 차림으로 세 아이를 기다리고 있었다.

"무슨 일이야?" 모리건이 심기 불편한 얼굴을 한 케이든스에게 다가가며 물었다.

케이든스가 고개를 절레절레 저었다. "저 바보가 말하는 것 좀 들어 봐"

문제의 바보는 말쑥하게 차려입고 커다란 궤짝 위에 올라선 한 남자였다. 남자는 확성기를 들고 운집한 군중을 향해 소리쳤다. 화가 났는지 쩌렁쩌렁 불쾌한 소리가 울렸다. 말하는 내용은 그보다 더 불쾌했다.

"이건 자연을 올바르게 바로잡는 문제일 뿐입니다! 소위 워니멀이라고 하는 건 **부자연스러운** 존재입니다. **인류에 대한 모욕**입니다. 우리와 동등한 존재인 양 인간 사회 안에서 걸어 다녀서는 안 된다는 말입니다!"

모리건이 얼굴을 찌푸렸다. 듣는 사람들의 반응은 환호와 야유로 갈리는 것 같았지만, 모든 소리가 너무 시끄러워서 말하기가 어려웠다.

"이건 필연적인 일이었습니다! 우리는 이 혐오스러운 것들에 대한 관용 때문에 자연의 질서를 너무 멀리 벗어났습니다. 그리고 이제 짐승의 진짜 본성이 드러나고 있습니다. 우리는 우리 자신과 가족을 보호해야 하며, 마땅히 **그렇게 할 권리**를 찾아야 합니다. 하지만 권력을 가진 자들은 그런 권리를 **우리에게 허락하지 않을 것**입니다!"

남자는 한마디 한마디 할 때마다 계속해서 허공에 주먹을 휘둘렀다. 손에 보이지 않는 망치라도 쥐고 있는 것 같았다. 얼굴은 시뻘겋게 물들어 거의 자주색에 가까웠다. 남자가 불쾌하게 굴지 않았다면 모리건은 그가 쓰러질까 *약간* 걱정했을지도 몰랐다.

"잘 들으십시오, 이 일을 은폐하려는 움직임이 있습니다! 우리는 신문을 통해 난폭한 폭발과 알 수 없는 공격을 보았습니다. 그게 바로 우리가 아는 사실이에요! 나는 윈드러스협회가 중요한 정보를 숨기고 있다고 믿습니다. 대중은 그 정보를 **알 권리**가 있습니다. 믿을 만한 소식통에게 들은 말입니다. 납세자의 돈으로 운영되면서 호화롭고 은밀한, 하지만 *감시받지 않*는 윈드러스협회 교정 안에 지금 **공격자로 알려진 워니멀**을 한

두 마리도 아닌 수십 마리나 보호하고 있다고 합니다!"

모리건은 케이든스, 호손과 함께 불안한 눈빛을 주고받았다. 아이들이 착용한 W 배지가 햇빛을 받아 금빛으로 빛났다. 모리건은 아이들의 옷깃에서 배지를 떼어 각자의 주머니에 집어넣고 싶은 충동을 참았다.

원협에서 정보가 샐 수 있나? 입이 싼 사람만 있으면 그럴 수야 있겠지만, 협회에 그런 사람이 별로 없다고는 말할 수 없었다. 아니면 원협 밖의 누군가가 그저 알아낸 것일 수도 있다. 모리건은 진실이 곧 밝혀질 거라고 생각했다.

누군가 모리건의 팔꿈치 위쪽을 움켜잡는 것이 느껴졌다. 멍이 남을 듯한 세기였다.

"아야! 지금 뭐 하는, 램?"

"가자." 램의 얼굴이 굳어 있었다. 램은 아이들을 모아 인파 밖으로 끌어내기 시작했다. "다들 가자. 브롤리 꺼내."

모리건과 919기 동기들은 램을 따라 모퉁이를 돌았다. 누구도 램에게 질문하지 않았고, 가장 가까운 브롤리 레일 승강장에 정확히 시간 맞춰 도착했을 때도 놀라는 사람은 없었다. 아이들은 휙 지나가는 레일의 빈 고리 아홉 개에 줄 맞춰 우산을 걸었다.

원협으로 돌아가는 브롤리 레일이 그랜드대로에 모인 군중 위로 솟구쳐 올라갈 때 보니, 집회는 전면적인 거리 싸움으로 번져 있었다. 싸움을 진압하기 위해 스팅크도 출동했다. 예지자 램버스가 때맞춰 아이들을 그곳에서 구해 낸 것이다.

모리건과 타데 사이에 여전히 긴장감이 감도는 채로, 그날 오후 홈트레인역에 아이들이 모였다. 모리건은 타데가 자신에게 *원더스미스*라고 무섭게 야유하던 모습을 잊을 수가 없었다. 타데는 다른 조들이 도둑질에 성공한 데에 속이 *부글거리는* 게 분명해 보였다. (케이든스네 조는 경비가 삼엄한 보석 상점에서 다이아몬드 목걸이를 훔쳤고, 아칸네 조는 훔친 물건을 주머니마다 가득 채우고 그걸 돌려줄 곳의 명단까지 길게 만들어 왔다.)

다른 아이들은 둘 사이의 마찰을 눈치챘는지 어쨌는지 아무 말도 하지 않았다. 브롤리 레일에 올라탄 이후로 아이들의 대화는 확성기로 소리치던 남자와 갑자기 일어난 폭동에 관한 것이 전부였다. 아칸은 군중 속에서 스라소니원을 본 것 같다고 했고, 호손은 격분한 표정의 염소원이 누군가를 들이받는 걸 봤다고 강하게 주장했다.

"거기 감염자가 있었을까?" 호손이 말했다. "아니면 그냥—"

"화가 난 걸까?" 모리건이 대신 말했다. "모르지."

"만약 누가 나를 혐오스러운 것이라고 불렀다면 화났을 거야." 마히르가 말했다. "너무 저급해."

그때 치어리 씨가 도착했다. 늘 그렇듯이 정시에 도착한 치어리 차장은 숨을 헐떡이며 객차에서 뛰어내렸다.

"너희들 들었니?" 치어리 씨가 말했다. "내일 수업이 모두 취소됐어! 원로님들이 상급생 회담을 소집했고, 하급생들은 특별 선물로 학기 마지막 날을 쉬라고 하셨어. 동기들과 함께 재미있는 시간이라도 보내라고."

"상급생 회담이 뭐예요?" 케이든스가 물었다.

"아, 그냥 조금 더 긴급한 *C와 D* 집회야. 다 이 할로우폭스 때문 아니겠니." 조심성 없이 손을 흔들며 말하는 치어리 씨의 경쾌한 말투가 모리건에게는 세심하게 연습한 것처럼 들렸다. 모리건이 케이든스를 흘끔 보자 케이든스가 모리건을 향해 한쪽 눈썹을 치켜올렸다. 케이든스도 모리건처럼 이 일이 그랜드 대로 집회와 어떤 연관이 있는지 궁금해하는 눈치였다. "협회 회원들이 일곱 포켓 전역에서 돌아올 거야. 그런데 집회소가 그 인원을 전부 수용할 수 없어서 우리가 쉬는 거야. 우린 어디든 가고 싶은 곳에 가면 돼!"

치어리 씨의 말에 919기 대부분이 환호했지만, 모리건은 별로 신나지 않았다. 모리건은 빈백에 털썩 주저앉아 공책에 베낀 유령의 시간을 들여다봤다. 몹시 보고 싶었던 느낌 좋은 수업이 내일 있었다. 마스커레이드 기술 수업이었다. 수업을 쉬는 건 절대 원하지 않았다. 그렇지 않아도 곧 유령의 시간에 전혀 들어갈 수 없는 긴 여름이 오고 있었다.

타데가 인생에서 가장 중요한 계시를 받은 사람처럼 숨을 헐떡였다. "차장님! 이건 운명이에요. 내일 트롤경기장에서 강인한 그림스고르겐블라그와 튼튼한 플라드나크의 싸움이 있거든요. 거기 가도 돼요? *네?*"

"아니야, 수영장에 가요!" 호손이 말했다. "내일은 푹푹 찔 거야."

"*수영장?*" 타데는 마치 보육원에 불을 지르자는 말이라도 들은 것 같은 얼굴이었다.

마히르가 대나무처럼 꼿꼿하게 몸을 세워 앉으며 말했다. "오! 우리 고블도서관에 가면 안 돼요? 거기 가면 분명 세상에 단 한 권 남은 『*피더런드어 개론*』이 있을 거예요." 마히르는 친구들을 둘러보며 반응을 살폈지만 멀뚱한 시선뿐이었다. "『*피더런드어 개론*』 몰라? 일흔일곱 개의 음절 문자 체계와 알려진 요정 언어 철자를 수집한 삽화집이거든? 삼천 년 전에 손으로 쓴 건데, 묵언승려회에서 직접—"

"**수영장에 가요, 네? 차장님!**" 호손이 요란하게 끼어들었다.

하지만 치어리 씨는 생각에 잠긴 얼굴이었다. "사실 고블도서관에 가는 것도 나쁘지 않아, 마히르. 내 오랜 친구 한 명이 그곳에서 일하거든. 이제 막 **책파수꾼**(* bookfighter, 앞서 주피터가 지닌 여러 직함 중 하나로 한 번 언급이 된 적이 있는데, 그때는 구체적인 역할이 드러나지 않아 '탐독가'로 번역하였는데 '책파수꾼'으로 정정함 – 옮긴이)에서 사서로 승진했단다."

"차장님, 정말 *도서관에* 가요?" 케이든스가 얼굴을 찡그렸다. "특별 선물이 될 거라고 생각했지, '지루한 것 가득한 지루한 축제의 개막식'이 될 줄은 몰랐어요."

마히르가 미간을 찡그렸다. "고블도서관은 지루하지 않아, 케이든스."

"라고 축제의 지루한 대가가 말했다."

"*지루축제의* 대가." 호손이 한발 더 나아가 말했다.

케이든스는 마지못한 얼굴로 호손의 하이파이브를 받아 주었다.

"그걸 설립한 건 원드러스협회야." 마히르는 굴하지 않고 의연하게 말했다. "거기에는 원협의 역사만 분류해 둔 전용 서가도 있어. 회원들만 이용할 수 있는." 마히르가 말을 마치며 검지를 펴서 자그마한 *W* 인장 부분을 꼼지락거렸다.

모리건 얼굴에 화색이 돌았다. 원드러스협회의 역사만 다룬 서가가 따로 있다면, 분명 원더스미스의 역사도 있지 않을까? 어쩌면 그곳에 있는 건 프라우드풋 하우스에 퍼뜨린 허위 선전이 아니라, *진짜* 원더스미스의 역사일지도 몰랐다.

모리건은 손을 들었다. "고블도서관 찬성이에요."

케이든스와 호손이 미친 사람이라도 보듯 모리건을 바라봤다. 타데는 모리건을 쏘아봤다.

"흠." 치어리 차장이 수줍은 듯, 꿈꾸는 얼굴로 919역에 홈트레인을 정차했다. "로시니를 다시 만나다니 기뻐. 내가 잘 부탁하면 분명 직접 안내도 해 줄 거야."

"차장님, 이해를 못 하시는 것 같은데요." 아이들이 모두 내렸을 즈음 타데가 말했다. "그림스고르겐블라그와 플라드나크―"

홈트레인이 짧고 날카로운 소리로 타데의 말허리를 자르며 하얀 증기를 *쉬익* 뿜었다.

"내일 아침 일찍 만나자!" 치어리 씨가 소음을 뚫고 큰 소리로 인사하며 손을 흔드는 사이, 홈트레인은 터널 속으로 사라졌다.

테다가 마히르의 팔에 잽싸고 강한 주먹을 한 방 날렸다.

19장

고블도서관

　"차장님, *제발요*." 그날 아침 호손은 벌써 다섯 번째 징징거리고 있었다. 올드타운 북구에 있는 원협에서부터 서구의 고블도서관까지 내내 그렇게 발을 질질 끌며 걸어갔다. "그냥 수영장에 가면 안 돼요? 918기는 수영장에 갔단 말이에요. *불볕더위*라고요."

　"하지만 우리는 수영장보다 더 좋은 곳에 갈 거야, 호손." 치어리 씨는 대열의 맨 앞에서 역시나 다섯 번째로 호손에게 대답했다. "우린 고브로 가. 자, 잘 따라와."

"차장님은 마음이 내키면 어디든 다 멋있어 보이는 이름을 붙여서 부를 거야." 호손이 모리건에게 투덜거렸다. "그런다고 *도서관*이 덜 지루해지는 것도 아닌데."

올드타운까지 걸어가는 길(치어리 씨가 걷기를 고집했다)은 멀고 땀이 났다. 걷는 도중에 손님이 바글거리는 아이스크림 가판대도 몇 개 지나쳤고, 유치원생쯤 될 법한 나이의 아이들이 깍깍거리며 분수대 아래를 뛰어다니는 모습도 보았다. 정원 지대에서는 그늘이 넓게 드리운 무화과나무 아래 나들이객이 무리 지어 앉아 레모네이드를 홀짝였는데, 다들 시원하고 만족스러운 표정이었다. 여름철의 행복을 만끽하는 모습을 지나칠 때마다 호손은 슬퍼하며 징징거렸고, 모리건은 호손의 팔을 붙잡고 끌고 가다시피 해야 했다. 타데는 더 심했다. 달팽이 걸음으로 따라가며 침묵시위 중이었다. (타데는 아직 마히르나 모리건에게 말을 걸지 않았다. 오늘은 "타데 용서 못하는 매클라우드"인 게 분명했다.)

마침내 919기 일행은 눈길을 끄는 사암석 건물에 당도했다. 모리건은 메이휴거리를 몇 차례나 지나다녔지, 이 건물에 들어간 적은 한 번도 없었다. 일행은 세 명씩 짝을 이뤄 거대한 회전문을 통과했다. 모리건은 마지막으로 호손, 마히르와 함께 문을 밀고 들어가 반대쪽의… 메이휴거리로 *나왔다*.

처음에 모리건은 회전문을 한 바퀴 돌아서 나왔나 보다 생각해서 들어갔던 곳으로 다시 갔지만… 그게 아니었다. 아이들은 다시 밖으로 나왔고, 고블도서관 건물 정면을 보며 메이휴거리에 서 있었다. 그런데 이번에는 달랐다.

불과 몇 초 전까지 있었던 메이휴거리는 밝고 화창했으며 찜통 같은 날씨에 여름날을 즐기려는 사람으로 가득했다. 하지만 이쪽 메이휴거리는 가을 저녁처럼 서늘하고 상쾌했으며, 땅거미가 진 듯 어둑한 데다 사람이라고는 보이지 않았다. 소리도 전혀 들리지 않았다.

"내가 잠깐… 정신을 잃거나 그랬니?" 모리건이 호손과 마히르에게 물었다. 하지만 두 아이도 어리둥절하기는 마찬가지였다.

"가자." 치어리 씨가 아이들을 불렀다. 치어리 씨는 아이들이 방금 올라왔던 계단을 이미 반쯤 내려가며 거리를 향하고 있었다. 여전히 조금 멍했지만 흥미로운 것을 찾기로 마음먹은 모리건은 차장에게 달려갔다.

벚나무가 늘어서 있어야 할 메이휴거리 한복판에 벚나무 대신 커다란 나무 책상이 하나 놓여 있었고, 그 앞에는 **대출** 팻말이 붙어 있었다. 단정한 옷차림에 안경을 낀 젊은 여자가 금빛 W 배지를 옷깃에 달고 책상 뒤에 서서 다가오는 일행을 지켜봤다. 아이들이 썩 달갑지 않은 것 같았다.

"저기 있다!" 치어리 씨가 외치며 달려가더니 여자를 반갑게 껴안았다. "내 친구, 로시니 싱, 역대 최연소 고블 사서지. 네가 해냈어, 친구야. 네가 자랑스러워."

치어리 씨와 부둥켜안고 있던 사서는 깜짝 놀란 얼굴로 어깨 너머의 919기 아이들을 바라봤다. "음, 마리나… 수행단이 있다는 말은 안 했잖아. 이 어린이들은 여기서 뭘 하는 거지?"

치어리 씨가 모리건과 919기 아이들을 돌아봤다. "누구, 이 아이들? 지식의 제단에 경배를 드리러 온 아이들이지."

"마리나." 사서가 진지하게 말했다. "이 애들은 너무 어려서 도서관 카드가 *없을 텐데.*"

"하지만 내가 가지고 있잖아." 치어리 씨가 활짝 웃으며, 목에 걸고 있던 얇은 금속 카드를 들어 보였다.

"*마리나.*" 팔짱을 낀 로시니가 안경 너머로 엄한 눈빛을 보내며 다시 말했다. "고블도서관은 아이들이 올 곳이 아니야."

모리건은 호손이 기쁨에 겨워 "좋았어" 하고 숨죽여 말하는 소리를 들었다. 타데조차도 약간 화색이 돌았다.

하지만 치어리 씨는 혀 차는 소리를 내고 침착하게 어깨를 으쓱였다. "그래, 하지만 있지… 네가 그렇게 도서관 사서 같은 무서운 표정을 지어도 나는 하나도 겁나지 않아, 로슈. 네가 거울을 보면서 그 표정을 천 번도 더 넘게 연습하는 걸 봤거든. 로슈, 아이들은 얌전히 있다가 갈 거야. 내가 보장해. 그렇지,

919기?" 치어리 씨가 엄한 얼굴로 바라보자, 아이들은 모두 고개를 끄덕였다(끄덕이는 열정의 정도는 편차가 매우 심했다).

로시니가 자포자기한 듯 고개를 흔들자, 윤기 흐르는 검은 단발머리 끝이 어깨를 스치며 까닥였다. 로시니는 목소리를 낮췄다. "마즈, 너 때문에 내가 곤란해져. 이제 전임 사서로 일하는 첫 주인데, 나한테 제일 중요한 규칙을 깨라고 말하는 거잖아."

"아니야! 깨는 게 아니야." 치어리 씨가 말했다. "그저… 돌아가자는 거지. 조금만?"

"안 돼, 안 해."

치어리 씨는 만면에 승리의 미소를 지으며 회유했다. "오, *자자*. 책파수꾼일 땐 항상 날 들여보내 줬잖아. 도서관 카드가 없을 때도 말이야. 폐관 시간이 지났든 말든." 치어리 씨가 눈썹 한쪽을 치켜들었다.

"*쉿*." 로시니가 깜짝 놀라 눈을 몇 번이나 깜박이면서 듣는 사람이 없는지 주변을 힐끔거렸다. 하지만 거리에는 아무도 없었다. 로시니는 치어리 씨의 팔을 대출 책상 앞으로 당기더니, 화난 목소리로 작게 속삭였다. 모리건은 귀를 쫑긋 세우고 열심히 들으면서도 겉으로는 엿듣는 티를 내지 않으려고 노력했다. "마리나, 나는 이제 그냥 책파수꾼이 아니라 *사서야*. 나도 내 담당이 있단 말이야. 너 때문에 규칙을 피해 돌아갈 수는 없어, 마즈. 더는 어린애가 아니잖아. 제발, 나 *카디건* 입는 사서라고." 로시니가 자기 소매를 잡아당겼다.

치어리 씨도 밝은 노란색 소매를 잡아당기며 낮은 목소리로 말했다. "그 카디건 너한테 잘 어울려. 안경도. 훨씬 학구적으로 보여."

로시니는 웃지 않으려고 애썼지만, 분명 기분이 좋아 보였다. "책파수꾼일 때는 콘택트렌즈를 착용하지 않으면 원숭이가 안경을 들고튀거나 회오리바람에 안경이 날아가 버렸지."

여전히 티 내지 않고 몰래 엿듣고 있던 모리건은 이 말이 우습기도 하고 놀랍기도 했다. *회오리바람에 날아갔다고……?*

치어리 씨가 팔꿈치로 로시니의 팔을 슬쩍 찌르자, 사서는 마침내 미소를 지었다. "어서, 로슈. 한 시간만. 아이들이 *무척 좋아할 거야.* 내가 너를 얼마나 자랑했는데. 애들은 그저 네가 일하는 곳을 보고 싶어 할 뿐이야."

로시니는 치어리 씨 옆의 919기를 유심히 살폈다. 919기는 시킨 대로 말없이 가만히 서서, 품행이 바르고 말 잘 듣는 아이들처럼 보이려고 애썼다.

사서가 한숨을 쉬었다. "좋아. 딱 **한 시간**이야."

치어리 씨가 허공으로 주먹을 뻗었다. "좋아! 난 네가 해낼 줄 알았어, 로시니 싱. 그러니 세상은 넓어도 나한테는 자기뿐이라니까."

"좋아, 잘 들어." 젊은 사서는 웃음기를 숨긴 채, 모리건과 동기들을 향해 돌아섰다. 그리고 노란 카디건 소매를 걷어 올리고 안경을 고쳐 쓴 다음 두 손을 엉덩이에 얹었다. "고블도서관에 온 걸 환영해. 강조하고 또 강조해도 모자란 얘기가 있다면, 이곳은 극도로 위험하다는 거야. *한시도 방심하면 안 돼. 잠깐이라도 일행을 이탈해서도 안 돼.* 집중해서 나와 내 책파수꾼들의 설명을 잘 들어야 해. 우리가 뛰라면 뛰는 거야. 바닥에 웅크리라면 웅크려야 하고. 조끼를 입은 토끼를 만지지 말라고 하면 *그렇게 해야 해.* 절대로 조끼 입은 토끼를 건드려서는 **안 돼.**" 로시니가 잠시 말을 멈추고 강한 인상을 주려는 듯 아이들을 둘러봤다. 두꺼운 안경알 뒤의 눈이 올빼미처럼 컸다. "왜냐하면 그 토끼는 광견병에 걸렸거든."

치어리 씨가 목을 가다듬고 조용히 불렀다. "로슈."

"알았어, 알았어. 광견병에 걸린 건 아니야." 로시니가 말했다. "하지만 걸렸을 수도 있어. 아니면 경찰봉을 가지고 있을 수도 있고. 아무도 모를 일이거든. 그러니까 내가 말하면 잘 따라야 해. 알겠니?"

"네." 919기가 웅얼웅얼 대답했다.

"**내가 말했지.**" 로시니가 큰 소리로 외쳤다. "**알겠니?**"

"**네!**" 아이들도 큰 소리로 대답했다.

로시니는 대출 책상 뒤로 가더니 무거운 업무용 벨트를 꺼냈다. 벨트에는 놀라운 물건들이 들어 있었다. 수갑, 커다란 칼, 은색 호루라기, 라디오, 종이테이프, 초콜릿 바 몇 개, 가죽 채찍, 열쇠가 잔뜩 걸린 고리 같은 것이었다. 로시니는 벨트를 엉덩이에 둘렀다.

"됐다. 브롤리와 가방을 가져왔으면 여기 두고, 차를 가지러 가자."

◆

고블도서관은 그냥 도서관이 아니었다.

고블도서관은 또 하나의 영토였다.

"엄밀히 말하면 포켓 영토야. 우리 영토 옆에 붙어 있어. 괴상한 종양처럼." 치어리 씨가 919기에게 좀 더 가까이 붙으라고 손짓하며 나직이 설명했다. 아이들은 두꺼운 담녹색 강유리 riverglass에 완전히 에워싸인 승합차 뒷좌석에 앉아, 도서관 버전의 올드타운을 조용히 미끄러지듯 지나가고 있었다. 로시니의 설명에 따르면 강유리는 주로강 바닥에서 캐낸 것으로, 무엇보다 강하고 내구성도 좋으며 네버무어에서 쉽게 구할 수 있다고 했다. 모리건은 폭포가 떨어지던 캐스케이드 타워 안에 있는 기분이 들었다. 아니면 바다 밑바닥에 있는 것 같기도 했다. 승합차 밖에 있는 것은 모두 아름다운 옅은 녹색으로 흠뻑

물들어 있었다. 치어리 씨는 나직이 웅얼거리는 소리로 설명을 이어 나갔다. "우연히 생긴 네버무어의 복제품이야. 완전히 똑같긴 하지만… 음, 약간 달라. 열세 연대 전에 갑자기 튀어나왔어. 왜 이런 게 생겼는지, 어떻게 생겼는지, 아무도 몰라. 탐험가연맹에서는 거기 회원 한 명이 입구를 건드렸다가 실수로 이걸 만들었다고 생각했지만, 아무도 책임지겠다고 먼저 나서지 않았지. 결국 시청에서 규제를 취했고, 고블페이스^{Gobbleface} 부부라고 불리는 어마어마한 부자들이 이걸 사서—"

"그 사람들 성이 고블파세^{Gob-le-Fasse}잖아." 로시니가 운전석에서 진력을 내며 발끈했다.

"—그 고블페이스 부부가 여기를 이렇게… 바꿔 놓았단다." 치어리 씨가 모호하게 손을 흔들며 주변을 가리켰다.

"여기"는 모리건이 지금까지 본 것 중에 가장 놀라웠다. 네버무어에 와서 2년이 조금 넘는 시간 동안 봤던 것 중에 놀랍지 않은 게 없었지만, 이곳에 비하면 전부 평범할 정도였다. 이곳은 네버무어지만, 네버무어가 아니었다. 거리는 똑같았다. 용기광장도 있었고, 금빛 물고기 조각상이 있는 분수대도 광장 한가운데 그대로였다. 건물도 모두 같았고 거리 이정표와 가스등과 벤치도 모두 똑같았다. 심지어 우체통까지 원래의 네버무어와 똑같이 배치되어 있었다.

하지만 광장에는 사람이 없었다. 거리와 건물은 으스스할 정도로 조용했다. 분수대에는 물이 없었다. 나무에서 새소리도 들리지 않았고, 산들바람에 흔들리는 나뭇잎 한 장 없었다. 바람 자체가 없었다. 공기는 고요하고 서늘했다. 하늘은 어둑어둑한 푸른 잿빛에서 변화가 없었다.

사람과 새와 바람 대신… 도서관 도시를 가득 채운 것은 책이었다.

그야, 당연했다. 모리건도 이곳이 책으로 가득 차 있을 거라는 정도는 예상했다. 하지만 거리마다 끝없이 늘어선 책장이 거의 건물 꼭대기까지 높이 솟아 있으리라고는 *생각하지 못했다.* 그 책장에 쌓인 책은 눈에 보이는 것만 수백만 권, 아니 어쩌면 수십억 권은 되어 보였다.

"거의 늘 밤이야." 로시니가 설명했다. "그리고 항상 좀 추워. 이유는 우리도 잘 몰라. 아마 진짜 네버무어가 그런 모습일 때 이 복제 도시가 튀어나왔나 봐. 알겠지만 이곳은 진짜 영토가 아니야. 도시를 아주 잘 재현해 놓은 복제품일 뿐이지. 그래도 날씨가 이런 건 다행이야. 시간대도 마찬가지고. 해가 쨍한 날씨였다면 책 표지가 다 바랬을 거야. 비도 절대 오지 않거든. 그리고 서늘한 기온은 주민들을 통제하는 데도 도움이 돼. 어쨌든, 주민 대부분은." 로시니는 마지막 말을 하며 어깨를 으쓱였다.

모리건이 손을 들었다. "저기요, 그런데… 주민들은 뭘 말하는 건가요?" 모리건은 초록빛 유리 너머를 바라봤다. 여러 블록을 지나쳐 왔지만 살아 있는 생물은 하나도 만나지 못했다.

"책에 사는 주민들." 로시니가 아무것도 아니라는 듯 말하며 승합차를 세웠다. "가끔 밖으로 나오거든. 하지만 걱정하지 마. 그래서 책파수꾼이 있는 거니까. 불한당을 잡으려고. 아, 다 왔다. 내가 관할하는 네버무어 역사 구역이야. 참고 문헌, 비소설 일반, 그리고 특선 전집."

치어리 씨는 로시니를 따라 승합차에서 내렸지만, 919기는 움직이지 않았다. 모리건은 자신도 다른 아이들처럼 겁먹은 얼굴일지 궁금했다. 확실히 겁나긴 했다.

아칸이 먼저 입을 열었다. "미안한데, 방금 사서님이—"

"*가끔 밖으로 나온다고*?" 아나가 아랫입술을 떨며 말했다.

"그 '책에 사는 주민들'이라는 게 뭘 말하는 거야?" 케이든스가 물었다.

"농담이겠지?" 호손이 모리건을 똑바로 바라보며 물었지만, 모리건도 알 수 없긴 마찬가지였다.

"어서 내려!" 치어리 씨의 목소리가 들렸다. 아이들은 미적미적 승합차에서 기어 나왔다.

모리건은 여기가 밖이란 생각이 거의 들지 않았다. 줄지어선 책장 때문에 사방이 막혀 있는 느낌이었고, 공화국에서 살 때 한두 번 방문해 본 자칼팩스 공립도서관만큼 조용하고 엄숙한 분위기가 감돌았다.

하지만 이곳은 자칼팩스의 도서관보다 훨씬 더 광활했다. 좌우를 둘러봐도 거리거리 골목마다 이어진 책장은 끝이 보이지 않았고, 곳곳에 바퀴가 달린 거대한 사다리가 놓여 있었다. 15미터마다 강유리로 만든 가스등이 선반에서 튀어나온 고리에 걸린 채 미약한 초록 불빛을 드리웠다. 착각인지 실제인지 아리송했지만, 모리건은 이따금 빛이 고여 있는 곳이나 사다리 사이에서 무언가가 휙 지나가는 게 보이는 것 같았다.

"주변을 둘러보렴." 로시니가 주변 환경에 겁을 먹고 본능적으로 다닥다닥 붙어 있는 919기에게 말했다. "하지만 승합차에서 너무 멀리 가지는 마라. 책을 펼칠 때는 조심해야 해. 책등을 꺾으면 안 되고, 책장 모서리를 접어서도 안 돼. 어느 한 면을 너무 오래 펼치고 있어도 안 돼. 책을 다 보면 덮어서 제자리에 꽂아 넣고, 만약 뭔가 튀어나오면 내 이름을 외쳐. 만약 정말 위험한 게 나타나면 너희 모두 이곳으로 돌아와서 즉시 승합차에 올라타야 해. 강유리는 주민들 대부분을 막아 줄 거야."

"고블도서관에 『피더런드어 개론』의 유일한 제본이 있다는 게 사실이에요?" 마히르가 마치 1초도 더 기다릴 수 없다는 듯이 급하게 질문했다.

로시니가 평가하는 눈으로 마히르를 바라보았다. "요정광이니?"

"다중언어 구술자예요."

"아! 그럼, 사실이지. 하지만 오늘은 보기 힘들 거야. 희귀 서적은 소즈워스Swordsworth 쪽에 있거든. 하지만 이쪽 올드타운에도 언어 능력자가 관심 깊게 볼만한 책이 많아! 코델리아 거리 Cordelia Street에 가면 『잠 못 드는 고야틀라이 오디세이』의 드라코어 고어 원본 87권이 모두 다 있단다."

마히르가 가슴을 움켜쥐고 아주 높은 고성을 질렀는데, 모리건이 듣기에는 행복해하는 것 같았다.

"이제 가서 돌아다녀 봐." 로시니가 말했다. "내 호루라기 소리 잘 들어야 해. 그게 여기에서 다시 만나자는 신호야."

아이들은 두세 명씩 무리를 지어 자리를 떠났지만, 모리건은 로시니와 치어리 씨 주위를 맴돌았다. 사서에게 물어볼 게 있었다.

"릴리스 게이트에 가는 건 어때?" 치어리 씨가 친구에게 묻고 있었다.

로시니는 화가 치솟는 표정이었다. "릴리스 게이트? 너 진짜 미쳤어? 나한테 저 애들을 다 데리고 릴리스 게이트에 가라고?"

"뭐… 거긴 어린이 구역이잖아."

"그래서 거기가 도서관에서 제일 위험한 구역인 걸 너도 알잖아, 마즈. 거긴 공룡과 사악한 마법사가 득실거리는 곳이야."

모리건이 눈을 휘둥그레 떴다.

"그리고 강아지도 있고." 치어리 씨가 항의했다. "소풍도 갔었지! 어린 머핏과 함께했던 그 소중했던 소풍 기억나?"

"그래, 그 옆에 와서 앉았던 거미도 기억나. 크기가 강아지만 했지, 마리나."

모리건이 소심하게 목을 가다듬었다. "죄송하지만, 음… 사서님. 도서관에 정말로 원드러스협회 회원 전용 구역이 있나요?"

로시니가 깜짝 놀란 얼굴로 모리건을 돌아봤다. "오! 너 거기 있었니? 원협 전용 서가가 몇 군데 있는데, 뭘 찾느냐에 따라 다르겠지. 마력예술학교 서가를 찾는 거면 엘드리치까지 가야 하지만, 일반 학교는 한 블록만 더 가면 돼."

모리건은 심장이 팔딱팔딱 뛰었다. "전용으로… 일반 학교와 마력 학교 서가가 있다고요?"

"그럼. 있으면 안 되는 거긴 하지만. 전용 구역 말이야. 여긴 도서관이지 사설 컨트리클럽이 아니니까. 서가는 모든 시민이 이용할 수 있어야 해. 원협 회원이든 아니든 똑같이. 하지만 내가 뭘 알겠니? 난 그저 여기서 일하는 사람인데."

모리건도 매우 동의했다. 심지어 "원(원협 회원을 가리키는 단어)"과 "비원(비회원, 그러니까 원협 회원이 아닌 모든 사람을 가리키는 단어)"도 딱히 친근하기보다는 어리석게 들렸다.

"특별히 찾는 게 있니?" 로시니가 물었다.

모리건이 묻고 *싶은 거야* 물론 원드러스예술 서가였지만… 그런 질문은 당연히 할 수 없었다.

"아, 단지… 그러니까… 음, 원협의 역사요." 모리건이 중얼 중얼 대답했다. 뻔한 거짓말이었지만, 로시니의 얼굴은 화색이 돌며 기분 좋아 보였다.

"역사학 동지구나! 피츠제럴드Fitzgerald와 펠프스Phelps 구역에 가면 관심 가질 만한 책이 몇 권 있을 것 같은데, 가자. 내가 데 려다줄게. 마리나, 아이들을 잘 지켜봐 줄 거지? 저 곱슬머리 남자애는 선반을 타고 올라갈 것 같거든."

모리건은 로시니를 따라 우뚝 솟은 선반을 몇 개나 지나갔 다. 초록 불빛이 고인 웅덩이가 다음 빛 웅덩이로 이어졌다.

"있잖니, 우리 도서관에 신판본 『프라우드풋 하우스』―"

로시니가 말하는 도중 허리 벨트에 차고 있던 작은 은색 무 전기가 위잉 딸각거리더니, 곧이어 잡음 섞인 목소리가 흘러나 왔다.

"싱 사서, 여기는 페더스 사서입니다. 들립니까?"

로시니가 무전기 송화구를 들고 옆에 위치한 작은 버튼을 눌 렀다. "들립니다, 콜린. 무슨 일이죠?"

딸각, 딸각, 위잉. "릴리스 게이트에 상황이 발생했어요." 무 전기 속 남자는 숨을 고르려고 애쓰며 말했다. "지난주의 그 침

습infestation이 다시 왔어요. 여기서는 쫓아냈지만 지금 남쪽으로 가고 있는 것 같아요. 당신 쪽으로 가고 있을지 몰라요. 경고차 알립니다."

로시니가 신음을 흘렸다. "알겠어요, 콜린. 통신부Dispatch에 연락해서 올드타운으로 사람을 보내 줄 수 있는지 알아봐요. 우리는 군사 역사 구역 쪽 일로 바빠서요. 어제 『갈매나무 협곡의 전투』 표지에서 탈출한 게 있어서 아직 청소 중이거든요. 나는 지금 네버무어 역사 구역에… 손님이 와서요."

위잉, 딸칵. "알겠어요, 로슈. 지금 연락할게요."

"침습이요?" 모리건이 물었다. 침습이라는 말만 듣고도 온몸이 스멀거리는 기분이었다. 무슨 침습이 있다는 거지?

"걱정할 거 없어." 로시니가 허리에 매달고 온 물품이 그대로 잘 있나 확인이라도 하듯 하나씩 차례로 만져 보았다.

모리건이 미간을 찡그렸다. "우리도 돌아가야 할까요?"

로시니가 웃음을 지어 보이며 모리건을 안심시켰다. "정말 아무 일 아니야. 자, 다 왔다. 원드러스협회 역사 구역이야. 얘, 네가 찾는 걸 찾아볼 수 있겠니? 나는 승합차로 돌아가서… 점검을 좀 해야 해서." 로시니가 모호하게 말을 맺었다.

모리건은 고개를 끄덕이고 『프라우드풋 하우스 내부』와 『아론 애시비부터 졸라 짐머맨까지, 위대한 원드러스협회 원로와 업적』 같은 책의 책등을 손가락으로 짚으며 책장 선반을 따라 걸었다.

혼자 있다 보니 도서관은 으스스할 정도로 조용했지만, 이따금 무슨 소리가 들리는 것 같았다. 종이가 부스럭거리는 소리, 책등이 빠드득거리는 소리, 탁 하고 책 표지를 덮는 둔탁한 소리가 들렸다. 다른 소리도 있었다. 잘 설명할 수 없는, 멀리서 우는 고래 울음소리 같기도 하고 한물간 음악 소리 같기도 하고 유리가 쨍그랑거리는 소리 같기도 했다.

책장 맨 끝줄에 다다르자, 옆길로 이어지는 좁은 어귀에서 무언가 눈길을 잡아끌었다. 벽돌벽에 고정된 작은 표지판에는 이렇게 적혀 있었다.

데블리시 코트
주의!
특이지형반 및 네버무어위원회 령에 의거한
'적색 경보 교묘한 길'
(매우 위험한 함정으로 상당한 상해를 초래할 수 있음)
진입 시 책임은 본인에게 있습니다

갑자기 정신이 번쩍 들었다. 모리건은 이곳이 올드타운에서

어느 지역인지 깨달았다. *데블리시 코트.* 작년에 우연히 발견했던 교묘한 길이었다! 저 길 뒤에 섬뜩한 시장이 숨어 있었다.

하지만 이곳은 뭔가 달랐다. 진짜 데블리시 코트에는 없었던… 최소한 모리건은 보지 못했던 무언가가 있었다. 표지판 아래 벽돌 받침대에 작은 금빛 원이 새겨져 있었던 것이다. 모리건이 가까이 다가가자 원이 빛을 발하며 빠르게 뛰는 심장 박동에 맞추어 깜박였다. 손가락 끝의 인장이 따끔거렸다.

원이 빛을 발하기 시작한 게 *모리건* 때문일까? 들어가도 좋다고 허락하며 저 안으로 초대하는 걸까?

만약 원드러스예술에 관한 책을 숨기고자 한다면, 적색 경보의 교묘한 길보다 더 완벽한 장소는 없을 것 같았다. 별안간 자기 것이라는 기분에 사로잡힌 모리건은 어깨 너머로 아무도 없다는 걸 재빨리 확인한 다음 안으로 들어갔다.

폐에서 공기가 빨려 나가는 기분은 기억만큼 고통스러웠다. 하지만 모리건은 어떻게 해야 하는지 알고 있었다. 반창고를 뗄 때처럼, 빠를수록 좋았다. 모리건은 눈을 감은 채, 돌아가고 싶은 충동과 싸우며, 가슴이 타는 듯한 느낌과 머리의 압박감을 무시하면서 캄캄해진 데블리시 코트를 한달음에 뛰어갔다. 몇 초 후, 모리건은 숨을 헐떡이며 골목을 벗어났다… 그곳은 지난여름 케이든스와 함께 목격한 섬뜩한 시장이 있던 광장이었다. 하지만 경악스러운 밀수품과 범죄자 고객으로 가득한 어수선한 시장 대신, 엄청나게 많은 고서가 책장에 진열되어 있었다.

느낌은⋯ *아늑했다.* 도서관의 다른 구역보다 조금 더 크고 조금 더 넓은 듯한 공간에는 나무도 더 많아서 책에 그늘이 드리워졌고 덩굴이 책장 선반을 옥죄었다. 이곳이 윈드러스예술 서가라면 원더스미스만 출입할 수 있었을까? 그렇다면 백 년 동안 아무도 이곳에 발을 들이지 못했을지도 모른다. 생각만으로도 희열이 느껴졌다.

모리건은 시간이 얼마 없다는 걸 알았다. 길게 늘어선 책 선반을 따라 오르락내리락하며 제목을 살펴봤다. 자신이 찾는 게 정확히 무엇인지 알지 못했지만, 모퉁이를 돌아 옆 통로로 들어가자 익숙한 단어가 한눈에 들어왔다. 가죽 정장의 커다란 책이었다.

특이

모리건은 책장에서 무거운 책을 힘겹게 꺼내 속삭이며 제목 전체를 읽었다. "『*진기, 경이, 장관, 특이, 그리고 현상: 등급별 윈드러스행위 전사 1권*Curiosities, Marvels, Spectacles, Singularities and Phenomena: Volume One of an Unabridged History of the Wundrous Act Spectrum』*⋯ 저자 릴리안 푸."

온스털드 교수가 썼던 책은 제목이 약간 달랐다. 그 책은 『과오, 실책, 실패작, 흉물, 그리고 파괴: 등급별 원더러스행위 축약사』였고, 원더스미스가 저질렀다고 하는 온갖 끔찍한 일을 요약해서 설명했다. 릴리안 푸의 책을 고쳐 써서 자신의 비뚤어진 계획을 밀어붙였던 것일까?

온스털드 교수의 교실에 있던 책은 그가 살해되기 전에 사라졌다. 하지만 그 책은 이 책보다 훨씬 거대했다. 모리건은 혼란스러웠다. 축약판보다 축약하지 않은 판이 더 커야 하는 거 아닌가?

그러다가 제목을 다시 읽었다. *1권.*

바로 옆에 있는 책을 봤다. *2권.*

줄지어 늘어선 서가 아래쪽으로 수십 권, 아니 *수백 권*이나 되는 전집이 이어졌다. 모리건은 *1권*을 제자리에 놓고 *2권*을 꺼내 들었다. 그 책의 저자도 릴리안 푸였다. *3권*과 *4권*도 똑같았다. 하지만 5권과 6권은 대니얼 미들링-블라이스가 집필했고, 그 뒤로 여섯 권은 저자가 루비 창이었다.

모리건은 계속 웃음이 나서 나중에는 얼굴이 찢어질 것 같았다. 『유령의 시간』 책을 처음 봤을 때와 같은 기분이었는데, 다만 그 기분이 백 배쯤 더 크게 느껴졌다. 원더스미스의 온전한 역사가, *장관*과 *특이*와 *현상* 그 모든 영광스러운 업적이 눈앞에 놓여 있었다. 책 하나하나가 모리건을 과거로 안내하는 신호등이었다.

모리건은 통로를 달려 내려가 마지막 책(서드베리 스미더린스가 쓴 *307권*)을 책장에서 꺼냈다. 그리고 자리에 앉아 무릎에 책을 펼쳐 놓고 지면을 넘겼다.

모두 익숙한 이름이었다. 그리젤다 폴라리스, 라스타반 타라제드, 데시마 코코로, 마틸드 러챈스, 브릴런스 아마데오, 오웨인 빙크스, 에즈라 스콜, 엘로디 바우어, 오드부이 제미티까지. 스콜 세대의 원더스미스들이었다. 스콜이 용기광장에서 살해한 바로 그 원더스미스들이었다.

갑자기 짧고 날카로운 호루라기 소리가 멀리서 들려왔다. 로시니가 말한 신호였다. 모리건은 한숨을 쉬며 책을 제자리에 꽂아 넣으려다 머뭇거렸다. 책을 밀어 넣었다가 다시 끄집어낸 모리건이 볼 안쪽을 깨물었다.

다음에 다시 와서 읽을 수 있을까? 아마도 주피터라면 데려와 줄 것이다. 아니면 소피아나 루크라도… 하지만 *언제*?

호루라기가 다시 울렸다. 순식간에 마음을 굳힌 모리건은 책을 품에 안고 데블리시 코트 입구로 달렸다.

잠시 뒤 모리건은 질식할 것 같은 교묘한 길을 빠져나와 필사적으로 숨을 헐떡이며, 펠프스와 피츠제럴드 구역으로 돌아갔다. 품에는 여전히 가죽 정장의 책을 꼭 끌어안고 있었다.

"여기 있었구나!" 난데없이 목소리가 들려서 모리건은 펄쩍 뛸 듯이 놀라며 주변을 두리번거렸다. 케이든스가 불을 켜지 않은 가스등에 기대서서 한가롭고 지루해 보이는 웃음을 짓고 있다가, 모리건이 등 뒤로 책을 감추는 모습을 보자마자 얼굴에 활기를 띠었다. "그거 뭐야?"

"아무것도 아니야."

"거짓말하지 마. 넌 거짓말 실력은 꽝이잖아."

"이건… 원더스미스에 관한 책이야." 모리건은 사실대로 털어놓았다. 되돌리기에는 너무 늦었다.

"그거로 정확히 뭘 할 계획인데?" 케이든스가 가스등에서 몸을 밀어 똑바로 서며 모리건이 있는 곳으로 다가왔다. "도서관 카드도 없잖아."

"치어리 차장님이 카드를 빌려주실 거야."

"그 책은 안 돼. 검은색 식별표가 붙어 있잖아." 케이든스가 책등을 가리키며 말했다. "보이지? 원협 도서관 카드하고, 최고원로위원회의 서면 허가서에다, 8급 비밀취급인가서까지 있어야만 검은 식별표가 붙은 책을 빌릴 수 있어. 치어리 차장님이 가진 건 6급이고."

"뭐?" 전부 처음 듣는 얘기였다. 모리건은 낙담했다. "그런 걸 어떻게 다 아는 거야?"

"할머니가 고브에 자주 오시거든. 할머니는 비원 도서관 카드를 가지고 있어서 파란색 식별표가 붙은 책밖에 빌리지 못

해. 할머니의 관심사는 미제 살인 사건이랑 중장비 관련 책뿐이라 상관없지만. 너도 다른 책을 고르는 게 어때?"

모리건은 책을 더 꽉 움켜쥐었다. 어찌나 꽉 쥐었는지 손가락이 눌려 하얗게 변했다. "이 책을 가져갈 거야."

"그건 절도야."

"절도가 아니야! 그냥, 빌리는 거야."

"아니. 빌린다는 말은 *도서관 카드*가 있을 때 쓰는 거지."

"모르는 사람의 강아지를 '빌려' 왔던 사람이 누구더라?"

케이든스가 어깨를 으쓱했다. "그건 달라."

"어떻게 다른데?"

"나는 그런 일을 잘하지만 넌 형편없다는 게 *다르지*. 나는 일을 원만히 처리할 줄 아니까, 아무도 눈치를 못 채. 그리고 또… 또, 어쨌든 여긴 도서관이잖아! 내가 도서관에서 책을 훔친다면 할머니가 *나를 가만두지 않을 거야*."

로시니의 호루라기가 세 번, 짧고 다급하게 다시 울렸다. 로시니가 옆 통로에서 아이들을 불렀다. "얘들아? 갈 시간인데, 어디 있니?"

모리건이 목소리를 낮춰 물었다. "말할 거야?"

케이든스는 묵묵부답이었다. 그사이에 모리건은 『*등급별 원드러스행위 전사 307권*』을 어설피 여름 망토 밑에 숨기려고 애썼다.

"여기 있었구나! 갈 시간이야. 시간이 거의 다 됐는데, 뭐 하는 거니?" 로시니가 모퉁이를 돌다가 갑자기 멈춰 서서 망토 주름으로 책을 덮는 모리건을 발견했다. "고브에서 책을 훔치는 게 얼마나 심각한 일인지 아니? 네가 얼마나 곤경에 처하게 될지 알기나 해? 그 책 이리 줘." 로시니는 못 믿겠다는 듯 높아진 목소리로 모리건을 나무랐다.

모리건은 얼굴이 화끈거렸다. 변명이나 적절한 거짓말을 생각해 내려고 머리를 쥐어짰지만 아무 생각도 나지 않았다. 이 책 없이는 이곳을 나가지 않을 거라는 생각뿐이었다. 어쨌든 한 쪽도 빠짐없이 모조리 읽은 다음에 돌려줄 작정이었다.

모리건은 필사적인 얼굴로 케이든스를 돌아보며, 말없이 도움을 간청했다. 케이든스는 싸울 듯한 표정으로 모리건을 쏘아봤다.

"*제발*, 케이든스." 모리건이 소곤거렸다.

"내가 왜?" 모리건의 친구가 쏘아붙였다. "너 요즘 너무 *이상해.* 정말 그 유령 같은 원더스미스 친구들한테 그렇게 집착하는 거야? 나한테 도둑질을 도와달라고 할 정도로?"

"뭐? 집착하는 거 아니야." 모리건은 책을 꽉 움켜잡았다. 케이든스가 정말 자신을 외면하려는 것인지 궁금했다. 하지만 결국 최면술사는 늘 하던 대로 눈을 굴리더니 두 손을 들었다.

"이 애는 아무것도 훔치지 않았어요." 케이든스가 로시니에

363

게 나른한 목소리로 머뭇머뭇 말했다. "우리는 방금 즐겁게 대화를 나누고 있었어요."

"뭐라고?" 로시니가 쏘아붙였다. "저 애는 책을 훔쳤어. 내가 *봤어!*"

"아니. 훔치지 않았어요." 케이든스가 딱 잘라 말했다.

"아니야, *훔쳤어.*" 사서는 주장을 굽히지 않았다. "훔쳤어… 책을… 가지고 있어. 내가 봤는데…" 모리건은 로시니의 목소리에 혼란이 섞여 드는 것을 듣고 숨을 죽였다.

"아무것도 못 봤어요." 케이든스가 기분 좋게 콧노래를 흥얼거리듯 말했다. "우리는 사이좋게 이야기를… 역사 이야기나 뭐 그런 걸 나누고 있었어요. 치어리 차장님의 학생들은 그저 유쾌할 뿐이잖아요. 아주 예의 바르다고요. 사서님도 우리가 다시 오길 손꼽아 기다릴 거예요."

로시니가 고개를 흔들며 혼란을 걷어 내려고 애썼다. "나는 너희가 다시 오길 손꼽아……."

치어리 씨가 다가왔다. 책을 산더미처럼 쌓아서 들고 오느라 앞이 거의 보이지 않는 듯했다.

로시니는 이마에 주름을 잡은 채로 아주 잠깐 모리건을 빤히 바라보더니, 곧 흡족한 듯 약간 멍한 표정을 지었다. "네 학생들은 정말 유쾌해, 마즈."

치어리 씨가 코웃음을 쳤다. "유쾌하다고? 그렇게까지는 모르겠는데. 다 괜찮은 애들이야. 이것 좀 도와줄래, 로슈?"

모리건은 사서와 차장이 책을 나눠 들고 강유리 승합차로 돌아가는 모습을 지켜봤다. 그리고 안도의 한숨을 푹 내쉬었다.

"고마워." 모리건이 케이든스에게 말했다. "진심이야. *정말 고마워.* 너한테 빚이 하나 생겼네."

"한두 개가 아니야, 이 못된 책 도둑아." 케이든스가 중얼거렸다. "걱정하지 마. 내가 다 적어 두고 있으니까."

———◆———

모리건과 케이든스가 돌아왔을 때 다른 아이들은 이미 강유리 승합차를 타러 가고 있었다. 모리건은 일부러 케이든스 바로 뒤에서 걸어가며, 망토 밑에서 튀어나온 커다란 책을 감추려고 애썼다.

호손은 도서관 카드로 용에 관한 책을 얼마나 많이 대출해 줄 수 있는지 치어리 차장과 협상을 벌이고 있었다. 타데와 아나는 의학 잡지를 열심히 들여다보며 부러진 다리에 부목을 대는 가장 좋은 방법에 관해 설전을 벌이는 중이었다.

그때 갑자기 경보음이 울렸다. 책장 선반에 매달려 있던 전등이 어둑한 녹색에서 불타는 듯한 적색으로 바뀌었다. 모두 하던 말을 멈췄다.

여전히 허리춤을 감싸 안은 채 커다란 책을 배 쪽으로 꽉 누르고 있던 모리건은 팔이 얼어붙는 느낌이었다.

"내가 가지고 나온 걸 아나 봐." 모리건이 케이든스에게 소곤거렸다. "난 잡혀갈 거야!"

"쉿" 케이든스가 모리건을 조용히 시켰다. 하지만 케이든스도 걱정하는 기색이었다.

경보음이 점점 커지다가… 이번에는 다른 소리가 들렸다. 이상하고 높게 징징거리는 금속성의 소음은 마치 둥근 톱이 도는 소리 같았다. 그러다가 사포 두 장을 맞대고 문지르는 듯한 소리도 났다.

기이이이… 슥슥슥.

기이이이-기이이이… 슥슥슥슥슥.

"저게 뭐야?" 프랜시스가 손가락으로 귀를 막으며 물었다.

기이이이이이-기이-기이… 슥슥슥슥.

아이들이 일제히 로시니를 바라봤다. 로시니는 접시만큼 휘둥그레진 눈으로 머리 위의 높다란 책장 선반을 빤히 쳐다보고 있었다.

"모두 승합차에 타!" 로시니가 소리쳤다. **"당장!"**

아이들은 몸을 돌려 도망가려고 했지만, 이미 늦었다. 강유리 승합차는 두 줄 떨어진 곳에 있었다. 절반도 가지 못한 채 모리건과 아이들은 물론 로시니와 치어리 차장까지 모두 자리에 멈춰 섰다. 탈출을 가로막은 그 광경에, 모리건은 갑자기 두드러기라도 난 것처럼 듯 온몸이 스멀거리는 느낌이었다.

일행은 포위됐다. 침습이 찾아왔다.

(2권으로 이어집니다)

할로우폭스 : 모리건 크로우와 네버무어의 새로운 위협 1

초판 1쇄 인쇄 2021년 10월 20일
초판 1쇄 발행 2021년 10월 25일

지은이 제시카 타운센드
옮긴이 박혜원

펴낸이 김연홍
펴낸곳 디오네

출판등록 2004년 3월 18일 제313-2004-00071호
주소 서울시 마포구 성미산로 187 아라크네빌딩 5층(연남동)
전화 02-334-3887 **팩스** 02-334-2068

ISBN 979-11-5774-713-9 04840
     979-11-5774-712-2 04840(세트)

※ 잘못된 책은 바꾸어 드립니다.
※ 값은 뒤표지에 있습니다.

디오네는 아라크네 출판사의 인문·문학 분야 브랜드입니다.